Maldosas
Impecáveis
Perfeitas
Inacreditáveis
Perversas
Destruidoras
Impiedosas

Perigosas
PRETTY LITTLE LIARS
DE

SARA SHEPARD

Tradução
FAL AZEVEDO

Título original
WANTED
A PRETTY LITTLE LIARS NOVEL
Vol. 8

Copyright © 2010 *by* Alloy Entertainment e Sara Shepard

Todos os direitos reservados. Nenhuma parte desta obra pode ser reproduzida, ou transmitida por qualquer forma ou meio eletrônico ou mecânico, inclusive fotocópia, gravação ou sistema de armazenagem e recuperação de informação, sem a permissão escrita do editor.

"Survivor" by Anthony Dent, Beyoncé Gissele Knowles, Mathew Knowles (Beyoncé Publishing, For Chase Muzic Inc., Hitco South, MWE Publishing, Sony/ATV Tunes LLC). Todos os direitos reservados.

Edição brasileira publicada mediante acordo com Rights People, Londres.

Direitos para a língua portuguesa reservados
com exclusividade para o Brasil à
EDITORA ROCCO LTDA.
Av. Presidente Wilson, 231 – 8º andar
20030-021 – Centro – Rio de Janeiro – RJ
Tel.: (21) 3525-2000 – Fax: (21) 3525-2001
rocco@rocco.com.br
www.rocco.com.br

Printed in Brazil/Impresso no Brasil

preparação de originais
LARISSA HELENA GOMES

Cip-Brasil. Catalogação na fonte
Sindicato Nacional dos Editores de Livros, RJ

Shepard, Sara, 1977-
S553p   Perigosas / Sara Shepard ; tradução Fal Azevedo. - Rio de Janeiro : Rocco Jovens Leitores, 2012.
(Pretty little liars ; v.8)

Tradução de: Wanted
Sequência de: Impiedosas
ISBN 978-85-7980-123-5

1. Amizade – Literatura infantojuvenil. 2. Ficção policial americana. 3. Literatura infantojuvenill americana. I. Azevedo, Fal, 1971-. II. Título. III. Série.

12-2388.   CDD: 028.5
                                                                 CDU: 087.5

O texto deste livro obedece às normas do
Acordo Ortográfico da Língua Portuguesa.

Para três professoras de inglês:
A falecida Mary French, Alice Campbell,
e Karen Bald Mapes.

Existem duas tragédias na vida.
Uma é não conseguir o que o coração deseja.
A outra é conseguir.

— GEORGE BERNARD SHAW

OLHE DE NOVO

Dizem que uma imagem vale mil palavras. Uma câmera de vigilância captura a imagem de uma linda morena saindo da Tiffany com a bolsa cheia de pulseiras. O flagrante de um paparazzo revela o caso entre uma jovem estrela de cinema e um diretor casado. Mas o que a foto não pode dizer é que a moça era uma funcionária da loja e que ela levava as pulseiras para seu chefe, ou que o diretor pedira o divórcio no mês anterior.

E no caso de um retrato de família? Imaginem, por exemplo, a imagem de uma mãe, um pai, uma irmã e um irmão sorrindo na varanda de uma mansão vitoriana. Agora, olhe mais de perto. O sorriso do pai parece um tanto forçado. A mãe está olhando para a esquerda, para a casa vizinha, ou talvez para um *vizinho*. O irmão segura a grade da varanda com força, como se quisesse parti-la ao meio. E a irmã sorri misteriosamente, como se estivesse escondendo um segredo delicioso. Metade do jardim é revirada por uma enorme escavadeira amarela, e há alguém distante à espreita, nada além de um borrão de cabelos louros e pele clara. Seria um rapaz... ou uma garota? Poderia ser ilusão de ótica, ou uma marca de dedos.

Ou talvez todas aquelas coisas que você não percebe ao primeiro olhar signifiquem muito mais do que se pode imaginar.

Quatro lindas meninas em Rosewood acreditam ter uma visão clara do que aconteceu na noite em que sua melhor amiga desapareceu. Alguém foi preso, e o caso foi encerrado. Mas se vasculharem suas lembranças mais uma vez, concentrando-se nos detalhes que passaram despercebidos, nas sensações desconfortáveis que não conseguem explicar, e *nas pessoas bem debaixo de seus narizes*, talvez a imagem se modifique bem na frente dos seus olhos. Se elas respirarem fundo e olharem novamente, podem ficar surpresas, até mesmo aterrorizadas, com o que descobrirem.

A verdade é mais estranha que a ficção, afinal. Especialmente aqui, em Rosewood.

Naquela noite de junho, a neblina era tão forte que escondia a lua. Cigarras cantavam na floresta densa e escura, e a vizinhança inteira cheirava a azaleias em botão, velas de citronela e cloro de piscina. Os carros de luxo novinhos em folha estavam abrigados nas garagens triplas. Como tudo mais em Rosewood, Pensilvânia, um subúrbio chique e rústico a cerca de 30 quilômetros da Filadélfia, nem uma folha de árvore estava fora do lugar, e todos estavam exatamente onde deveriam estar.

Quase todos.

Alison DiLaurentis, Spencer Hastings, Aria Montgomery, Emily Fields e Hanna Marin acenderam todas as luzes no celeiro reformado atrás da casa de Spencer, preparando-se para a festa do pijama em comemoração ao final do sétimo ano. Spencer atirou rapidamente várias garrafas vazias de cerveja Corona na lata de lixo reciclável. Eram da irmã de Spencer, Melissa, e de seu namorado, Ian Thomas, que Spencer expulsara do celeiro minutos antes. Emily e Aria atiraram suas bolsas LeSportsac amarela e bordô de qualquer jeito no canto da sala, e Hanna se jogou no sofá, começando imediatamente a devorar os restos de pipoca. Ali fechou a porta do celeiro e passou o cadeado. Ninguém ouviu o barulho suave dos passos na grama úmida de orvalho, nem viu o leve vapor de respiração na janela.

Clique.

— Então, garotas — disse Alison, empoleirando-se no braço do sofá de couro. — Eu sei de uma coisa perfeita que nós podemos fazer. — A janela não estava aberta, mas o vidro era fino, e suas palavras o atravessaram, cortando a calma da noite de junho. — Aprendi a hipnotizar pessoas. Poderia fazer com vocês todas de uma vez.

Houve uma longa pausa. Spencer brincou com a barra da saia do uniforme de hóquei. Aria e Hanna trocaram um olhar preocupado.

— *Por favoooor?* — pediu Ali, pressionando as palmas das mãos como se estivesse rezando. Ela olhou para Emily. — *Você* me deixa fazer isso, certo?

— Hum... — A voz de Emily estremeceu. — Bem...

— Eu deixo — intrometeu-se Hanna.

Clique.

Ssshhhshhhh.

Todas as outras concordaram, com relutância. Como poderiam não concordar? Ali era a garota mais popular de Rosewood Day, a escola que elas frequentavam. Os garotos queriam sair com ela, as meninas queriam ser como ela, os pais achavam que era perfeita, e Ali sempre conseguia tudo o que queria. Era um sonho que se realizara o fato de Ali ter escolhido Spencer, Aria, Emily e Hanna para fazerem parte de seu grupo no bazar de caridade de Rosewood Day, no ano anterior, transformando-as de zeros à esquerda que ninguém notava em brilhantes e importantes *personalidades*. Ali as levava em viagens de final de semana a Poconos, aplicava nelas máscaras de lama, e fora quem lhes abrira caminho para se sentarem na melhor mesa da cafeteria da escola. Mas também as forçava a fazer coisas que não queriam – como a Coisa com Jenna, um segredo horrível que elas haviam jurado guardar até a morte. Às vezes, elas se sentiam como marionetes sem vida, com a amiga coordenando cada um de seus movimentos.

Ultimamente, Ali vinha ignorando os telefonemas delas, saindo com suas amigas mais velhas do time de hóquei, e aparentemente só se interessava pelos segredos e defeitos das meninas. Ela provocava Aria a respeito do relacionamento clandestino do pai dela com uma de suas alunas. Zombava da obsessão crescente de Hanna por salgadinhos – e de sua cintura cada vez mais larga. Desprezava a dedicação canina que Emily lhe dedicava, e ameaçava revelar a todos que Spencer beijara o namorado da irmã. Cada uma das meninas suspeitava que sua amizade com Ali estava saindo do controle. E lá no fundo elas se perguntavam se ainda seriam amigas dela depois daquela noite.

Clique.

Ali correu pela sala, acendendo as velas com cheiro de baunilha com um Zippo e fechando as persianas, só por precaução. Ela disse às meninas para se sentarem de pernas cruzadas no tapete trançado circular. Elas obedeceram, parecendo inquietas e desconfortáveis. O que poderia acontecer se Ali realmente conseguisse hipnotizá-las? Todas elas escondiam segredos enormes que apenas Ali conhecia. Segredos que elas não queriam que as outras soubessem, muito menos o resto do mundo.

Clique.

Shhhshhh.

Ali começou a contagem regressiva a partir de cem, com uma voz suave e reconfortante. Ninguém se moveu. Ela caminhava pela sala nas pontas dos pés, passando diante da grande escrivaninha de carvalho, das estantes abarrotadas com livros e da pequenina cozinha. Todas permaneceram obedientemente imóveis. Nenhuma delas olhou para a janela sequer uma vez. Nem ouviram os cliques mecânicos da velha Polaroid que capturava suas imagens borradas, ou os ruídos quando a câmera lançava as fotos no chão. Havia espaço suficiente entre as persianas para se conseguir uma foto decente de todas elas.

Clique.

Sshhhshhh.

Quando Ali estava quase chegando ao número um, Spencer levantou-se de um pulo e correu para a janela dos fundos.

– Está muito escuro aqui – disse ela. Spencer abriu as cortinas novamente, deixando a pouca luz da noite entrar. – Eu quero que fique mais claro. Acho que todo mundo quer.

Alison olhou para as outras. Elas estavam com os olhos bem fechados. Os lábios de Ali se curvaram em um sorrisinho.

– Feche as cortinas! – insistiu ela.

Spencer revirou os olhos.

– Por Deus, tome um calmante!

Ali olhou para a janela aberta. Uma expressão de medo passou por seu rosto. Ela teria visto alguma coisa? Sabia quem estava lá fora? Teria imaginado o que a esperava?

Mas em seguida, virou-se de volta para Spencer. Seus punhos estavam cerrados.

– Você acha que eu preciso tomar um calmante?

Clique. Outra foto caiu da câmera. A imagem se materializou lentamente a partir do nada.

Spencer e Ali se encararam por um longo tempo. As outras continuaram sentadas no tapete. Hanna e Emily oscilavam para frente e para trás, presas num sonho, mas os olhos de Aria estavam semicerrados. Ela prestava atenção em Spencer e Ali; observava a briga se desenrolar, mas se sentia impotente para impedi-la.

– Saia – ordenou Spencer, apontando para a porta.

– Está bem. – Ali marchou em direção à varanda, batendo a porta com força atrás de si.

Ali ficou parada por um minuto, respirando fundo várias vezes. As folhas nas árvores se agitavam e sussurravam. A luminária amarela, no estilo lampião, iluminava o lado esquerdo de seu corpo. Havia uma careta furiosa e determinada em seu rosto. Ela não olhou amedrontada para os arredores de sua casa. Nem sentiu a presença perigosa que espreitava, tão próxima. Talvez fosse porque estivesse preocupada, ela mesma guardando um segredo perigoso. Tinha alguém com quem se encontrar naquele momento. E outra pessoa que precisava evitar.

Depois de um momento, Ali começou a descer a trilha. Segundos mais tarde, a porta do celeiro bateu novamente. Spencer a seguiu, alcançando-a do outro lado das árvores. Os sussurros da briga entre elas ficaram cada vez mais intensos e raivosos. *Você tenta roubar tudo de mim. Mas isso você não pode ter. Você leu o meu diário, não leu? Você acha que beijar Ian foi tão especial, mas ele me disse que você nem sabia beijar.*

Houve um barulho de sapatos escorregando na grama. Um grito. Um estalido. Uma exclamação horrorizada. E então, silêncio.

Aria saiu para a varanda e olhou ao redor.

— Ali? — gritou ela, o lábio inferior tremendo.

Não houve resposta. As pontas dos dedos de Aria tremiam; talvez ela soubesse, bem lá no fundo, que não estava sozinha.

— Spencer? — Aria gritou de novo. Ela estendeu a mão e tocou os mensageiros do vento, desesperada para ouvir algum som. Eles balançaram melodicamente.

Aria voltou para o celeiro no momento em que Hanna e Emily estavam voltando a si.

— Tive o sonho mais estranho — murmurou Emily, esfregando os olhos. — Ali caiu num poço muito profundo, e tinha umas plantas gigantescas.

— Eu também tive esse sonho! — gritou Hanna. Elas se entreolharam, confusas.

Spencer voltou para a varanda, tonta e desorientada.

— Onde está Ali? — perguntaram as outras.

— Eu não sei... — respondeu Spencer, em uma voz distante. Ela olhou em volta. — Pensei... Eu não sei.

Naquela altura, as fotos da Polaroid haviam sido apanhadas do chão e guardadas em segurança em um bolso. Mas então a câmera disparou mais uma vez, acidentalmente, e a luz do flash iluminou as árvores. Outra foto emergiu.

Clique.

Ssshhshhhh.

As meninas olharam para a janela, paralisadas, aterrorizadas. Haveria alguém lá fora? Seria Ali? Ou talvez fosse Melissa, ou Ian. Afinal de contas, eles haviam estado ali pouco antes.

Elas continuaram muito quietas. Dois segundos se passaram. Cinco. Dez. Havia apenas silêncio. Era só o vento, elas decidiram. Ou talvez um galho de árvore arranhando o vidro, como alguém que desliza as unhas por um prato.

– Acho que quero ir para casa – disse Emily para as amigas.

As meninas saíram do celeiro uma atrás da outra, irritadas, envergonhadas e abaladas. Ali as abandonara. A amizade acabara. Elas atravessaram o jardim de Spencer sem saber das coisas terríveis que aconteceriam. O rosto na janela desaparecera, também, para seguir Ali pela trilha. As rodas do destino haviam sido postas em movimento. O que estava para acontecer já começara.

Dentro de poucas horas, Ali estaria morta.

1

UM LAR DESFEITO

Spencer Hastings esfregou seus olhos sonolentos e colocou um waffle Kashi na torradeira. A cozinha da família cheirava a café recém-passado, doces e detergente com aroma de limão. Os dois *labradoodles*, Rufus e Beatrice, andavam por entre as pernas de Spencer, abanando os rabinhos.

A pequena televisão de LCD no canto da cozinha estava ligada no noticiário. Uma repórter com um casaco azul da Burberry aparecia na tela ao lado do chefe de polícia de Rosewood e de um homem de cabelos grisalhos e terno preto. A legenda dizia *ASSASSINATOS EM ROSEWOOD*.

– Meu cliente foi injustamente acusado – afirmou o homem de terno. Ele era o advogado designado para defender William "Billy" Ford, e era a primeira vez que falava com a imprensa desde a prisão do acusado. – Ele é absolutamente inocente. Armaram contra ele.

– Até parece – retrucou Spencer. Sua mão tremia enquanto ela enchia de café a caneca azul com o emblema de Rosewood

Day. Não havia dúvidas, na mente de Spencer, de que Billy matara sua melhor amiga, Alison DiLaurentis, quase quatro anos antes. Agora, ele assassinara Jenna Cavanaugh, uma garota cega da turma de Spencer, e provavelmente Ian Thomas, o ex-namorado de Melissa, antiga paixonite de Ali *e* o primeiro suspeito da morte dela. No carro de Billy, os policiais encontraram uma camiseta manchada de sangue que pertencia a Ian, e agora procuravam o corpo, embora ainda não tivessem nenhuma pista.

Um caminhão de lixo passava ruidosamente pela rua sem saída onde Spencer morava. Um segundo mais tarde, o mesmo som saía dos alto-falantes da televisão. Spencer foi até a sala e afastou as cortinas da janela da frente. O furgão de uma emissora de televisão estava estacionado na esquina. O câmera corria de uma pessoa para outra, e outro cara, segurando um microfone enorme, tentava se equilibrar em meio à ventania. Da janela, Spencer podia ver os lábios da repórter se movendo, e ouvia a voz saindo da própria televisão.

Do outro lado da rua, o jardim dos Cavanaugh estava cercado pela fita amarela da polícia. Uma viatura estava estacionada na entrada da casa desde o assassinato de Jenna. O cão-guia dela, um grande pastor alemão, espiava por uma das janelas da sala. Ele permanecera ali, dia e noite, pelas últimas duas semanas, como se esperasse, pacientemente, a volta da dona.

A polícia encontrara o corpo de Jenna em uma vala atrás de sua casa. De acordo com relatos, os pais da menina haviam voltado da rua no sábado à noite e encontrado a casa vazia. O sr. e a sra. Cavanaugh ouviram latidos altos e persistentes vindos do quintal da propriedade. O cão-guia de Jenna estava amarrado em uma árvore... Mas Jenna desaparecera. Quando soltaram o cão, ele correra diretamente para o buraco que os encanadores tinham escavado alguns dias antes para consertar um cano estourado. Mas havia mais dentro daquele buraco do que o cano recém-consertado. Era como se o assassino *quisesse* que Jenna fosse encontrada.

Uma denúncia anônima levara a polícia a Billy Ford. Os policiais também o acusaram do assassinato de Alison DiLaurentis. Aquilo fazia sentido; Billy era parte da equipe de operários que trabalhavam na construção de um gazebo para os DiLaurentis durante o final de semana em que Ali desaparecera. Ali reclamara dos olhares lascivos que os operários lhe dirigiam. Naquela época, Spencer achara que ela estava contando vantagem, mas agora sabia o que realmente acontecera. O waffle pulou na torradeira e Spencer caminhou de volta para a cozinha. O noticiário voltara ao estúdio, onde uma apresentadora morena, usando grandes brincos de argola, estava sentada atrás de uma bancada.

– A polícia recuperou uma série de imagens incriminadoras no laptop do sr. Ford, que ajudaram a levar à prisão dele – anunciou ela, com um tom de voz grave. – Essas fotos mostram que o sr. Ford seguia de perto a srta. DiLaurentis, a srta. Cavanaugh e quatro outras meninas, conhecidas como as Belas Mentirosas. – Uma montagem de antigas fotos de Jenna e Ali apareceu na tela, e muitas delas pareciam ter sido tiradas às escondidas, de algum lugar atrás de uma árvore ou de dentro de um carro. Em seguida, apareceram imagens de Spencer, Aria, Emily e Hanna. Algumas das fotos eram do sétimo ano, quando Ali ainda estava viva, mas outras eram mais recentes; havia uma das meninas vestindo roupas escuras e saltos altos no julgamento de Ian, esperando que ele comparecesse. Havia outra delas reunidas perto dos balanços em Rosewood Day, usando casacos de lã, gorros e luvas, provavelmente discutindo sobre o novo A. Spencer estremeceu.

— Também havia mensagens no computador do sr. Ford semelhantes aos recados ameaçadores enviados para as melhores amigas de Ali — continuou a repórter. Uma imagem de Darren Wilden saindo de um confessionário e uma série de e-mails e mensagens instantâneas muito familiares passaram rapidamente pela tela. Cada uma das mensagens estava assinada com uma única letra, *A*. Spencer e suas amigas não haviam recebido nenhuma mensagem desde que Billy fora preso.

Spencer tomou um gole de café, mal sentindo o gosto. Era tão bizarro que Billy Ford, um homem que ela não conhecia, estivesse por trás de tudo o que acontecera. Spencer não fazia ideia de *por que* ele fizera tudo aquilo.

— O sr. Ford tem um longo histórico de violência — prosseguiu a repórter. Spencer espiou a televisão por cima de sua caneca. Um vídeo retirado do YouTube mostrava uma imagem borrada de Billy e outro sujeito, que usava um boné dos Phillies, no estacionamento do Wawa. Mesmo depois de o rapaz cair ao chão, Billy continuou a chutá-lo. Spencer levou a mão à boca, imaginando se ele havia feito o mesmo com Ali.

— Estas imagens, encontradas no carro do sr. Ford, nunca foram mostradas antes.

Uma foto Polaroid borrada se materializou na tela. Spencer se inclinou para frente, arregalando os olhos. A foto era do interior de um celeiro — o celeiro *da família dela*, que fora destruído no incêndio que Billy provocara várias semanas antes, provavelmente para eliminar qualquer prova que o ligasse aos assassinatos de Ali e Ian. Na foto, quatro garotas estavam sentadas no tapete circular com as cabeças abaixadas. Uma quinta menina estava em pé perto delas com os braços erguidos para o ar. A próxima foto mostrava a mesma cena, só que a menina de pé se movera um pouco para a esquerda. Na imagem seguinte, uma das meninas que estavam sentadas se levantara e se aproximara da janela. Spencer reconheceu os cabelos louros e a saia do uniforme de hóquei. Ela perdeu o fôlego. Estava olhando para a versão mais jovem de si mesma. Aquelas fotos haviam sido tiradas na noite em que Ali desaparecera. Billy estivera o tempo todo do lado de fora do celeiro, observando-as.

E elas jamais suspeitaram.

Alguém tossiu atrás de Spencer. Ela se virou rapidamente. A sra. Hastings estava sentada à mesa da cozinha, olhando fixamente para uma xícara de chá Earl Grey. Vestia um par de calças de ioga cinzentas Lululemon, que tinham um pequeno furo no joelho, meias brancas sujas e uma camiseta polo Ralph Lauren grande demais. Seus cabelos estavam embaraçados e havia farelos de torrada em sua bochecha esquerda. Normalmente, a mãe de Spencer não permitiria sequer que os cachorros da família a vissem a não ser que estivesse absolutamente impecável.

– Mãe? – disse Spencer, hesitante, perguntando a si mesma se sua mãe também teria visto as fotos. A sra. Hastings virou a cabeça lentamente, como se estivesse se movendo debaixo d'água.

– Oi, Spence – disse ela, sem inflexão na voz. Em seguida, virou-se novamente para seu chá, olhando com tristeza para o saquinho no fundo da xícara.

Spencer mordeu a unha do mindinho pintado ao estilo francesinha. Além de tudo, sua mãe estava se comportando como um zumbi... e era tudo culpa dela. Se ao menos não tivesse revelado o horrível segredo que Billy, disfarçado de A, contara a ela sobre sua família: que seu pai tivera um caso com a mãe de Ali, e Ali era meia-irmã de Spencer. Se ao menos Billy não a tivesse convencido de que sua mãe sabia sobre o caso, e de que matara Ali para punir o marido. Chegara a confrontar a mãe, só para descobrir que ela não sabia de nada – e não fizera nada. Depois disso, a sra. Hastings expulsara o pai de Spencer de casa, e então parecia meio que ter desistido da vida.

O *toc-toc-toc* familiar de saltos altos no chão de madeira do corredor cortou o ar. A irmã de Spencer, Melissa, entrou no aposento, trazendo consigo uma nuvem de Miss Dior. Ela vestia um vestido azul-pálido Kate Spade e sapatos cinzentos, e seus cabelos louro-escuros estavam presos com uma faixa também cinzenta. Havia uma prancheta sob seu braço e uma caneta Montblanc atrás de sua orelha direita.

– Oi, mãe! – disse Melissa alegremente, dando-lhe um beijo na testa. Em seguida, ela se dirigiu à irmã, e seus lábios se transformaram em uma linha fina. – Oi, Spence – disse, com frieza.

Spencer se atirou na cadeira mais próxima. Os sentimentos benevolentes, tipo estou-feliz-por-você-estar-viva, que ela e Melissa haviam compartilhado na noite em que Jenna fora assassinada, haviam durado exatas vinte e quatro horas. Agora, as coisas **estavam** de volta ao *status quo*, com Melissa culpando Spencer pela ruína da família, esnobando-a a cada chance, e assumindo todas as responsabilidades da casa, como a senhorita certinha que sempre fora.

Melissa pegou a prancheta.

– Estou indo fazer compras no Fresh Fields. Você quer alguma coisa especial? – Ela falava com a sra. Hastings em uma voz absurdamente alta, como se a mãe tivesse noventa anos e fosse surda.

– Oh, eu não sei... – respondeu a sra. Hastings, preguiçosamente. Ela olhava para as próprias mãos como se contivessem uma grande sabedoria. – Não importa, realmente, não é? Nós comemos a comida, e logo depois sentimos fome novamente. – Ao dizer isso, ela se levantou, suspirou alto e subiu as escadas até o quarto.

Os lábios de Melissa tremeram. A prancheta bateu contra seu quadril, e ela olhou para Spencer, estreitando os olhos. *Veja só o que você fez*, a expressão dela gritava.

Spencer olhou para a longa série de janelas que se abriam para o quintal. Uma camada fina de gelo brilhava na calçada, e estalactites pendiam das árvores queimadas. O velho celeiro da família era um monte de madeira enegrecida e cinzas, destruído pelo incêndio. O moinho ainda estava em pedaços, e a palavra *ASSASSINA* era visível na base.

Lágrimas encheram os olhos de Spencer. Sempre que ela olhava para o quintal, tinha que resistir à vontade de correr para o andar de cima, fechar a porta e se encolher debaixo da cama. As coisas haviam estado maravilhosas entre Spencer e seus pais pela primeira vez em anos, antes de ela revelar o caso do pai. Mas Spencer se sentia, agora, da mesma forma que quando experimentara o sorvete de cappuccino da Creamery, em Hollis: depois da primeira colherada, ela queria tomar o pote inteiro. Depois de sentir o gosto de ter uma família decente e amorosa, ela não podia voltar aos tempos de rejeição e negligência.

A televisão continuou a gritar, e uma fotografia de Ali encheu a tela. Melissa parou para ouvir por um momento enquanto a repórter narrava a linha do tempo dos assassinatos.

Spencer mordeu o lábio. Ela e Melissa não haviam discutido o fato de que Ali era sua meia-irmã. Agora que Spencer sabia que ela e Ali tinham parentesco, tudo mudara. Por um longo tempo, Spencer chegara a odiar Ali – afinal, ela controlara cada movimento seu e descobrira todos os seus segredos. Mas nada daquilo importava agora. Spencer só desejava poder voltar no tempo para salvar Ali de Billy naquela noite horrível.

A emissora cortou para uma tomada de estúdio, com especialistas sentados em torno de uma mesa alta e redonda, discutindo o destino de Billy.

– Não se pode mais confiar em ninguém! – exclamou uma mulher de pele cor de azeitona vestindo um terno elegante, vermelho-vivo. – Nenhuma criança está segura.

– Ora, espere um segundo. – Um homem negro de cavanhaque sacudiu as mãos para interrompê-la. – Talvez devêssemos dar uma chance ao sr. Ford. Um homem é inocente até que provem que é culpado, certo?

Melissa apanhou sua bolsa de couro Gucci no balcão da cozinha.

– Não sei por que eles estão perdendo tempo discutindo isso – observou ela, amargamente. – Ele merece queimar no inferno.

Spencer lançou um olhar inquieto para a irmã. Aquele era outro estranho acontecimento no lar dos Hastings; Melissa estava inequivocamente, quase fanaticamente convencida de que Billy era o assassino. A cada vez que o noticiário mencionava uma inconsistência no caso, Melissa se enfurecia.

– Ele vai para a cadeia – disse Spencer, para tranquilizá-la.
– Todos sabem que ele é culpado.

— Ótimo. — Melissa se virou, apanhou as chaves do Mercedes na tigela de cerâmica ao lado do telefone, abotoou o casaco xadrez Marc Jacobs que comprara na Saks na semana anterior (aparentemente, ela não estava tão abalada com o lar desfeito a ponto de deixar de ir às compras) e bateu a porta.

Os convidados do programa continuavam o debate quando Spencer foi até a janela da frente e observou enquanto a irmã saía com o carro. Havia um sorriso perturbador nos lábios de Melissa, que fez um arrepio percorrer a espinha de Spencer.

Por algum motivo, Melissa parecia quase... *aliviada*.

2

SEGREDOS ENTERRADOS

Aria Montgomery e seu namorado, Noel Kahn, caminhavam abraçados do estacionamento dos alunos de Rosewood Day até a entrada principal da escola. Uma rajada de ar quente os recebeu quando entraram na propriedade, mas no momento em que Aria notou o memorial perto do auditório seu sangue gelou. Em uma longa mesa que se estendia pelo saguão, havia uma grande fotografia de Jenna Cavanaugh.

A pele de porcelana de Jenna brilhava. Seus lábios naturalmente vermelhos revelavam um esboço de sorriso. Ela usava grandes óculos escuros Gucci, que escondiam seus olhos feridos. *Sentiremos sua falta, Jenna*, diziam as letras douradas sobre a imagem. Ao lado da foto maior, havia outras menores, flores, lembranças e presentes. Alguém colocara uma carteira de cigarros Marlboro Ultra Light no memorial, embora Jenna não fosse o tipo de menina que fumasse.

Aria deixou escapar um pequeno grunhido. Ela ouvira dizer que a escola talvez organizasse um memorial em honra de Jenna, mas alguma coisa naquilo tudo parecia tão... *brega*.

— Merda — sussurrou Noel. — Não deveríamos ter entrado por esta porta.

Os olhos de Aria se encheram de lágrimas. Num minuto, Jenna estava viva; Aria a vira em uma festa na casa de Noel, rindo ao lado de Maya St. Germain. E aí, praticamente no minuto seguinte... Bem, o que acontecera em seguida era horrível demais para imaginar. Aria sabia que devia estar aliviada, porque ao menos o assassino de Jenna fora preso, o assassinato de Ali fora solucionado, e as mensagens ameaçadoras de A haviam parado, mas o que acontecera não poderia ser desfeito: uma menina inocente estava morta.

Aria não conseguia deixar de se perguntar se ela e suas amigas poderiam ter feito algo mais para impedir a morte de Jenna. Quando Billy, disfarçado de A, estava se comunicando com elas, ele enviara a Emily uma fotografia de Jenna e Ali mais novas. Depois, levara Emily à casa de Jenna, onde ela e Jason DiLaurentis estavam discutindo. Ele obviamente estava lhes dando uma pista sobre sua próxima vítima. Havia pouco tempo, Jenna também andara pelo jardim da casa de Aria, como se precisasse contar algo a ela. Quando Aria lhe chamara, Jenna ficara pálida e se afastara rapidamente. Teria ela pressentido que Billy a machucaria? Será que Aria deveria ter desconfiado de que algo estava errado?

Uma menina do segundo ano colocou uma única rosa vermelha sobre o memorial. Aria fechou os olhos. Ela não precisava de mais coisas para lhe lembrar de tudo o que Billy fizera. Naquela mesma manhã, vira uma reportagem sobre uma série de fotos que ele tirara da festa do pijama que as meninas fizeram para comemorar o final do sétimo ano. Era difícil acreditar que Billy estivesse tão perto. Enquanto mastigava seu cereal matinal, Aria vasculhara suas lembranças daquela noite muitas e muitas vezes, tentando se lembrar de mais alguma coisa. Ela ouvira algum barulho estranho na varanda, ou alguma respiração suspeita do lado de fora da janela? Teria sentido olhos furiosos fixos nela, do outro lado do vidro? Mas não conseguia se lembrar de nada.

Aria se encostou à parede, do outro lado do saguão. Um grupo de garotos estava reunido ao redor de um iPhone, rindo de um aplicativo que imitava o barulho de uma descarga de vaso sanitário. Sean Ackard e Kirsten Cullen comparavam as respostas do exercício de trigonometria daquele dia. Jennifer Thatcher e Jennings Silver estavam se beijando perto do memorial. O quadril de Jennifer esbarrou na mesa, derrubando um pequeno porta-retratos dourado.

Aria sentiu um aperto no peito. Ela atravessou a sala e endireitou a foto. Jennifer e Jennings se separaram, com um ar culpado.

— Tenham um pouco de respeito — gritou Aria para eles, mesmo assim.

Noel tocou seu braço.

— Venha — disse ele, gentilmente. — Vamos sair daqui. — Ele a puxou para longe do saguão, entrando no corredor. Havia vários alunos em frente aos armários abertos, pendurando casacos e pegando livros. Em algum lugar mais afastado, Shark Tones, o grupo de canto *a cappella* de Rosewood Day, estava ensaiando uma versão de *I Heard It Through The Grapevine* para uma apresentação que aconteceria em breve. O irmão de Aria, Mike, e Mason Byers brincavam de empurrar um ao outro perto dos bebedouros.

Aria se aproximou de seu armário e abriu o cadeado.

— É como se ninguém sequer se lembrasse do que aconteceu — murmurou.

— Talvez seja a forma deles de lidar com a situação — sugeriu Noel. Ele encostou o braço no de Aria. — Vamos fazer alguma coisa para tirar isso tudo da sua cabeça.

Aria tirou o casaco xadrez que comprara em um brechó na Filadélfia, e o pendurou em um gancho dentro do armário.

— O que você tem em mente?

— Qualquer coisa que você quiser.

Aria lhe deu um abraço agradecido. Noel cheirava a chiclete de menta e ao pequeno purificador de ar em formato de árvore que pendia do retrovisor de seu Cadillac Escalade.

— Eu não me importaria de ir ao Clio esta noite — sugeriu Aria. Clio era uma nova e elegante cafeteria inaugurada recentemente no centro de Rosewood. O chocolate quente era servido em canecas do tamanho de um boné de beisebol.

— Combinado — respondeu Noel. Mas franziu o rosto e fechou os olhos com força em seguida. — Espere. Eu não posso. Tenho que ir ao grupo de apoio.

Aria concordou. Noel perdera um irmão mais velho, que se suicidara, e agora frequentava reuniões de apoio. Depois que Aria e suas antigas amigas tinham visto o espírito de Ali na noite do incêndio na floresta atrás da casa de Spencer, Aria entrara em contato com uma médium que dissera *Ali matou Ali*, levando-a a se perguntar se Ali também cometera suicídio.

— Está ajudando? — perguntou ela.

— Acho que sim. Espere um pouco! — Noel estalou os dedos ao ver algo do outro lado do corredor. — Por que não vamos ao baile? — Ele apontava para um pôster rosa-shocking. O pôster mostrava silhuetas negras de jovens dançando, como nos antigos e populares anúncios de iPods. Mas em vez de segurar Nanos e Touches, eles tinham pequenos corações brancos nas mãos.

ENCONTRE O AMOR NO BAILE DO DIA DOS NAMORADOS, NESTE SÁBADO, diziam as brilhantes letras vermelhas no cartaz.

— O que me diz? — Havia uma expressão doce e vulnerável no rosto de Noel. — Quer ir ao baile comigo?

— Oh! — exclamou Aria. Para falar a verdade, ela queria ir ao baile do Dia dos Namorados desde que Teagan Scott, um cara bonito do primeiro ano, convidara Ali no sétimo ano. Aria e as outras haviam ajudado a amiga a se arrumar, como se ela fosse Cinderela indo ao baile no castelo. Hanna se encarregara de enrolar os cabelos de Ali, Emily a ajudara a abotoar o vestido estilo bailarina, e Aria teve a honra de fechar o colar com pingente de diamante que a sra. DiLaurentis emprestara a Ali naquela noite. Mais tarde, Ali se vangloriara de seu lindo buquê, da música maravilhosa que o DJ tocara, e de como o fotógrafo a seguira o tempo todo, dizendo-lhe que ela era a menina mais linda da festa. *Como sempre.*

Aria olhou timidamente para Noel.

— Acho que seria divertido.

— Com certeza vai ser divertido! — Noel a corrigiu. — Prometo. — Os penetrantes olhos azuis de Noel se suavizaram. — Sabe, o pessoal está começando a organizar outro grupo de apoio, para quem perdeu alguém. Talvez você devesse ir.

— Ah, eu não sei — disse Aria vagamente, afastando-se enquanto Gemma Curran tentava enfiar a caixa do violino no armário ao lado. — Não sou muito fã de grupos de apoio.

— Apenas pense a respeito — aconselhou Noel. Em seguida, ele se inclinou, beijou-a levemente no rosto e se foi.

Aria o observou desaparecer nas escadas. Aconselhamento psicológico não era a resposta. Em janeiro, ela e as amigas haviam ido a uma psicóloga chamada Marion, tentando esquecer Ali, mas aquilo apenas as tornara mais obcecadas.

A verdade era que algumas pequenas inconsistências e perguntas não respondidas sobre o caso permaneciam, e Aria não conseguia deixar de pensar a respeito. Por exemplo, como exatamente Billy sabia tanto sobre ela e as amigas, até mesmo sobre os segredos de família de Spencer? Ou sobre o que Jason DiLaurentis dissera a Aria no cemitério, depois que o acusara de ter sido um paciente psiquiátrico: *Você entendeu tudo errado.* Mas *o que* Aria entendera errado? Jason obviamente fora um paciente do Radley, um antigo hospital para doentes mentais, agora transformado em hotel de luxo. Emily vira o nome dele por todo o livro de registros da clínica.

Aria fechou a porta do armário com força. Ao caminhar pelo corredor, ouviu uma risadinha distante, *idêntica* àquela que vinha ouvindo desde que começara a receber mensagens de A. Ela olhou em volta, o coração martelando contra as costelas. Os corredores estavam quase vazios; todos já haviam se dirigido para as salas de aula, e ninguém prestava atenção em Aria.

Com mãos trêmulas, ela vasculhou em sua bolsa de pele, e retirou o celular. Aria clicou no ícone do envelope, mas não havia novas mensagens de texto. Nenhuma nova pista enviada por A.

Ela suspirou. Claro que não havia uma nova mensagem de A; Billy fora preso. E todas as pistas dadas por A eram falsas. O caso estava resolvido. Não valia mais a pena pensar nas peças que não se encaixavam. Aria jogou o telefone dentro da bolsa novamente e enxugou o suor das palmas das mãos no blazer.

A se foi, ela disse para si mesma.

Talvez se repetisse aquilo o suficiente, começasse a acreditar.

3

HANNA E MIKE, UM SUPERCASAL

Hanna Marin estava sentada a uma mesa de canto na elegante cafeteria de Rosewood Day, Steam, esperando que seu namorado, Mike Montgomery, aparecesse. Era a última aula do dia, e ambos estavam com esse tempo vago. Para se preparar para o miniencontro, Hanna folheava o mais recente catálogo da Victoria's Secret e dobrava várias páginas. Ela e Mike gostavam de discutir que garotas tinham os seios mais falsos. Hanna costumava se divertir com uma versão daquele jogo com sua ex-melhor amiga, Mona Vanderwaal, que se revelara uma assassina maníaca e agora estava morta. Mas era muito mais divertido jogar com Mike. *A maioria* das coisas era mais divertida com Mike. Os garotos com quem Hanna saíra no passado ou eram muito recatados para olhar mulheres seminuas, ou achavam cruel zombar dos outros daquele jeito. E o melhor de tudo era que, por ser membro da equipe de lacrosse de Rosewood Day, Mike era mais popular do que qualquer um deles – até mesmo Sean Ackard, que se tornara um tanto carola depois que terminara o namoro com Aria e renovara seus votos no Clube da Virgindade.

O iPhone de Hanna tocou. Ela o retirou da capinha de couro cor-de-rosa. Na tela havia um novo e-mail de Jessica Barnes, uma repórter local. Ela andava bisbilhotando à procura de uma declaração para mais uma matéria sobre Billy Ford.

O que você pensa sobre o advogado de Billy dizer que ele é inocente? Qual foi a sua reação ao ver as fotos de vocês quatro juntas na noite em que Alison desapareceu? Responda pelo Twitter! J.

Hanna apagou a mensagem sem responder. A ideia de que Billy fosse inocente era uma grande bobagem. Advogados provavelmente *tinham* que dizer aquelas coisas sobre os clientes, mesmo que eles fossem os maiores canalhas do planeta.

Hanna também não tinha nenhum comentário a fazer sobre as fotografias assustadoras e borradas da noite em que Ali desaparecera. Ela não queria pensar nunca mais sobre aquela festa do pijama, pelo resto de sua vida. Sempre que se atrevia a pensar nos assassinatos de Ali, Ian e Jenna, ou no fato de que Billy a perseguira e às suas amigas, o coração de Hanna batia mais rápido do que uma música *techno*. E se a polícia não tivesse prendido Billy? Hanna poderia ter sido a próxima vítima?

Ela olhou para o corredor da escola, torcendo para que Mike se apressasse. Um grupo de garotos estava encostado nos armários, mexendo em seus BlackBerries. Um menino do segundo ano do ensino médio, com cara de esquilo, escrevia algo na mão, provavelmente uma cola para a prova da próxima aula. Naomi Zeigler, Riley Wolfe e a futura irmã adotiva de Hanna, Kate Randall, observavam uma grande pintura a óleo de Marcus Wellington, um dos fundadores da escola. Elas riam de algo que Hanna não podia ver, todas com seus cabelos brilhantes, suas saias cinco centímetros acima do joelho, seus sapatos Tod's e suas meias quadriculadas J. Crew combinando.

Hanna correu as mãos pela nova blusa de seda Nanette Lepore azul-royal que comprara na noite anterior na Otter, sua loja favorita do shopping King James, e passou os dedos pelos cabelos castanho-avermelhados, lisos e sedosos – ela fora ao spa Fermata naquela manhã e fizera uma escova. Hanna estava perfeita e glamourosa, definitivamente não o tipo de garota que passaria um tempo em uma instituição de saúde mental. Nem o tipo de garota que teria sido atormentada pela colega de quarto maluca, Iris, ou que poderia ter passado algumas horas na cadeia, apenas duas semanas antes. E sobretudo, não era o tipo de garota que alguém excluiria, ou que ficaria no ostracismo.

Mas apesar de sua aparência impecável, todas aquelas coisas tinham acontecido. O pai de Hanna avisara a Kate que ela estaria numa encrenca danada se a notícia de que passara uma temporada na clínica Preserve em Addison-Stevens vazasse. Billy, disfarçado de A, fora o responsável por Hanna ter sido mandada para lá, depois de convencer o sr. Marin de que aquele era o único tratamento apropriado para transtorno de estresse pós-traumático.

Tudo virara um inferno, entretanto, quando uma fotografia de Hanna na Preserve aparecera na revista *People*. Uma temporada no manicômio a transformara em uma pária instantânea, e ela fora excluída do grupo das meninas populares no mesmo segundo em que retornara a Rosewood Day. Não muito tempo depois, Hanna descobrira a palavra MALUCA escrita com caneta hidrocor em seu armário. Em seguida, recebera a solicitação de amizade no Facebook de alguém chamado Hanna Maluca Marin. Naturalmente, Hanna Maluca Marin tinha zero amigos.

Quando reclamara para o pai a respeito da página, que sabia ser obra de Kate, o sr. Marin simplesmente dera de ombros.

— Não posso obrigar vocês a se darem bem.

Hanna se levantou, endireitou as roupas novamente e abriu caminho com o cotovelo através da multidão. Naomi, Riley e Kate estavam agora na companhia de Mason Byers e James Freed. Para surpresa de Hanna, Mike também estava com eles.

— Não é *verdade* — protestou ele. Havia manchas vermelhas em seu rosto e pescoço.

— Que seja, cara. — Mason revirou os olhos. — Eu *sei* que este é o seu armário. — Ele mostrou a tela do iPhone para Naomi, Kate e Riley. Elas grunhiram e deram gritinhos de nojo.

Hanna apertou a mão de Mike.

— O que está acontecendo?

Os olhos azuis acinzentados de Mike estavam arregalados.

— Alguém mandou para Mason uma foto do meu armário de lacrosse — disse ele, envergonhado. — Mas aquelas coisas não eram minhas, eu juro.

— Claro que não, Cueca Suja — provocou James.

— *Cueca suja* — repetiu Naomi. Todos riram.

— O que é que não era seu? — Hanna olhou rapidamente para Naomi, Riley e Kate. Elas ainda estavam olhando para o iPhone de Mason. — O que não era do Mike? — repetiu ela, firme.

— Alguém aqui tem um probleminha de higiene — zombou Riley, alegremente. Os outros garotos da equipe riram e cutucaram um ao outro.

— *Não tenho* — protestou Mike. — Alguém está jogando sujo comigo.

Mason riu sarcasticamente.

— *Você* é quem está se sujando, ao que parece.

Todos riram mais uma vez, e Hanna arrancou o iPhone das mãos de Mason. Na tela, havia uma fotografia de um armário no departamento de esportes de Rosewood. Hanna reconheceu o casaco azul Ralph Lauren de Mike, pendurado em um gancho, e na prateleira de cima, o galinho de pelúcia da Kellogg's, sua mascote. Em primeiro plano, havia um par de cuecas brancas Dolce & Gabbana, totalmente... sujas.

Lentamente, ela desvencilhou a mão da de Mike, e se afastou.

— Eu sequer *uso* cuecas Dolce & Gabbana. — Mike cutucou a tela, tentando apagar a foto.

Naomi deixou escapar um berro.

— Eca, Mason, o Cueca Suja tocou no seu telefone!

— Que nojo! — declarou James.

Mason arrancou o telefone das mãos de Hanna e o segurou com o polegar e o indicador.

— Ugh. Germes de cueca!

— Germes de cueca! — repetiram alguns meninos da equipe. Um grupo de meninas do primeiro ano, louras e magras, sussurrava e apontava do outro lado do corredor. Uma delas tirou uma fotografia com a câmera do celular.

Hanna encarou Mason.

— Quem mandou essa foto para você?

Mason enfiou as mãos nos bolsos das calças de risca de giz.

— Um cidadão preocupado. Não reconheci o número.

Do outro lado da sala, um pôster anunciando um festival de culinária francesa se soltou da parede e voou, passando em frente aos olhos de Hanna. Aquele era exatamente o tipo de mensagem que A teria mandado. Mas A era Billy... e Billy fora preso.

— Você acredita em mim, não é? — Mike tomou a mão de Hanna novamente.

— Eca, eles estão de mãos dadas! — Riley deu uma cotovelada em Naomi. — O Cueca Suja encontrou uma garota que não se importa com as nojeiras dele!

— Eles não fazem um lindo casal? — riu Kate. — O Cueca Suja e a Maluca!

O grupo explodiu numa gargalhada.

— Eu não sou maluca — disse Hanna, com a voz falhando.

As gargalhadas continuaram. Hanna olhou em volta, impotente. Um grupo de alunos no corredor os encarava. Até mesmo uma professora colocou a cabeça para fora da sala de aulas de Ciências, observando com curiosidade.

— Vamos dar o fora daqui — murmurou Mike no ouvido de Hanna. Ele deu meia-volta e saiu andando pelo corredor. Seus cadarços estavam desamarrados, mas ele não parou para amarrá-los. Hanna quis segui-lo, mas suas pernas pareciam grudadas ao chão de mármore polido. As risadas se multiplicaram.

Aquilo era pior do que aquela vez no quinto ano, quando Ali, Naomi e Riley chamaram Hanna de gorducha na aula de ginástica, cutucando sua barriga. Era pior do que quando a suposta melhor amiga de Hanna, Mona Vanderwaal, enviara-lhe um vestido três tamanhos menor para que vestisse em sua festa de aniversário e a parte de trás dele se rasgara no momento em que ela chegara. Mike deveria ser popular. *Ela* deveria ser popular. E agora ambos eram... aberrações.

Hanna atravessou correndo o saguão e saiu da escola. O ar frio de fevereiro fazia seu nariz doer, e agitava violentamente a bandeira no centro do jardim. Ela não estava mais hasteada a meio mastro, mas algumas pessoas haviam colocado flores em memória de Jenna e Ali na base. Ônibus passavam guinchando pela entrada e estacionavam junto à calçada, prontos para apanhar os alunos. Um casal de corvos se abrigava sob um salgueiro de galhos finos. Uma sombra escura se esgueirou por detrás de um arbusto.

Os braços de Hanna ficaram completamente arrepiados; a foto que fora publicada na revista *People* lhe veio imediatamente à cabeça. Sua companheira de quarto na clínica Preserve, Iris, tirara a foto em um quarto secreto no sótão, cujas paredes estavam cobertas de desenhos de antigos pacientes. O desenho que estava bem atrás da cabeça de Hanna, assustadoramente próximo de seu rosto, era um enorme e inquestionável retrato de *Ali*. A menina no desenho parecia ameaçadora e... viva. *Eu sei de algo que você não sabe*, a Ali da parede parecia dizer. *E vou manter isso em segredo.*

Naquele momento, alguém bateu no ombro de Hanna. Ela deu um grito e se virou. Emily Fields deu alguns passos para trás, na defensiva, as mãos na frente do rosto.

— Desculpa!

Hanna correu os dedos pelos cabelos, respirando fundo para se acalmar.

— *Céus!* — grunhiu ela. — Não faça *isso*.

— Eu tinha que achar você! — disse Emily, sem fôlego. — Acabo de ser chamada à direção. A mãe de Ali estava ao telefone.

— A sra. DiLaurentis? — Hanna franziu o cenho. — Por que ela incomodaria você na escola?

Emily esfregou as mãos nuas.

– Eles estão dando uma coletiva de imprensa em casa neste momento – disse ela. – A sra. DiLaurentis quer que todas nós estejamos presentes. Disse que tem algo que precisa nos contar.

Um arrepio gelado percorreu a espinha de Hanna.

– O que ela quis dizer com *isso*?

– Eu não sei. – Os olhos de Emily estavam arregalados, e suas sardas pareciam mais visíveis no rosto pálido. – Mas é melhor irmos para lá. Está começando agora.

4

A BOMBA LOURA

Enquanto o sol de inverno se escondia no horizonte, Emily estava acomodada no banco do passageiro do Prius de Hanna, observando a avenida Lancaster passar pela janela. Elas aceleravam em direção a Yarmouth, onde os DiLaurentis moravam agora. Spencer e Aria iriam encontrá-las lá.

– Vire à direita aqui – disse Emily, checando as instruções que a sra. DiLaurentis dera. Elas entraram em um subdistrito, chamado Darrow Farms. O lugar parecia mesmo ter sido uma fazenda de verdade no passado, com morros verdejantes e extensos campos de agricultura e pecuária. Mas a região fora dividida em terrenos idênticos por algum especulador imobiliário e agora estava tomada por enormes mansões. Todas as casas tinham fachadas de pedra, persianas negras e pés de bordo japonês plantados no jardim da frente.

Não foi difícil encontrar a casa dos DiLaurentis; uma enorme multidão estava reunida na calçada, e havia um grande palanque no jardim, além de um enxame de operadores de câmera, repórteres e produtores. Um verdadeiro esquadrão de policiais estava de guarda ao lado da varanda da casa dos DiLaurentis, a maioria portando pistolas intimidadoras nos coldres. Muitas daquelas pessoas eram jornalistas, mas havia definitivamente vários curiosos, também. Emily viu Lanie Iler e Genna Curran, duas meninas de sua equipe de natação, encostadas em uma enorme sequoia. A irmã de Spencer, Melissa, estava parada ao lado de um utilitário esportivo Mercedes.

– Uau! – murmurou Emily. A notícia se espalhara. O que quer que estivesse acontecendo, era algo grande.

Emily fechou a porta do carro e, acompanhada de Hanna, caminhou em direção à multidão. Ela se esquecera de trazer as luvas, e seus dedos já estavam inchados e entorpecidos de frio. Andava perturbada desde a morte de Jenna, mal dormindo durante a noite e sem conseguir comer direito.

– Em?

Emily se virou e fez um gesto para Hanna sinalizando que a alcançaria em um minuto. Maya St. Germain estava atrás de Emily, ao lado de um garoto que usava um gorro dos Phillies. Sob o casaco de lã preto, ela vestia uma blusa listrada com decote canoa, jeans pretos e botas de couro pretas na altura dos tornozelos. Seus cabelos cacheados estavam presos com uma fivela de casco de tartaruga, e seus lábios estavam cobertos de ChapStick de cereja. Em sua boca, Emily viu um chiclete amarelo, com cheiro de banana, o que a fez lembrar o dia em que ela e Maya se beijaram pela primeira vez.

– Oi – disse Emily, com cautela. Ela e Maya não estavam exatamente bem, não desde que Maya flagrara Emily beijando outra garota.

Os lábios de Maya tremeram, e em seguida ela desabou em lágrimas.

— Eu sinto muito — balbuciou ela, cobrindo o rosto. — Isto é tão difícil. Eu não posso acreditar que Jenna está...

Emily sentiu uma pontada de culpa. Ultimamente ela via Maya e Jenna juntas com frequência, percorrendo os corredores de Rosewood Day, atravessando o pátio do shopping King James, e até mesmo nas competições de mergulho do clube de natação de Emily.

Um pequeno movimento na janela da frente dos DiLaurentis chamou a atenção de Emily, distraindo-a. Parecia que alguém afastara as cortinas e depois as fechara de novo. Por um momento, imaginou se teria sido Jason. Mas logo viu que ele estava ao lado do palanque, digitando em seu celular.

Ela se virou novamente para Maya, que tirava uma sacola plástica do Wawa de sua mochila verde.

— Eu queria te dar isto — disse Maya. — O pessoal que estava fazendo a limpeza depois do incêndio encontrou e pensou que fosse minha, mas eu lembrei que tinha visto isto no seu quarto.

Emily colocou a mão na sacola e retirou dela um porta-moedas de couro cor-de-rosa. A inicial *E* estava bordada na frente, e o zíper era rosa pálido.

— Oh, meu Deus! — suspirou ela. A bolsinha fora um presente de Ali no sexto ano. Fora um dos objetos relacionados a Ali que Emily e as amigas haviam enterrado no quintal de Spencer antes do julgamento de Ian. A psicóloga que as atendera na época dissera que o ritual iria ajudá-las a se recuperar da morte de Ali, mas Emily sentira falta da bolsinha desde então.

— Obrigada. — Ela apertou o objeto contra o peito.

— Sem problemas. — Maya fechou a mochila e a atirou por sobre o ombro. — Bem, preciso ir ficar com a minha família. — Ela fez um gesto indicando a multidão. O sr. e a sra. St. Germain estavam parados ao lado da caixa de correio dos DiLaurentis, parecendo um pouco perdidos.

— Tchau. — Emily se virou para o palanque novamente.

Hanna estava junto de Spencer e Aria, perto das barricadas. Emily não via suas velhas amigas juntas desde o enterro de Jenna. Engolindo em seco, ela abriu caminho entre a multidão, até chegar perto delas.

— Oi — disse ela, com delicadeza, para Spencer.

Spencer olhou para Emily, parecendo constrangida.

— Oi.

Aria e Hanna a cumprimentaram com gestos de cabeça.

— Como vocês estão? — perguntou Emily.

Aria correu os dedos pelas pontas de seu longo cachecol preto. Hanna olhou fixamente para seu iPhone, sem responder. Spencer mordeu o lábio. Nenhuma delas parecia feliz por estarem juntas.

Emily apertava o porta-moedas de couro rosa nas mãos, esperando que uma das amigas o reconhecesse. Estava louca para falar com elas sobre Ali, mas algo havia se interposto entre elas desde que o corpo de Jenna fora encontrado. Aquilo acontecera depois do desaparecimento de Ali, também; era simplesmente mais fácil ignorar umas às outras do que despertar aquelas lembranças terríveis.

— Do que vocês acham que isso tudo se trata? — Emily tentou novamente.

Aria tirou da bolsa um tubo de ChapStick de cereja, e passou o brilho nos lábios.

— Foi para você que a sra. DiLaurentis telefonou. Ela não disse?

Emily sacudiu a cabeça.

— Ela desligou o telefone muito rápido. Não tive tempo de perguntar.

— Talvez seja a respeito das alegações de Billy de que é inocente. — Hanna encostou-se à barricada, fazendo-a oscilar um pouco.

Aria estremeceu.

— Ouvi dizer que o advogado dele quer que o caso seja encerrado, porque ninguém conseguiu encontrar nenhuma pegada no quintal de Jenna. A polícia não tem nenhuma evidência física que o coloque na cena do crime.

— Isso é ridículo — afirmou Spencer. — Ele tinha todas aquelas fotos nossas, todas aquelas mensagens de A...

— Mas não é meio estranho que o culpado seja Billy? — perguntou Aria, em voz baixa. Ela estava puxando um pedacinho de pele seca em seu polegar. — Ele apareceu do nada.

O vento mudou de direção, e um cheiro forte de esterco veio de uma fazenda próxima. Emily concordava com Aria; ela estava certa de que o assassino de Ali seria alguém familiar, alguém ligado a ela. Aquele tal de Billy era um estranho esquisito que de algum modo conseguira descobrir os segredos mais profundos delas. Emily sabia que era possível — Mona Vanderwaal desenterrara toneladas de segredos obscuros sobre ela e as outras só de ler o diário abandonado de Ali.

— Acho que sim — disse Hanna, estremecendo. — Mas ele definitivamente é o culpado. Espero que fique trancado na cadeia para sempre.

O microfone no palanque emitiu um som agudo, e Emily ergueu a cabeça. A sra. DiLaurentis saiu da casa. Usava um tubinho preto, uma estola marrom de visom e sapatos pretos com salto. Ela segurava uma pequena pilha de notas. Seu marido, parecendo ainda mais macilento, o nariz mais adunco do que Emily se lembrava, estava ao seu lado. Ela também reparou em Darren Wilden no meio do grupo de policiais, com os braços cruzados sobre o peito. Emily fez uma careta. Talvez Wilden não tivesse matado sua ex-namorada Amish, mas ainda havia algo muito estranho a respeito dele. Wilden não acreditara na existência do novo A, mesmo quando ela e as amigas lhe mostraram as mensagens ameaçadoras. E ele fora extremamente rápido em ignorar que as meninas tivessem visto Ali depois do incêndio, fazendo-as prometer que não diriam mais nada sobre tê-la visto na floresta.

A multidão ficou em silêncio. Os flashes das câmeras brilharam.

– Gravando – sussurrou um produtor de televisão perto de Emily.

A sra. DiLaurentis deu um sorriso em meio às lágrimas.

– Muito obrigada por virem – disse ela. – Os últimos quatro anos foram muito difíceis e dolorosos para toda a nossa família, mas recebemos muito apoio. Quero que todos saibam que estamos bem e aliviados em saber que finalmente podemos deixar o assassinato de nossa filha para trás.

Houve alguns aplausos e a mãe de Ali continuou a falar.

– Duas tragédias aconteceram em Rosewood, a duas lindas e inocentes meninas. Gostaria que todos fizessem um momento de silêncio por minha filha e por Jenna Cavanaugh. – Ela olhou para os pais de Jenna em meio à multidão, parados em um local discreto, atrás de um carvalho. Os lábios da mãe de Jenna estavam crispados, como se ela estivesse tentando desesperadamente não chorar. O pai de Jenna tinha os olhos fixos em uma embalagem vazia de chicletes no chão, junto a seus pés.

Emily ouviu um soluço no meio da multidão, e em seguida o grasnado alto de um corvo. O vento assobiava, chacoalhando as árvores sem folhas. Quando olhou para a janela dos DiLaurentis, lá estava aquele movimento de novo.

A sra. DiLaurentis limpou a garganta.

— Mas esta não é a única razão pela qual chamei todos vocês até aqui — disse ela, consultando as anotações em sua mão. — A nossa família tem escondido um segredo por muito tempo, principalmente por questões de segurança. Mas achamos que está na hora de contar a verdade.

Parecia que havia algo se movendo dentro do estômago de Emily. *A verdade?*

Os lábios da sra. DiLaurentis tremeram. Ela respirou fundo.

— A verdade é que temos outra filha. Alguém que não cresceu sempre conosco, por causa de... — Ela fez uma pausa rápida, coçando nervosamente o nariz. — De questões de saúde.

A multidão começou a cochichar. A mente de Emily girava.

O que a sra. DiLaurentis acabara de dizer? Ela agarrou a mão de Aria, que retribuiu o aperto.

A sra. DiLaurentis teve que gritar para ser ouvida em meio aos crescentes comentários.

— Nossa filha recebeu alta recentemente e goza de perfeita saúde, mas esperávamos protegê-la da curiosidade pública até que o verdadeiro assassino de sua irmã estivesse atrás das grades. Graças ao policial Wilden e sua equipe, isso agora é uma realidade. — Ela se virou e fez um gesto na direção de Wilden, que abaixou a cabeça, constrangido. Algumas pessoas aplaudiram. Emily sentiu que o sanduíche de mel e manteiga de amendoim que almoçara naquele dia lhe voltava à garganta. *Filha?*

— Assim, achamos que está na hora de apresentá-la a todos vocês.

A sra. DiLaurentis se virou e fez um sinal para a casa. A porta da frente se abriu. Uma garota apareceu.

O porta-moedas escapou dos dedos de Emily.

— O quê?

Aria deu um grito, soltando a mão de Emily. Spencer apertou o ombro de Emily com força, e Hanna se apoiou na barricada.

A menina que aparecera na varanda tinha cabelos louros, pele de porcelana, e um rosto em formato de coração. Seus profundos olhos azuis se fixaram em Emily quase imediatamente. Ela sustentou o olhar de Emily e em seguida piscou para ela. O corpo inteiro de Emily pareceu virar geleia.

— Ali? — sussurrou ela.

A sra. DiLaurentis se aproximou mais do microfone.

— Esta é Courtney — declarou ela. — A irmã gêmea de Alison.

5

BEM QUANDO VOCÊ PENSAVA QUE A LOUCURA TINHA ACABADO

Os murmúrios da multidão viraram rugidos, e os flashes das câmeras disparavam com fúria. Várias pessoas começaram a enviar mensagens de texto freneticamente.

— Uma irmã gêmea? — disse Spencer, quase sem voz. Suas mãos tremiam descontroladas.

— Oh, meu Deus... — murmurou Aria, levando a mão à testa.

Emily não parava de piscar, olhando para a menina como se não acreditasse que fosse real. Hanna agarrou o braço de Emily.

Uma parte da multidão se virou e olhou para Aria, Emily, Spencer e Hanna.

— Elas *sabiam*? — murmurou alguém.

O coração de Spencer estava disparado. Ela *não* sabia. Ali guardara muitos segredos dela; o relacionamento clandestino com Ian, a amizade secreta com Jenna, o mistério do motivo por que ela trocara Naomi e Riley por Spencer e as outras no sexto ano; mas uma irmã secreta fazia tudo aquilo parecer irrelevante.

Ela olhou para a menina na varanda. A irmã de Ali era alta, seus cabelos eram um pouco mais escuros, e o rosto um pouco mais estreito que o de Ali, mas com exceção disso, ela era idêntica à sua antiga melhor amiga. A menina vestia *leggings* pretos, sandálias baixas pretas, uma camisa azul larga e um casaco branco. Havia um cachecol listrado em volta de seu pescoço, e seus cabelos louros estavam presos em um coque. Com aqueles lábios cheios e os olhos cor de safira, ela parecia uma modelo francesa.

Pelo canto do olho, Spencer viu sua irmã, Melissa, atravessando a multidão. Passando pelas barricadas da polícia, ela caminhou na direção de Jason DiLaurentis e sussurrou algo em seu ouvido. Jason ficou pálido, virou-se para Melissa e lhe respondeu alguma coisa.

Uma sensação desconfortável apertou o estômago de Spencer. Por que Melissa estaria ali? E o que estaria fazendo? Ela não via Melissa e Jason conversando desde o final do ensino médio.

Foi aí que Melissa esticou o pescoço e olhou para Courtney. Courtney percebeu o olhar e franziu o rosto. Seu sorriso desapareceu.

Mas que *diabos*?

— O que a senhora acha de William Ford dizer que é inocente? — gritou uma voz em meio à multidão, quebrando a concentração de Spencer. A pergunta viera de uma repórter alta e loura, na primeira fila.

A sra. DiLaurentis torceu os lábios.

— Acho repreensível. As provas contra ele são inquestionáveis.

Spencer se voltou para Courtney e ficou tonta de repente. Era tudo tão *bizarro*. Courtney retribuiu o olhar, e em seguida o desviou de Spencer para as outras meninas. Depois que conseguiu a atenção de todas, fez um gesto indicando a porta lateral da casa.

Emily ficou paralisada.

— Ela quer que a gente...?

— Ela não poderia — disse Spencer. — Ela sequer nos conhece.

Courtney se inclinou e sussurrou algo no ouvido da mãe. A sra. DiLaurentis assentiu, e sorriu para a multidão.

— Minha filha está exausta. Ela vai entrar em casa para descansar um pouco.

Courtney se virou para a porta. Antes de desaparecer dentro de casa, ela olhou por sobre o ombro e ergueu uma sobrancelha.

— Devemos ir? — perguntou Hanna, angustiada.

— *Não!* — exclamou Aria ao mesmo tempo em que Emily dizia:

— Sim!

Spencer mordeu a ponta do mindinho.

— Deveríamos ir ver o que ela quer. — Ela puxou Aria pelo braço. — Vamos.

Elas se esgueiraram pela lateral da casa, escondendo-se atrás de um arbusto, e correram na direção da porta vermelha. A cozinha enorme cheirava a cravo, azeite e detergente. Uma das cadeiras estava afastada da mesa em um ângulo estranho, como se alguém tivesse se sentado ali momentos antes. Spencer reconheceu os velhos potes de farinha e açúcar perto do microondas, os mesmos da antiga cozinha dos DiLaurentis. Alguém começara a fazer uma lista de compras e a pregara na geladeira. *Geleia. Picles. Pão francês.*

Quando Courtney apareceu no corredor, um esboço de sorriso surgiu em seu rosto assustadoramente familiar. As pernas de Spencer viraram gelatina. Aria deixou escapar um pequeno guincho.

— Prometo que não vou morder — disse Courtney. Sua voz era exatamente como a de Ali, rouca e sedutora. — Queria um minuto a sós com vocês antes que as coisas fiquem ainda mais loucas.

Ansiosa, Spencer prendeu os cabelos louros em um rabo de cavalo, incapaz de tirar os olhos da garota. Era como se Ali tivesse saído daquele buraco em seu velho jardim, recuperado sua pele e ficado viva e inteira novamente.

As meninas se encararam de olhos arregalados, sem piscar. O relógio do micro-ondas passou de 15h59 para 16h00. Courtney apanhou uma tigela amarela, cheia de pretzels, no balcão da cozinha e se aproximou delas.

— Vocês eram as melhores amigas da minha irmã, não eram? Spencer, Emily, Hanna, Aria?

Ela apontou para cada uma delas.

— Sim. — Spencer segurou com força as barras da cadeira, lembrando-se do dia, no sexto ano, em que ela, Aria, Hanna e Emily invadiram o quintal de Ali na esperança de roubar a bandeira da Cápsula do Tempo. Ali saíra para a varanda vestindo uma camiseta cor-de-rosa e sandálias de salto Anabela, e as apanhara em flagrante. Depois de dizer às meninas que elas haviam chegado tarde demais porque alguém já roubara a bandeira, ela apontara para Spencer:

— Você é Spencer, não é? — Em seguida, ela fizera as outras se apresentarem, agindo como se fosse importante demais para se lembrar de seus nomes. Aquela fora a primeira vez que Ali falara com alguma delas. Apenas uma semana depois ela as escolhera para serem suas novas melhores amigas.

— Ali me contou sobre vocês. — Courtney ofereceu pretzels para as meninas, mas todas sacudiram a cabeça. Spencer não conseguia pensar em comer naquele momento. Seu estômago parecia ter virado do avesso. — Mas ela nunca lhes contou sobre mim, não é?

— N-não — gaguejou Emily. — Nenhuma vez.

— Então acho que isso deve ser bem bizarro — disse Courtney. Spencer brincava com um porta-copo que dizia "Hora do Martini!" em letras estilo anos 1950.

— Então... onde você estava? Em um hospital, ou algo assim? — perguntou Aria. Não que Courtney parecesse doente. Sua pele era radiante, quase como que iluminada por uma luz interior. Seus cabelos louros brilhavam como se fossem hidratados de hora em hora. Enquanto Spencer examinava o rosto de Courtney, uma compreensão a atingiu com a força de um meteoro: se Ali era meia-irmã de Spencer, quer dizer que aquela garota também era. De repente, ela percebeu o quanto Courtney se parecia com o sr. Hastings... e Melissa... *e* Spencer. Courtney tinha os dedos longos e finos do pai delas, e o narizinho em forma de botão, os olhos azuis profundos de Melissa, e as covinhas na face direita de Spencer. Vovó Hastings tinha aquelas covinhas também. Era incrível que Spencer não tivesse percebido aquelas semelhanças quando Ali estava viva. Mas naquela época, ela não tivera motivos para reparar.

Courtney mastigava pensativa. O barulho ecoava pela cozinha.

— Mais ou menos. Eu estava em um lugar chamado Radley. E aí, depois que o transformaram em um hotel ou algo do gênero, fui transferida para outro lugar, chamado Preserve, em

Addison-Stevens. – Ela disse o nome com um sotaque britânico exagerado, revirando os olhos.

Spencer trocou um olhar chocado com as outras meninas. *Mas é claro.* Jason DiLaurentis não era o paciente no Radley; era *Courtney*. O nome dele estava nos livros de registro porque ele a visitara. E Hanna dissera que Iris, sua colega de quarto na clínica Preserve, desenhara um retrato de Ali em alguma sala secreta. Mas Iris deveria ter conhecido Courtney, não Ali.

– Então... era algum tipo de... problema mental? – perguntou Aria, hesitante.

Courtney apontou um pretzel para Aria como se fosse uma espada.

– Aqueles lugares não são *apenas* para pacientes mentais – estourou ela.

– Oh. – Um vermelho vivo coloriu as faces de Aria. – Desculpe-me. Eu não fazia ideia.

Courtney deu de ombros e olhou para a tigela de pretzels. Spencer esperou que ela explicasse por que estivera nas clínicas, mas ela não disse nada.

Finalmente, Courtney ergueu a cabeça.

– Enfim, sinto muito por ter fugido de vocês na noite do incêndio. Aquilo deve ter sido realmente... confuso.

– Oh, meu Deus, aquela *era* você! – exclamou Hanna.

Spencer correu os dedos pela beirada do jogo americano de linho azul. Fazia sentido, claro, que tivesse sido Courtney a sair correndo da floresta, e não o fantasma de Ali ou uma alucinação coletiva esquisita.

Emily se inclinou para frente, e seus cabelos louro-avermelhados caíram sobre seu rosto.

– O que você estava fazendo lá?

Courtney puxou sua cadeira para mais perto da mesa.

— Recebi uma mensagem, de Billy, acho, dizendo que havia algo na floresta que eu precisava ver. — O rosto de Courtney se contraiu de remorso. — Eu não deveria sair de casa, mas a mensagem dizia que aquilo ajudaria a resolver o assassinato de Ali. Quando eu cheguei à floresta, o fogo começou. Pensei que fosse morrer... mas Aria me salvou. — Ela tocou o pulso de Aria. — Obrigada, a propósito.

O queixo de Aria caiu, mas ela não emitiu nenhum som.

— Como você saiu de lá tão rápido? — insistiu Emily.

Courtney limpou um grão de sal de sua boca.

— Telefonei para meu contato no departamento de polícia de Rosewood. Ele é um velho amigo da família.

De repente, elas ouviram o ruído do retorno do microfone, vindo da coletiva de imprensa do lado de fora. Spencer olhou para Aria, Emily e Hanna. Era óbvio quem o tal *amigo da família* era. Aquilo explicava por que elas não o haviam visto na noite do incêndio. E também explicava por que ele lhes dissera para parar de dizer que haviam visto Ali, no dia seguinte; ele precisava manter a irmã de Ali a salvo.

— Wilden. — O maxilar de Emily ficou tenso. — Você não deve confiar nele. Ele não é o que parece ser.

Courtney se recostou na cadeira, soltando uma risada fácil e divertida.

— Calma, delegada.

Um arrepio de medo percorreu a espinha de Spencer. *Delegada?* Aquele era o apelido de Ali para Emily. Ali contara a ela?

Mas antes que qualquer uma delas pudesse dizer alguma coisa, a sra. DiLaurentis apareceu no corredor. Quando viu o grupo reunido, seu rosto se iluminou.

— Obrigada por terem vindo, meninas. Significa muito para nós.

A sra. DiLaurentis se aproximou de Courtney e colocou a mão em seu braço. Suas unhas longas e perfeitas estavam pintadas de vermelho Chanel clássico.

— Desculpe, querida, mas há alguém da MSNBC que gostaria de lhe fazer algumas perguntas. Ele veio de Nova York...

— Tudo bem — disse Courtney, levantando-se.

— O departamento de polícia de Rosewood também quer falar com você — continuou a sra. DiLaurentis. Ela tomou o rosto da filha nas mãos e começou a ajeitar as sobrancelhas de Courtney. — Algo a ver com a noite do incêndio.

— *De novo*? — Courtney suspirou dramaticamente, desvencilhando-se da mãe. — Eu prefiro falar com a imprensa. Eles são mais divertidos.

Ela se virou para as meninas, que ainda estavam sentadas à mesa, sem se mover.

— Apareçam a qualquer hora, garotas — disse ela, sorrindo. — A porta está sempre aberta. E... oh! — Ela tirou uma identidade escolar novinha em folha do bolso dos jeans. *Courtney DiLaurentis*, dizia, em grandes letras vermelhas. — Vou estudar em Rosewood Day! — exclamou ela. — Vejo vocês na escola amanhã.

Em seguida, com uma última e perturbadora piscadela, ela se foi.

6

PERDEDORA, NUNCA MAIS

Na manhã seguinte, Hanna caminhava pela trilha que levava do estacionamento dos alunos até a escola. Furgões do Canal 6, do Canal 8 e da CNN News estavam parados na entrada principal de Rosewood Day. Repórteres se escondiam atrás de arbustos como leões espreitando a presa. Ajeitando seus cabelos acobreados, Hanna se preparou para o interrogatório.

O repórter que estava mais perto dela olhou-a por um momento, e em seguida se virou para os outros.

— Deixem para lá — gritou ele. — É só uma daquelas Belas Mentirosas.

Hanna se encolheu. *Só* uma daquelas Belas Mentirosas? Que diabos aquilo queria dizer? Eles não queriam perguntar a Hanna o que ela achava da gêmea secreta de Ali? E quanto a suas opiniões sobre Billy tentar provar sua inocência? E, a propósito, que tal um bom pedido de desculpas por terem sujado o nome dela?

Hanna empinou o nariz. Ela não se importava. Não queria mesmo aparecer na TV, a câmera engordava uns bons cinco quilos.

Um gorducho que operava o microfone externo falava em seu comunicador Nextel. Outra repórter desligou o celular rapidamente.

— Courtney DiLaurentis está no estacionamento dos fundos! — Os repórteres e operadores de câmera saíram correndo em direção aos fundos da escola, como uma manada.

Hanna estremeceu. *Courtney*. Não parecia real. Nas primeiras poucas horas depois que ela saíra da cozinha dos DiLaurentis, Hanna ficou esperando que pessoas com câmeras na mão aparecessem subitamente, anunciando que tudo não passava de uma pegadinha bizarra.

Por que Ali não contara sobre a irmã? Todas aquelas festas do pijama, todas aquelas mensagens de texto no meio das aulas, todas aquelas viagens a Poconos e Newport... todas aquelas vezes em que elas haviam jogado "Eu Nunca" e o "Jogo da Verdade", e Ali nunca deixara escapar o segredo. Hanna deveria ter desconfiado, quando Ali quisera fingir que elas eram quíntuplas separadas ao nascer? Ou quando ela vira o desenho de Ali, ou *Courtney*, na parede do Preserve? Estaria Ali dando dicas misteriosas, sempre que olhava para Hanna e suspirava "Você tem tanta sorte de ser filha única..."?

Desviando-se de um grupo de calouras com cara de intelectuais que assistiam um episódio de *Glee* no iPhone, Hanna abriu a porta da frente com um chute e entrou correndo. Parecia que uma fábrica da Hallmark vomitara no saguão. As paredes estavam cobertas de cupidos de papel branco, balões vermelhos em formato de coração, e enfeites dourados. Ao lado das portas do auditório, havia grandes painéis em forma de coração que a escola colocava nas paredes todos os anos. ENCONTRE O AMOR, dizia o primeiro coração, numa caligrafia de convite de casamento. NO BAILE DOS NAMORADOS, dizia o segundo. NESTE SÁBADO, dizia o último. Havia algumas marcas de mordida em um dos cantos do último coração, provavelmente feitas por um roedor que entrara no armário onde as decorações eram guardadas durante o restante do ano. Havia mais detalhes sobre o baile em pequenos folhetos cor-de-rosa dentro de uma cesta, inclusive a informação de que, em honra ao Dia dos Namorados, todos deveriam usar vermelho, cor-de-rosa ou branco, até mesmo os meninos. Por causa da tragédia recente, a renda dos ingressos seria destinada ao recém-criado Fundo Jenna Cavanaugh, que patrocinaria o treinamento de cães-guia.

Era interessante que todos os vestígios do memorial de Jenna que estava no saguão no dia anterior tivessem desaparecido. Ou os funcionários de Rosewood Day tinham recebido muitas reclamações sobre como aquilo era deprimente e perturbador ou, agora que Courtney estava ali, a morte de Jenna era notícia velha.

Uma explosão de risadas veio da cafeteria. Hanna se virou e viu Naomi, Riley e Kate sentadas a uma das mesas, bebericando chá aromático e beliscando bolinhos quentes de framboesa com aveia. Havia uma quarta menina também, com um rosto em forma de coração e grandes olhos azuis.

A leiteira da máquina de expresso assobiou, e Hanna deu um pulo. Ela se sentiu transportada de volta ao sexto ano, quando Naomi, Riley e Ali eram inseparáveis. Claro que não era Ali quem estava lá, sentada ao lado de Naomi e Riley, como se elas fossem amigas de longa data. Era Courtney.

Hanna se aproximou, mas quando estava para se sentar na única cadeira vazia, Naomi atirou sua enorme bolsa Hermès sobre o assento. Riley colocou sua Kate Spade sobre a bolsa de Naomi, e Kate jogou sua Foley + Corinna enfeitada de tachinhas sobre as outras. As bolsas oscilaram como uma torre prestes a desabar. Courtney apertou sua bolsa cereja contra o peito, parecendo dividida.

– Desculpe, Maluca – disse Naomi, gélida. – Esse lugar está ocupado.

– Não sou maluca. – Hanna estreitou os olhos. Courtney se remexeu em sua cadeira, e Hanna se perguntou se a palavra *maluca* a deixava constrangida. *Ela* estivera naquele tipo de hospital, também.

– Se você não é maluca – provocou Kate –, por que eu a ouvi gritar enquanto dormia, na noite passada?

As meninas riram. Hanna mordeu o lado interno da bochecha com força. Se ao menos ela conseguisse gravar tudo aquilo em seu telefone e mostrar ao pai. Mas será que ele se importaria? Depois da coletiva de imprensa, ela esperara que ele fosse bater na porta de seu quarto para discutir o que acontecera. Aquilo costumava ser um hábito deles; eles conversaram por horas quando Hanna não conseguira entrar na equipe júnior de líderes de torcida, quando temera que Sean Ackard nunca se interessasse por ela, e quando o pai e a mãe de Hanna decidiram se divorciar. A batida em sua porta nunca aconteceu, entretanto. O sr. Marin passara a noite em seu escritório, aparentemente ignorando o fato de que Hanna estava passando por um momento terrível.

– Por que você não vai se sentar com o Cueca Suja? – provocou Riley. As outras meninas começaram a rir. – Ele está esperando você! – Ela apontou para o outro lado da sala.

Hanna seguiu a direção do dedo magro de Riley, que parecia o de uma bruxa. Mike estava sozinho em uma mesa nos fundos, perto do banheiro, bebericando café em um grande copo e olhando para um pedaço de papel. Ele parecia um cãozinho sem dono. O coração de Hanna se apertou. Ele enviara várias mensagens na noite anterior; ela pensara em escrever de volta, mas não o fizera. Não importava que a roupa de baixo na fotografia não fosse dele; todos *acreditavam* que era, do mesmo modo como todos acreditavam que ela era maluca. E apelidos eram algo permanente em Rosewood Day. No sétimo ano, Ali começara a chamar Peter Grayson de "Batata", porque ele se parecia com o sr. Cabeça de Batata, e os outros ainda o chamavam daquele jeito.

Mike ergueu os olhos e viu Hanna. Seu rosto se iluminou, e ele agitou um folheto cor-de-rosa. Nele, estavam escritas as palavras BAILE DOS NAMORADOS DE ROSEWOOD DAY. Ela queria se aproximar da mesa dele, mas se sentasse com Mike, e principalmente se concordasse em ir com ele ao Baile dos Namorados, seria a Maluca para sempre. Sua pequena temporada no Preserve não seria um infeliz passo em falso, mas um momento decisivo em sua carreira no ensino médio. Ela não estaria na lista VIP para festas, nem seria escolhida para o comitê do baile, o *único* comitê em Rosewood Day de que valia a pena participar. Ela não viajaria com as pessoas certas para a Jamaica ou para St. Lucia nas férias de primavera, o que significava que não teria um lugar na casa de praia em Miami durante a Semana dos Calouros, em junho. Sasha, a vendedora da Otter, pararia de reservar roupas para ela, Uri não conseguiria encaixá-la em sua agenda para uma escova ou para retocar as luzes, e ela voltaria a ser a Hanna perdedora; ia ganhar peso de novo, o dr. Huston colocaria aparelho em seus dentes outra vez, o efeito da cirurgia de miopia subitamente desapareceria, e ela teria que usar os óculos de fundo de garrafa, estilo Harry Potter, que usara no quinto ano.

Aquilo *não podia* acontecer. Desde que Ali a salvara do esquecimento, Hanna jurara nunca, *nunca* ser uma perdedora novamente.

Ela respirou fundo.

– Desculpe, Cueca Suja – ela se ouviu dizer em uma voz alta e zombeteira, que em nada se parecia com a sua. – Eu não posso chegar muito perto. Germes, você sabe. – Ela sorriu maliciosamente.

Os lábios de Mike se abriram em surpresa, e sua pele empalideceu como se tivesse visto um fantasma. O Fantasma das Vagabundas Passadas, talvez. Hanna se virou e olhou para Naomi, Kate, Riley e Courtney. *Viram?*, ela queria gritar. Ela podia fazer sacrifícios. Ela *merecia* fazer parte do grupo.

Naomi se levantou e esfregou as mãos, limpando os farelos dos bolinhos.

– Sinto muito, Han, você pode estar livre do Cueca Suja, mas *ainda* é uma aberração. – Ela enrolou a echarpe de seda com frases de amor no pescoço, e fez um gesto para que as outras meninas a seguissem. Riley entrou na fila atrás dela, e Kate a imitou.

Courtney permaneceu sentada à mesa por mais um instante, seus olhos azuis fixos em Hanna.

– Seus cabelos estão realmente lindos assim – disse ela, finalmente.

Hanna tocou os cabelos, subitamente consciente de si mesma. Eles pareciam estar como sempre: escovados e modelados com um pouco de *mousse* finalizadora Bumble & Bumble. Ela pensou de novo naquele desenho que Iris fizera de Courtney na parede do sótão; os olhos de Courtney estavam enormes, assustadores. Um arrepio lhe correu pela espinha.

— Hum, obrigada — murmurou ela, com cuidado.

Courtney sustentou o olhar de Hanna por mais alguns minutos, com um sorriso estranho nos lábios.

— De nada — disse ela. Em seguida, jogou a bolsa por sobre o ombro, e seguiu as outras pelo corredor.

7

NOEL KAHN, CHEFE DO
COMITÊ DE BOAS-VINDAS

Algumas horas mais tarde, Aria entrava na sala de estudos, o terceiro horário do dia. A matéria era na mesma sala da aula de saúde, decorada com vários pôsteres descrevendo os diferentes sintomas de DSTs, os males que drogas ilegais podem causar no corpo, e o que pode acontecer com a sua pele quando você fuma regularmente. Havia também uma bolha amarela de cera, muito pesada, nos fundos da sala, que representava a aparência de um quilo de gordura no corpo, e uma longa faixa ilustrando as várias mudanças que ocorrem com um feto no ventre da mãe. Meredith, a pseudomadrasta de Aria, estava grávida de vinte e cinco semanas, e segundo o gráfico, o feto era do tamanho de um nabo. *Que ótimo!*

Aria tomou um longo gole do café em sua caneca térmica. Ela ainda encomendava café em grãos da pequena loja perto do local onde morara com a família em Reykjavík, na Islândia. Custava uma pequena fortuna só de frete, mas o café da Starbucks já não era suficiente. Aria se sentou, enquanto os outros alunos chegavam. Ela ouviu um barulho e ergueu os olhos.

— Oi. — Noel se jogou na cadeira do outro lado do corredor. Aria ficou surpresa em vê-lo; embora tecnicamente Noel estivesse na mesma classe dela, era comum que ele passasse aquele horário na academia da escola. — Como você está? — perguntou ele, com os olhos arregalados.

Aria deu de ombros, tomando outro grande gole de café. Ela tinha a sensação de que sabia sobre o que Noel queria conversar. *Todos* queriam conversar com ela sobre aquele assunto hoje.

— Você já falou com... você sabe, Courtney? — Os lábios dele se crisparam quando ele disse o nome.

Aria mordeu a unha do polegar.

— Conversei um pouco com ela. Mas espero não ter que fazer isso nunca mais.

Noel pareceu surpreso.

— O que foi? — disse Aria, brusca.

— É que... — Noel se interrompeu, brincando com um dos chaveiros no formato de uma garrafa de vodca Absolut presos em sua mochila. — Pensei que você iria querer conhecê-la melhor, já que ela é irmã da Ali e tal.

Aria se virou, olhando fixamente para um pôster colorido que mostrava a pirâmide alimentar, do outro lado da sala. Seu pai, Byron, dissera a mesma coisa durante o jantar, na noite anterior; que uma aproximação com a irmã perdida de Ali poderia ajudar Aria a se recuperar da morte da amiga. Aria tinha certeza de que sua mãe, Ella, diria a mesma coisa, embora ela andasse evitando a mãe ultimamente. Sempre que Aria telefonava para Ella, corria o risco de que Xavier, o namorado idiota da mãe, atendesse.

A coisa toda com Courtney incomodava Aria. Courtney no palanque, acenando para a multidão. Os DiLaurentis escondendo a filha por anos, sem contar nada a ninguém. A imprensa, salivando a cada palavra da família. E no meio daquele circo todo, Aria vira Jason DiLaurentis. Ele assentia a cada palavra que sua mãe dizia, os olhos enevoados, como se tivesse sofrido uma lavagem cerebral. Tudo o que restava da paixão intensa que Aria sentira por Jason desaparecera em um instante. Ele e a família eram muito mais perturbados do que ela jamais imaginara.

Aria abriu o livro de biologia em uma página qualquer, e fingiu estar lendo um parágrafo sobre fotossíntese. Os olhos de Noel estavam fixos nela, esperando.

– É estranho estar perto dela – respondeu Aria finalmente, sem erguer os olhos. – Traz muitas lembranças do desaparecimento e da morte de Ali.

Noel se inclinou para frente, fazendo a velha mesa de carvalho ranger.

– Mas Courtney também passou por isso. Talvez fosse bom para vocês duas enfrentarem tudo juntas. Sei que você não acredita em terapia em grupo, mas conversar com ela pode ajudar.

Aria apertou o osso do nariz. Ela precisaria de terapia de grupo, sim, mas para lidar com o súbito aparecimento de Courtney.

Uma confusão na frente da sala fez com que Aria levantasse a cabeça. Os alunos começaram a cochichar. Quando a sra. Ives, a monitora da sala de estudos, afastou-se da porta, o coração de Aria se apertou. Courtney estava lá, em pessoa.

A sra. Ives fez um gesto para Courtney, apontando-lhe a única cadeira vazia na sala, que era – *obviamente* – a que ficava bem ao lado de Aria. Todos na sala observaram enquanto Courtney caminhou pelo corredor, requebrando os quadris, seus longos cabelos louros balançando. Phi Templeton chegou a tirar uma foto de Courtney com seu BlackBerry.

— *Ela é a cara da Ali* — sibilou Imogen Smith.

Courtney reparou em Aria e seu rosto se iluminou.

— Oi! É bom ver um rosto amigo.

— O-oi — gaguejou Aria. Ela estava com a sensação de que a expressão em seu rosto, naquele momento, não podia ser considerada *amistosa*.

Courtney escorregou para a cadeira, pendurou a bolsa cor-de-rosa brilhante nas costas da cadeira, e tirou um caderno de espiral e uma caneta roxa do bolsinho da frente. O nome *Courtney DiLaurentis* estava escrito na capa do caderno, com letras redondas. Até mesmo a letra dela era idêntica à de Ali.

A bile subiu à garganta de Aria. Ela *não podia* suportar aquilo. Ali estava *morta*.

Noel se virou e deu um sorriso largo a Courtney.

— Oi, sou Noel. — Ele estendeu a mão, e Courtney a apertou. — Hoje é o seu primeiro dia? — perguntou ele, como se não soubesse.

— A-hã. — Courtney fingiu enxugar o suor da testa. — Este lugar é uma loucura. Nunca estive em uma escola onde tantas salas de aula fossem antigos celeiros!

Isso é porque você nunca esteve em uma escola de verdade, pensou Aria, enfiando a ponta da lapiseira em uma pequena fresta em sua cadeira.

Noel concordou com entusiasmo, e seu rosto se iluminou como uma daquelas máquinas caça-níqueis de Las Vegas.

— Pois é, este lugar costumava ser uma fazenda, há muito tempo. Pelo menos o gado não está mais por aqui!

Courtney riu como se aquilo fosse a coisa mais engraçada do mundo. Ela virou o corpo levemente, na direção de Noel. Ali costumava fazer exatamente a mesma coisa com os meninos de quem gostava; era sua maneira de demarcar o território. Seria intencional? Alguma conexão esquisita entre gêmeas? Aria esperou que Noel contasse a Courtney que eles estavam namorando, mas tudo o que ele fez foi dirigir a Aria um olhar de censura. *Viu?* A expressão dele parecia dizer. *Courtney não é tão ruim assim.*

De repente, uma enxurrada de lembranças amargas, recentes e duras, tomou conta de Aria. No sétimo ano, Aria dissera a Ali que estava apaixonada por Noel. Ali garantiu a ela que falaria com ele, para ver se ele também gostava dela. Mas depois de ter feito o que prometera, Ali dissera a Aria, "Uma coisa... *estranha* aconteceu na casa do Noel. Eu contei a ele sobre você, e ele me disse que gosta de você como amiga. E aí ele disse que gostava de *mim*. E eu acho que gosto dele, também. Mas não vou sair com ele se você não quiser."

Aria sentira seu coração ser arrancado de seu peito e cortado em mil pedaços. "Hum, tudo bem," ela respondera rapidamente. O que mais poderia ter dito? Não era como se ela pudesse competir com Ali.

Ali saíra duas vezes com Noel: a primeira, para ver uma comédia romântica que ela mesma escolhera, e na segunda vez ao shopping King James, onde Noel esperara com paciência durante horas enquanto Ali experimentava praticamente todas as roupas da Saks. Em seguida, sem razão aparente, Ali terminara tudo com Noel porque estava gostando de outra pessoa, um rapaz mais velho. Deve ter sido Ian.

E agora, a história parecia estar se repetindo. Será que os sentimentos de Noel por Ali voltariam, agora que havia um clone dela disponível?

Courtney e Noel ainda comentavam, às gargalhadas, sobre a antiga cocheira onde agora ficava a sala de jornalismo; lá, ainda havia um palheiro e um comedouro de porcos, dos tempos antigos.

– Hum, Noel, estive pensando sobre o Baile do Dia dos Namorados – disse ela. – Você pretende usar um smoking ou um terno?

Noel piscou, interrompido no meio de uma frase.

– Hum, normalmente os garotos usam ternos, eu acho.

– Legal – disse Aria docemente. Ela manteve os olhos fixos em Courtney o tempo todo, certificando-se de que ela entendesse suas intenções. Mas em vez de cuidar de sua própria vida, Courtney apontou para algo na bolsa de pele de Aria, que estava no chão de madeira.

– Ei! Você ainda faz isso?

Aria olhou para sua bolsa. Dentro de um dos bolsos internos, havia um novelo de lã branca e duas agulhas de tricô de madeira. Ela tirou a bolsa do chão e a apertou contra o peito, em um gesto protetor.

Você ainda faz *isso*? Aquela era uma pergunta estranha.

– A minha irmã me disse que você tricotava – explicou Courtney, como se estivesse lendo a mente de Aria. – Ali até mesmo me mostrou um bustiê que você fez para ela.

– Ah. – A voz de Aria tremeu. A sala subitamente foi tomada por um cheiro forte de marcador de quadro e suor. Courtney estava olhando para ela de forma atenta e inocente, mas Aria não conseguia devolver o sorriso. O que *mais* teria Ali contado a Courtney sobre Aria? Que ela fora uma perdedora, esquisitinha e sem amigos, antes de Ali aparecer? Que Aria sempre tivera uma paixão patética por Noel? Talvez Ali também tivesse contado a ela sobre a ocasião em que elas apanharam Byron e Meredith se beijando em um estacionamento. Ali adorara cada minuto daquilo tudo, aquele fora praticamente o único assunto sobre o qual ela conversara com Aria, nas últimas semanas antes de seu desaparecimento.

Aria começou a tremer. Era demais para ela ficar sentada ali e fingir que tudo aquilo era normal. Quando seu *smartphone* Treo, em cima da mesa, emitiu um ruído estridente, ela quase pulou da cadeira. Um alerta do noticiário da CNN ocupava a tela.

BILLY FORD PODE TER UM ÁLIBI.

O café pareceu revirar no estômago de Aria. Quando ela ergueu os olhos, Courtney também estava prestando a maior atenção na tela, os olhos arregalados e o rosto pálido. Por uma fração de segundo, pareceu querer arrancar o telefone das mãos de Aria.

Mas em um piscar de olhos, aquela expressão desaparecera.

8

NADA MUITO PROVOCATIVO

Emily se apressava para chegar à aula de educação física das terças-feiras quando Aria segurou-a pelo braço.

— Dê uma olhada nisto. — Ela praticamente enfiou o telefone na frente de Emily. Na tela, havia uma atualização recente.

— Uma mudança crítica e surpreendente aconteceu no caso do julgamento de William Ford por assassinato — dizia a voz grave de um repórter.

A câmera cortou para a imagem do estacionamento de uma loja de conveniência.

— Uma testemunha na Flórida afirma ter se encontrado com o sr. Ford do lado de fora desta loja em quinze de janeiro, o dia em que as Belas Mentirosas descobriram o corpo do sr. Ian Thomas em Rosewood — prosseguia o narrador. — A testemunha deseja continuar no anonimato, porque o encontro era relacionado à compra de drogas ilegais, mas se os investigadores conseguirem corroborar a história, esse álibi pode ser suficiente para inocentar o sr. Ford do assassinato do sr. Thomas.

O sr. Owens, o mais rígido dos professores de educação física, aproximou-se, e Aria colocou o telefone no bolso rapidamente. Os alunos não deveriam utilizar celulares na escola. Quando ele desapareceu no corredor, Aria deu play no vídeo novamente.

— Como isso é possível? — sussurrou ela, tensa. — Se Billy estava na Flórida quando Ian foi morto, outra pessoa deve ter tirado aquelas fotografias e descoberto todas aquelas coisas sobre nós como A.

Aflita, Emily mordeu o lábio.

— Isso não faz o menor sentido. Ele tem que estar mentindo. Talvez tenha pagado a alguém para dizer aquilo.

— Com que dinheiro? Ele não pode nem pagar um advogado — disse Aria.

As duas ficaram em silêncio por algum tempo. Dois meninos da equipe de luta livre passaram por elas, empurrando um ao outro numa espécie de pega-pega descontrolado. A reportagem acabou, e duas outras sugestões de vídeos apareceram na tela. Um deles era a reportagem sobre a noite em que Jenna fora assassinada. O outro era sobre Courtney DiLaurentis. Emily olhou para a imagem de Courtney, e a dor e a confusão a invadiram de novo. *Ali mentiu para nós*, ela pensou, e seu coração se partiu pela milionésima vez. Ali deixara Emily e as outras garotas de fora de uma parte muito importante de sua vida. Era como se elas nunca tivessem sido amigas de verdade.

Ou será que ela *teria* dado algumas dicas? Ali era obcecada com histórias de gêmeos, para começar; uma vez, quando ela e Emily foram fazer compras sozinhas em Ardmore, dissera a todo mundo que elas eram gêmeas, só para ver quantas pessoas acreditariam. E costumava ficar maravilhada ao ver como Emily e sua irmã Caroline eram parecidas.

— Alguém já pensou que vocês duas fossem gêmeas? — perguntara ela, mais de uma vez. — As pessoas confundem vocês?

Aria percebeu que Emily olhava para a imagem de Courtney. Ela tocou o pulso se Emily.

— Tenha cuidado.

Emily franziu a testa.

— Do que você está falando?

Aria apertou os lábios. Um grupo de meninas, vestindo uniformes de líderes de torcida, passou por elas praticando os movimentos de braço de uma coreografia.

— Ela pode ser exatamente igual a Ali, mas não é Ali.

O calor subiu às faces de Emily. Ela sabia onde Aria queria chegar. As antigas amigas de Emily sabiam de sua paixonite por Ali. Grande parte das mensagens que Emily recebera da A original, Mona Vanderwaal, só falavam disso. E Aria já acusara Emily de deixar que seu coração falasse mais alto que sua cabeça antes, especialmente quando Emily se apegava à ideia de que Ali ainda estivesse viva.

— Eu sei que ela não é Ali! — estourou ela. — Não sou idiota! — Ela deu meia-volta e marchou para a o vestiário do ginásio, sem se despedir.

A sala cheirava a borracha de tênis, spray de cabelos e desodorante floral. Um grupo de meninas já estava trocando de roupa, vestindo seus shorts e camisetas, e o ar estava cheio das conversas sobre o Baile do Dia dos Namorados que seria no sábado. Emily se dirigiu ao seu armário, irritada e agitada. Aria pisara *mesmo* em seu calo.

Verdade seja dita, Emily passara a noite inteira acordada, revivendo o momento em que Courtney aparecera no palanque. Mesmo que ela não fosse *Ali*, o coração de Emily se acelerara quando Courtney dera aquela piscadinha sedutora. Fora excitante sentar-se na cozinha nova dos DiLaurentis, frente a frente com aquela garota absurdamente linda, assombrosamente familiar. Emily sonhara com Ali durante anos, como poderia *não* sentir algo por sua gêmea idêntica?

E o que Aria quisera dizer com "*tenha cuidado*"? Não havia motivo para desconfiar de Courtney. Ela fora tão vítima naquela história toda quanto Emily e as outras. Courtney tinha sorte de ter escapado por pouco do incêndio na floresta. Billy obviamente estava tentando matá-la, também, como estivera tentando matar Emily, Aria e as outras garotas.

Mas e se o noticiário estivesse certo? E se Billy *não* tivesse matado Ian, nem começado aquele incêndio... ou feito qualquer outra daquelas coisas?

– Cha-ham.

Emily deu um pulo, e a camiseta branca e os shorts azuis que tirara de seu armário de ginástica lhe escorregaram das mãos. Uma garota loura, com rosto em formato de coração, estava sentada em um dos bancos de madeira no final do corredor.

– Oh! – gritou Emily, levando a mão à boca. Era como se Courtney tivesse aparecido só porque Emily estava pensando nela.

– Oi. – Courtney vestia um blazer justo de Rosewood Day, uma camisa de botões e uma saia xadrez azul. Suas meias azuis com o brasão da escola, eram justas e pareciam impecáveis, acabando pouco abaixo de seus joelhos bonitos. Ela olhou para as roupas de ginástica nos braços de Emily. – Eu não sabia que devíamos trazer shorts e tudo o mais.

– É. – Emily levantou a camiseta pela gola. – Você pode comprar as roupas de ginástica na loja da escola. – Ela inclinou a cabeça. – O sr. Draznowsky não lhe disse? – O sr. Draznowsky era o professor de educação física.

— Ele só me deu o número do armário e a combinação do cadeado. Acho que ele pensou que eu saberia o que fazer.

Emily abaixou os olhos. Será que Courtney já frequentara uma escola normal, algum dia? Teria ela feito parte de uma equipe de esportes, ou tocado um instrumento na banda, ou tido que se preocupar em tomar o melhor caminho para chegar às aulas na hora certa? A advertência de Aria voltou à mente de Emily. Tudo bem, então elas não conheciam Courtney, mas o que Emily deveria fazer? Ignorá-la?

— Hããã... Tenho shorts extras e uma camiseta limpa — ofereceu Emily, virando-se para seu armário e remexendo lá dentro para procurar as peças de roupa. Ela entregou a Courtney uma camiseta da natação e um par amassado de shorts de ginástica. — A camiseta não é exatamente para ginástica, mas acho que eles vão deixar passar, por hoje.

— Ai, meu Deus, obrigada! — Courtney ergueu a camiseta, examinando-a. Ela trazia a imagem de uma piscina e de um bloco de largada. — *VOCÊ GANHA NA MANHA!* — leu a garota em voz alta, e em seguida olhou para Emily com curiosidade.

— Minha técnica de natação me deu de presente, depois que fui escolhida capitã da equipe de competição deste ano — explicou Emily.

Os olhos de Courtney se arregalaram.

— Capitã? Impressionante.

Emily deu de ombros. Ela nutria sentimentos conflitantes sobre liderar a equipe de natação, especialmente depois de considerar a possibilidade de desistir de tudo, há não muito tempo.

Courtney estendeu os shorts de ginástica, notando o brasão da escola impresso em silkscreen perto da barra.

— O que é esta coisa no brasão? Um pênis pequeno?

Emily explodiu numa gargalhada.

— É um tubarão. Nosso mascote.

Courtney apertou os olhos.

— Um tubarão? Sério?

— Eu sei. Parece mais com uma minhoca. Ou... com um pênis.

Emily achou esquisito falar a palavra em voz alta.

— Agora que você mencionou isso, há um calouro que usa uma fantasia de tubarão feita de espuma nas reuniões da equipe de natação. E no final da festa, a cabeça da fantasia sempre fica meio... *mole.*

Um grupo de garotas passou por elas, a caminho do ginásio. Courtney se encostou aos armários de metal.

— Esta escola é muito esquisita. Tubarões que parecem pênis, aquela música idiota que toca nos intervalos das aulas...

— Nem me fale disso — grunhiu Emily. — Às vezes eles se esquecem de desligar a música quando as aulas começam. E aí, aquele negócio fica no nosso ouvido enquanto tentamos fazer uma prova de matemática. Você conheceu a srta. Reyes, da secretaria? Aquela moça que usa óculos enormes, ovais, com lentes cor-de-rosa?

Courtney riu.

— Foi ela quem fez a minha matrícula.

— É ela quem cuida do sistema de som — explicou Emily, erguendo a voz para ser ouvida, por causa do barulho das descargas nos banheiros adjacentes ao vestiário. — E sempre que a música demora muito a ser interrompida, eu a imagino dormindo em sua mesa.

— Ou isso, ou ela está distraída olhando para as pinturas a óleo daquele cachorrinho com cara de rato.

— Aquele é o chihuahua dela! — riu Emily. — Às vezes ela o traz para os eventos da escola. Ela fez um uniforme de Rosewood Day para ele: um blazer e uma saia, embora seja macho!

Os ombros de Courtney sacudiam com as risadas. Emily se sentia radiante, brilhando. Courtney sentou-se no banquinho do vestiário e desabotoou o blazer.

— E sempre vejo muitos pôsteres anunciando um jogo chamado Cápsula do Tempo. Do *que* se trata?

Emily olhou para um pedaço de chiclete verde que alguém grudara no espaço entre os azulejos da parede.

— É só um jogo idiota — murmurou ela. A Cápsula do Tempo era uma tradição de Rosewood Day havia muitos anos e, por coincidência, a primeira vez em que Emily entrara no quintal de Ali fora quando tentara roubar o pedaço da bandeira de Ali para a Cápsula. Ali fora incrivelmente simpática com elas naquela noite, o que era muito estranho, e dissera a Emily e às outras que alguém já a roubara. Emily só soubera recentemente que o tal *alguém* fora Jason. Ele entregara a peça a Aria, que a mantivera escondida durante anos.

Um bipe soou dentro da bolsa de Courtney. Ela apanhou seu iPhone e revirou os olhos.

— É a CNN *de novo* — disse ela, dando um suspiro dramático. — Eles querem mesmo me entrevistar. Recebi uma ligação do próprio Anderson Cooper!

— Uau! — sorriu Emily. Alguém em outro corredor bateu a porta do armário.

Courtney colocou o telefone de volta na bolsa.

— É, mas a verdade é que eu não *quero* falar com a imprensa. Prefiro conversar com vocês. — Ela correu as mãos sobre as iniciais *WD + MP* que alguém entalhara no banco de madeira.

—Vocês estavam com a minha irmã na noite em que ela... Na noite em que Billy...?

Um arrepio percorreu a espinha de Emily.

— Sim, estávamos.

— É tão assustador. — A voz de Courtney tremeu. — E pensar que ele matou Jenna Cavanaugh e Ian. E mandou todas aquelas mensagens horríveis para vocês.

O aquecedor começou a funcionar, fazendo com que pequenas bolas de poeira voassem pela sala.

— Espere um minuto — disse Emily subitamente, quando um pensamento lhe ocorreu. — Billy me mandou uma fotografia de Ali, Jenna e uma menina loura. Eu pensei que fosse Naomi Ziegler, mas era você, não era?

Courtney tentava arrancar um adesivo da Chiquita Banana que alguém colara em seu armário.

— Provavelmente. Conheci Jenna durante uma das visitas que fiz a Rosewood. Ela era a única pessoa por aqui que sabia sobre mim.

Duas garotas vestindo shorts e camisetas de ginástica de Rosewood Day passaram por Emily e Courtney, dando uma olhada para ela antes de desviar o olhar. A mente de Emily girava. Quer dizer que Jenna *sabia* de algo, como ela e as meninas haviam suspeitado. Billy, disfarçado de A, também mandara Emily ir à casa de Jenna algumas semanas antes, para que ela pudesse testemunhar a briga de Jenna com Jason DiLaurentis. Talvez eles estivessem discutindo porque Jason queria se certificar de que Jenna guardasse segredo sobre Courtney. Mas o que aquilo teria a ver com Billy?

O professor bateu na porta e avisou que todos precisavam se juntar a suas equipes para jogar futebol de salão.

— Meu Deus, eu sou um desastre! — sussurrou Courtney, sacudindo a cabeça tristemente. — Desculpe ter trazido o assunto à tona. Tenho certeza de que deve ser estranho para você falar sobre isso.

Emily deu de ombros.

— Todas nós deveríamos falar mais a respeito. — Ela encarou Courtney, sentindo-se corajosa. — E... bem, se você tiver alguma pergunta sobre Rosewood, ou qualquer outra coisa, estou aqui.

O rosto de Courtney se alegrou.

— Sério?

— Claro.

— Talvez nós possamos nos encontrar depois da escola, amanhã? — perguntou Courtney, seu rosto brilhando de esperança.

— Oh! — disse Emily, surpresa. A porta que dava para o ginásio se abriu, fazendo com que o vestiário fosse momentaneamente invadido por sons de gritos e de bolas de basquete quicando.

— Se isso for muito estranho para você, tudo bem — disse Courtney rapidamente, sua expressão tornando-se mais carregada. — Você sabe, por causa da Ali, e tudo o mais.

— Não, parece ótimo nos encontrarmos — decidiu Emily. — Você gostaria de ir à minha casa?

— Pode ser — disse Courtney.

Emily se abaixou, desamarrando o sapato e amarrando-o novamente em seguida. Ela queria poder demonstrar mais emoção, mas também se sentia envergonhada, como se fosse se expor demais.

Quando Courtney limpou a garganta, Emily ergueu os olhos de novo e soltou uma exclamação de surpresa. Courtney tirara a blusa pela cabeça, e estava de pé no meio do corredor, vestindo sua saia xadrez e um sutiã de renda cor-de-rosa. Não era como se ela estivesse se mostrando... Mas também não estava se escondendo.

Emily não pôde resistir a espiar. Os seios de Courtney eram maiores que os de Ali, mas ela tinha a mesma cintura fininha. Um milhão de lembranças de Ali passaram pela mente de Emily. Ali, sentada de biquíni na beira da piscina, os óculos Prada de aviador sobre seu narizinho arrebitado. Ali, deitada no sofá de Spencer, vestindo shorts masculinos cinzentos, suas pernas longas e bronzeadas cruzadas na altura dos tornozelos. O toque dos lábios macios de Ali, quando Emily a beijara na casa da árvore. A excitação que Emily sentira naqueles breves segundos, antes de Ali afastá-la.

Courtney se virou, percebendo que Emily estava olhando. Uma sobrancelha se ergueu maliciosamente. Um sorriso chegou aos lábios de Courtney. Emily tentou devolver o sorriso, mas seus lábios pareciam feitos de balas de goma. Será que Courtney sabia sobre o beijo? Teria Ali contado a ela? E estaria Courtney... flertando com ela?

A porta do vestiário bateu novamente, e Emily saiu correndo, penteando os cabelos louro-avermelhados com os dedos e checando seu reflexo no espelho na parede. Courtney fechou seu armário, deixando escapar um bocejo alto. Enquanto Emily se apressava na direção da porta do ginásio, Courtney olhou-a nos olhos mais uma vez. Ela fechou lentamente um dos olhos, dando uma piscadela longa e sedutora, como se soubesse exatamente o que estava fazendo... Como se soubesse exatamente o que aquilo provocava em Emily.

9

SEGREDOS, SEGREDOS POR TODA PARTE

— Bem-vindas ao Salão de Tosa Ruff House! — disse uma mulher animada, vestindo um avental vermelho, para Spencer e Melissa quando elas entraram com os dois *labradoodles* da família no luxuoso spa canino. A tosa costumava ser responsabilidade da sra. Hastings, mas ela não vinha cuidando nem mesmo dos próprios cabelos ultimamente.

Enquanto os cachorros paravam para cheirar uma samambaia plantada em um vaso no canto da sala, e levantavam as patas traseiras em sua direção, Melissa soltou um suspiro dramático e lançou um olhar ressentido para Spencer. Spencer fez uma careta. Tudo bem, Melissa ainda a odiava por transformar sua mãe em uma agorafóbica catatônica. *Devidamente registrado.* Mas ela precisava mesmo esfregar aquilo na cara de Spencer toda vez que tinha uma chance?

Uma tratadora usando maria-chiquinhas e que não parecia ser muito mais velha que Spencer, disse que as atenderia dentro de alguns minutos. Spencer se atirou em uma poltrona de couro, e Beatrice se estirou aos seus pés, mastigando as pontas das sapatilhas Kate Spade que ela usava.

Alguém limpou a garganta do outro lado da sala. Spencer ergueu os olhos. Uma mulher de cabelos desgrenhados, segurando um chihuahua minúsculo, olhava feio para ela.

— Você é aquela garota cuja amiga morta tinha uma gêmea secreta, não é? — disse ela, apontando para Spencer. Quando Spencer assentiu, a mulher fez um som de desaprovação e apertou o cachorro contra o peito, como se Spencer estivesse possuída. — Nada de bom pode sair disso. *Nada de bom.*

O queixo de Spencer caiu.

— Como é?

— Sra. Abernathy? — chamou uma voz do corredor. — Estamos prontos para a senhora e o sr. Belvedere. — A velhota senhora se levantou, colocando o cachorro debaixo do braço. Ela deu a Spencer um último olhar de censura e desapareceu no corredor.

Ao lado de Spencer, Melissa deixou escapar um suspiro abafado. Spencer olhou de esguelha para ela. Como sempre, os cabelos de sua irmã, cortados na altura do queixo, estavam lisos e macios, sua pele de pêssego impecável e seu casaco de lã xadrez não tinha um fiapo fora do lugar. De repente, Spencer se sentiu realmente irritada com aquela briga idiota. Se velhas malucas vestindo Chanel tinham suas opiniões sobre a bomba que a sra. DiLaurentis soltara no dia anterior, certamente Melissa também as teria. Ali não era a única que tinha uma irmã secreta; Courtney também era meia-irmã de Spencer e Melissa.

— O que você acha que devemos fazer a respeito de Courtney? — perguntou Spencer para a irmã.

Melissa colocou o biscoito canino orgânico de volta no pote de cristal.

— Como?

— Courtney disse que Ali contou muita coisa sobre nós para ela. Será que eu deveria conhecê-la melhor, já que... você sabe, somos parentes?

Melissa desviou o olhar.

— Eu não tinha percebido que Ali e Courtney eram tão próximas. O que ela sabe? — Ela abriu a tampa de sua garrafa roxa de Nalgene e tomou um grande gole.

Spencer sentiu um aperto na boca do estômago.

— O que você disse a Jason durante a coletiva de imprensa, a propósito?

Melissa quase se engasgou com a água.

— Nada.

Spencer apertou com força a correia da coleira de Beatrice. Em algum lugar do spa, um cachorro soltou um latido irritado. Era óbvio que não tinha sido *nada*.

— E desde quando você e Jason são amigos? Eu não via vocês dois conversando desde o ensino médio.

Os sininhos presos na porta da frente tocaram, e um homem entrou, segurando um poodle enorme com uma bandana amarrada ao pescoço. Tanto Rufus quanto Beatrice se levantaram de um pulo, instantaneamente em alerta. Spencer manteve os olhos na irmã, determinada a não recuar até que Melissa lhe contasse a verdade.

Finalmente, Melissa suspirou.

— Eu estava dizendo a Jason que ele deveria ter me contado que Courtney estava de volta.

A música New Age que tocava no sistema de som subitamente parou.

— O que você quer dizer com "de volta"? Você *sabia* sobre Courtney? — sussurrou Spencer.

Melissa manteve os olhos no casaco em seu colo.

– Hã... Mais ou menos.

– Desde quando?

– Desde o ensino médio.

– O *quê*?

– Olhe, Jason teve uma paixonite por mim. – Melissa puxou Rufus para perto de si, acariciando a cabeça dele. – Um dia, deixou escapar que tinha uma irmã secreta que estava no hospital. Ele me implorou para não contar a ninguém. Era o mínimo que eu podia fazer.

– O que você quer dizer? – Uma mulher com dois *bichons frisées* recém-tosados passou por elas.

– Bem, eu meio que larguei Jason para ficar com Ian – disse Melissa, sem olhar nos olhos de Spencer. – Parti o coração dele.

Spencer tentou imaginar quando aquilo teria acontecido.

Antes de o celeiro ser incendiado, ela encontrara um velho caderno de matemática dos tempos de ensino médio de Melissa, e dentro havia uma anotação sobre um encontro dela com Jason.

Spencer também se lembrou de um sábado, depois do começo do sexto ano, quando ela e suas amigas invadiram o quintal de Ali para roubar a peça da Cápsula do Tempo. Duas pessoas brigavam dentro da casa, Ali gritara "Para com isso!", e então outra pessoa a imitara, com uma voz esganiçada. Depois, ouvira-se um barulho, um ruído alto, e Jason saíra da casa. Ele parara no meio do quintal para olhar com raiva para Ian e Melissa, que estavam no deque dos Hastings. Melissa e Ian haviam começado a namorar alguns dias antes...

Se Melissa e Jason tiveram um casinho, provavelmente fora antes daquilo. O que significava que Melissa sabia que Ali tinha uma gêmea secreta mesmo antes de Spencer e Ali se tornarem *amigas*.

— Gentil de sua parte ter me contado, Melissa — disse Spencer, entre dentes cerrados. A música começou a tocar de novo, dessa vez uma antiga canção de Enya.

— Eu fiz uma promessa — disse Melissa, enrolando a correia da coleira de Rufus no braço com tanta força que prendeu a circulação. — Era obrigação de Ali contar a você.

— Bem, ela não me contou.

Melissa revirou os olhos.

— Bem, Ali era mesmo meio escrota.

O cheiro forte de eucalipto da pasta de dente para cachorro revirava o estômago de Spencer. Ela queria dizer a Melissa que *ela* era meio escrota, também. Que se danasse essa história de proteger Jason, Melissa nunca protegia ninguém. Não, ela mantivera aquela informação em segredo porque conhecimento significa poder e controle — coisa de que Ali também sabia. As irmãs de Spencer eram mais parecidas do que ela jamais imaginara. Mas Ali e Melissa não eram as únicas irmãs de Spencer.

Apenas alguns dias antes, ela desejara ter uma oportunidade de começar de novo com Ali, sem manipulações, mentiras ou competições. Ela nunca teria aquela chance, mas talvez tivesse algo bem próximo disso.

Sem uma palavra, Spencer entregou a coleira de Beatrice para Melissa e saiu do salão.

Quando estacionou o carro na frente da nova casa dos DiLaurentis, Spencer ficou aliviada ao ver que os furgões das emissoras de televisão, os carros de polícia e as barricadas da coletiva de imprensa do dia anterior haviam desaparecido. Parecia uma casa normal de novo, idêntica a todas as outras casas, exceto pela escadaria sobre a garagem que levava ao apartamento de Jason.

Spencer desceu do carro e ficou parada, quieta. Ao longe, o ruído de um limpador de neve. Três corvos estavam pousados em um gerador verde, do outro lado da rua. O ar cheirava a óleo de motor e neve.

Endireitando os ombros, ela percorreu a trilha de pedras cinzentas e tocou a campainha dos DiLaurentis. Houve um barulho surdo dentro da casa. Spencer se apoiava num pé e no outro, tentando se aquecer e esperando que aquilo não fosse um grande erro. E se Courtney não soubesse que elas eram parentes, ou não se importasse? Só porque Spencer queria uma irmã, não significava que fosse conseguir uma.

De repente, a porta se abriu e Courtney apareceu. Spencer soltou uma exclamação de surpresa involuntária.

– O que foi? – perguntou Courtney, secamente. Suas sobrancelhas formavam um V.

– Desculpe – balbuciou Spencer. – É que... você se parece tanto com... – Lá estava Ali, exatamente como na memória de Spencer. Seus cabelos louros estavam espalhados em ondas sobre seus ombros, sua pele radiante e seus olhos azuis brilhavam sob os cílios longos e espessos. Parecia haver algo desconexo na mente de Spencer: aquela garota era *idêntica* a Ali, e ao mesmo tempo não era sua velha amiga.

Spencer agitou as mãos na frente do rosto, desejando poder fechar a porta e começar aquela conversa de novo.

– Então, o que há? – perguntou Courtney, encostando-se na moldura da porta. Havia um furo em sua meia esquerda listrada de vermelho e branco.

Spencer mordeu o lábio, confusa. *Céus, até no jeito de falar era igual a Ali.*

— Gostaria de conversar com você sobre uma coisa.

— Legal. — Courtney fez um gesto para Spencer entrar, e se virou, andando pelo corredor na direção das escadas.

Fotografias emolduradas da família DiLaurentis enchiam as paredes. Spencer reconheceu muitas, da antiga casa dos DiLaurentis. Lá estava a foto da família em um ônibus de dois andares em Londres, uma imagem em preto e branco de todos eles em uma praia das Bahamas, e outra deles na frente da jaula da girafa, no Zoológico da Filadélfia. As cenas familiares adquiriram um novo significado, enquanto Spencer seguia o único membro não fotografado da família DiLaurentis pela casa. Por que Courtney não fora a nenhuma das viagens de férias? Teria estado doente demais?

Spencer parou na frente de uma fotografia que não reconheceu. Era da família na varanda de trás da antiga casa deles. Mãe, pai, filho e filha sorriam, sorrisos largos e felizes, como se não tivessem nenhum segredo no mundo. A foto deveria ter sido tirada na época em que Ali desaparecera. Havia uma grande escavadeira no jardim, próxima de onde o gazebo seria construído. E havia uma sombra, perto do limite da propriedade. Parecia uma pessoa. Spencer se aproximou, apertando os olhos, mas não conseguiu definir quem era. Courtney limpou a garganta, esperando em um dos degraus de cima.

— Você vem? — perguntou ela, e Spencer se afastou rapidamente das fotografias, como se tivesse sido pega espionando. Ela subiu as escadas correndo.

Havia várias caixas de mudança no corredor de cima. Spencer enterrou as unhas nas palmas das mãos quando viu uma com a etiqueta *Ali – equipamento de hóquei*. Courtney pulou por cima de um aspirador de pó roxo, e empurrou uma porta no final do corredor.

– Aqui estamos.

Quando Spencer viu o quarto, sentiu como se tivesse voltado no tempo. Ela reconheceu imediatamente o edredom rosa-shocking sobre a cama. Ela mesma ajudara Ali a escolhê-lo, na Saks. Lá estava também a placa da estação de metrô Rockefeller Center que os pais de Ali compraram para ela em uma loja de antiguidades no SoHo. E o espelho imitando uma placa de carro, sob a penteadeira, era o objeto mais familiar de todos: Spencer o dera de presente a Ali em seu décimo terceiro aniversário. Aquelas eram as coisas de Ali, todas elas. Courtney não teria nada só seu?

Courtney se atirou na cama.

– E aí, no que está pensando?

Spencer se afundou na poltrona forrada do outro lado do quarto, endireitando os forros dos braços da poltrona para que as estampas se encaixassem.

Aquilo não era algo que se pudesse contar a alguém sem aviso prévio, especialmente a alguém que passara a vida inteira lutando contra uma doença misteriosa. Talvez aquela fosse uma péssima ideia. Talvez ela devesse se levantar e ir embora. Talvez...

– Deixe-me adivinhar. – Courtney arrancou um fio solto do edredom. – Você quer conversar sobre o caso. – Ela deu de ombros. – O seu pai. A minha mãe.

Spencer quase engasgou.

– Você sabia?

– Eu sempre soube.

— Mas... como? — gritou Spencer.

A cabeça de Courtney estava abaixada, e Spencer podia ver a risca que dividia seus cabelos e as raízes de um perfeito louro-mel.

— Ali descobriu. E me contou, durante uma de suas visitas.

— *Ali* sabia? Billy não estava só inventando aquilo? — Billy, como Ian, enviara uma mensagem a Spencer sobre o caso logo depois de ter matado Jenna.

— E ela nunca contou pra você, não é? — Courtney estalou a língua.

Um pardal pousou no parapeito da janela de Courtney. O quarto cheirava, repentinamente, a tinta fresca e carpete novo. Spencer piscou.

— Jason e o seu pai sabem?

— Não tenho certeza. Ninguém nunca disse nada a respeito. Mas se minha irmã sabia, meu irmão provavelmente também sabe. E os meus pais praticamente se odeiam, o que significa que o meu pai provavelmente desconfia de algo, ou sabe de tudo. — Ela revirou os olhos. — Eu poderia jurar que eles só ficaram juntos porque Ali desapareceu. E aposto que daqui a menos de um ano estarão divorciados.

Spencer sentiu um nó do tamanho de uma tangerina se formar em sua garganta.

— Eu nem mesmo sei onde meu pai *está*, agora. E minha mãe acabou de descobrir sobre tudo isso. Ela está bem perturbada.

— Sinto muito. — Courtney olhou nos olhos de Spencer.

Spencer se mexeu, inquieta, e a poltrona rangeu.

— Todos escondiam as coisas de mim — disse ela, baixinho. — Eu tenho uma irmã mais velha, Melissa. Você deve tê-la vis-

to na coletiva de imprensa. Ela estava conversando com o seu irmão. – *E olhando com raiva para você*, Spencer quis completar.
– Melissa me disse que sabia que Ali tinha uma irmã gêmea desde o ensino médio – continuou Spencer. – E ela nunca se incomodou em mencionar nada para mim. Tenho certeza de que ela adorava saber de algo que eu não sabia. Que irmã eu tenho, não é? – Ela fungou alto, sem querer.

Courtney se levantou, apanhou uma caixa de lenços de papel na mesinha de cabeceira e se sentou aos pés de Spencer.

– Ela me parece muito competitiva e insegura – disse ela.
– Era assim que Ali se comportava comigo, também. Sempre queria os holofotes. Ela odiava quando eu era melhor em alguma coisa. E eu sei que ela era muito competitiva em relação a você, também.

Aquilo era um eufemismo. Spencer e Ali costumavam competir por tudo: quem chegava mais rápido ao Wawa de bicicleta, quem conseguia beijar o maior número de garotos mais velhos, quem conseguiria fazer parte do time principal de hóquei no sétimo ano. Houvera várias ocasiões em que Spencer não quisera competir, mas Ali sempre insistira. Seria porque Ali sabia que elas também eram irmãs? Estaria ela tentando provar alguma coisa?

Lágrimas salgadas escorreram pelo rosto de Spencer, e os soluços ficaram presos em seu peito. Ela sequer tinha certeza da razão para estar chorando. Por todas aquelas mentiras, talvez. Toda a mágoa. Todas as mortes.

Courtney a puxou para si e a abraçou com força. Ela cheirava a chiclete de canela e xampu Mane 'n Tail.

– Quem se importa com o que as nossas irmãs sabiam? – murmurou ela. – O passado ficou no passado. Nós temos uma à outra agora, não temos?

— A-hã — murmurou Spencer, ainda contendo os soluços.

Courtney se afastou, e seu rosto se iluminou.

— Ei! Você quer ir dançar amanhã?

— Dançar? — Spencer enxugou os olhos inchados. O dia seguinte seria dia de escola. Ela teria que enfrentar uma prova de história no final daquela semana, não via Andrew havia dias, e ainda precisava comprar um vestido para o Baile do Dia dos Namorados. — Eu não sei...

Courtney agarrou as mãos de Spencer.

—Vamos lá! Será a nossa chance de nos libertarmos de nossas irmãs malvadas! Como naquela música, *Survivor*! — Em seguida, ela se inclinou para trás, começando a cantar uma antiga canção do trio Destiny's Child. — *I'm a sur-vi-vor!* — cantou ela, girando os braços sobre a cabeça, rebolando e saltando como louca. — Vamos, Spencer! Diga que vai sair para dançar comigo!

Apesar de toda a sua dor e confusão, Spencer começou a rir. Talvez Courtney estivesse certa. Talvez a melhor coisa a fazer, no meio de toda aquela loucura, fosse reagir, deixar o passado para trás e se divertir.

Era aquilo que ela queria, afinal; uma irmã em quem pudesse confiar, de quem recebesse apoio, e com quem pudesse se divertir. Courtney parecia querer exatamente a mesma coisa.

— Tudo bem — disse Spencer. E com aquilo, ela soltou o fôlego que parecia estar prendendo, levantou-se, e cantou junto com a irmã.

10

UM PASSE PARA A POPULARIDADE

Algumas horas mais tarde, Hanna manobrava seu Prius pela entrada da garagem, desligava o motor do carro e apanhava as duas sacolas de compras da Otter no banco do passageiro. Ela fizera uma visita de emergência, do tipo estou-com-pena-de-mim-mesma, ao shopping King James depois da escola, embora não fosse muito divertido ir às compras sem uma amiga ou sem Mike. Ela não confiava mais na própria opinião, e não estava certa se as calças de couro Gucci superjustas que comprara eram fabulosas ou simplesmente vulgares. Sasha, a vendedora favorita de Hanna, dissera que Hanna estava fantástica com as calças, mas ela receberia comissão pela venda.

Estava escuro como breu lá fora, e uma fina camada de gelo se formara sobre o jardim da frente. Ela ouviu uma risadinha. Seu coração começou a martelar. Hanna parou na entrada de casa.

– Oi? – chamou ela. Sua voz pareceu se congelar diante de seu rosto, antes de se desfazer em mil pedacinhos no solo.

Hanna olhou para a direita e para a esquerda, mas estava escuro demais para enxergar alguma coisa.

Houve outra risadinha, e em seguida uma profunda gargalhada. Hanna suspirou de alívio. O barulho vinha de dentro de casa. Ela se esgueirou pela entrada, e adentrou silenciosamente o vestíbulo. Três pares de botas haviam sido deixados perto da porta da frente. As Loeffler Randall cor de esmeralda eram de Riley, que adorava verde. Hanna estivera com Naomi quando ela comprara as botas de saltos agulha ao lado das de Riley. Hanna não reconheceu o terceiro par, mas quando ouviu outra onda de risadas no andar de cima, a gargalhada de uma das meninas se destacava das outras. Hanna ouvira uma versão idêntica daquela risada frequentemente, às vezes às suas custas. Era Courtney. *E ela estava em sua casa.*

Hanna subiu as escadas pé ante pé. O corredor cheirava a rum e coco. Uma versão remixada de um antigo sucesso de Madonna vinha do quarto fechado de Kate. Hanna se aproximou, e pressionou o ouvido contra a porta. Ela ouviu cochichos.

— Eu acho que vi o carro dela parado na entrada! — sibilou Naomi.

— Nós deveríamos nos esconder! — disse Riley.

— É melhor ela não tentar ficar conosco — zombou Kate. — Certo, Courtney?

— Hum — disse Courtney, sem parecer certa daquilo.

Hanna foi para seu quarto, e resistiu à tentação de bater a porta com força. Dot, seu pinscher, saiu da caminha de cachorro e começou a dançar em torno de seus pés, mas Hanna estava com tanta raiva que nem o notou.

Ela deveria ter imaginado que aquilo aconteceria. Courtney se tornara o novo projeto preferido de Naomi, Kate e Riley, provavelmente porque era a nova queridinha da mídia. Durante o dia inteiro, elas percorreram os corredores de Rosewood Day em uma fila intimidante, flertando com os meninos mais bonitos e revirando os olhos para Hanna sempre que ela cruzava seu caminho. No oitavo tempo, os alunos já não olhavam mais para Courtney com constrangimento, e sim com respeito e admiração. Quatro garotos já a haviam convidado para o Baile do Dia dos Namorados. Scarlet Rivers, uma finalista no concurso *Project Runway,* do departamento de design de moda, queria desenhar um vestido e usar Courtney como musa. Não que Hanna estivesse perseguindo Courtney, ou algo parecido. Tudo aquilo estava registrado na nova página de Courtney no Facebook, que já contava 10.200 novos amigos do mundo inteiro.

Ouviu-se um ruído, e o iPhone de Hanna se acendeu dentro de sua bolsa. Ela apanhou o telefone. *Um novo e-mail,* dizia a tela. A mensagem era de sua mãe. Hanna raramente tinha notícias dela; a sra. Marin dirigia a divisão de Singapura da McManus & Tate, uma agência de publicidade, e amava sua carreira mais do que a própria filha.

Oi, Han.

    Ganhei seis passes para o desfile de moda de Diane Von Furstenberg amanhã, em Nova York, mas obviamente não posso ir. Você gostaria de ir em meu lugar? Eu os anexei num PDF.

Hanna leu a mensagem algumas vezes, com as mãos tremendo. *Seis passes!*

Ela se levantou, checou o reflexo no espelho, e saiu para o corredor. Quando bateu na porta de Kate, as risadinhas pararam imediatamente. Depois de alguns cochichos apressados, Kate abriu a porta. Naomi, Riley e Courtney estavam sentadas no chão, ao lado da cama de Kate, vestindo jeans e suéteres de cashmere.Vidros de base para maquiagem e estojos de sombras estavam espalhados pelo tapete, e no chão havia a pilha costumeira de revistas *Vogue*, velhos anuários de Rosewood Day e smartphones. Quatro copos e uma garrafa de rum Gosling estavam sobre a mesinha. O sr. Marin trouxera o rum das Bermudas, para onde fora em uma recente viagem de negócios. Mesmo que Hanna lhe contasse que Kate afanara a garrafa, o sr. Marin provavelmente encontraria um modo de culpá-la.

Riley franziu a testa.

– O que *você* quer, Maluca?

– Vocês se importariam de fazer um pouco de silêncio? – disse Hanna, docemente. – Eu preciso dar um telefonema a respeito de alguns passes para a semana de moda que ganhei da minha mãe, e estou ouvindo vocês do corredor.

As garotas levaram alguns segundos para processar a notícia.

– O quê? – guinchou Kate, curvando os lábios.

Naomi sacudiu a cabeça.

– *Semana de moda? Sei.*

– Abaixem o volume da música por alguns minutos – disse Hanna. – Não quero que a equipe de Diane Von Furstenberg pense que sou uma colegial estúpida. – Ela deu tchauzinho e saiu pela porta. – Obrigada!

– Espere. – Kate agarrou o braço de Hanna. – *A* Diane Von Furstenberg?

– Você tem que ser alguém importante para conseguir passes como esses – estourou Riley, as narinas tremendo.

Havia uma pequena meleca no nariz dela. — Eles não convidam malucas.

— A minha mãe ganhou seis entradas — disse Hanna displicentemente, girando nos calcanhares. — Ela ganha coisas assim o tempo todo, por causa do trabalho. Mas como está em Singapura, ela os deu para mim.

Ela apanhou o iPhone, abriu o arquivo em PDF, e praticamente o esfregou na cara de Kate. Todas as outras garotas se levantaram, apertando os olhos para enxergar melhor a tela. Naomi lambeu os lábios com avidez. Riley deu a Hanna sua versão de um sorriso, que mais parecia uma careta. Courtney ficou mais atrás, as mãos nos bolsos dos jeans. As outras meninas olharam para ela como se ela fosse Anna Wintour e elas, as Assistentes Um, Dois e Três.

— Legal — declarou Courtney, em uma voz idêntica à de Ali. Naomi bateu palmas.

— Você obviamente vai levar as suas melhores amigas, não é?

— É claro que ela vai nos levar — disse Riley, passando o braço pelo de Hanna.

— É, Hanna, você sabe que aquela história de Maluca era uma brincadeira, não sabe? — disse Kate, num tom adulador. — E você deveria ficar conosco esta noite. Nós *queríamos* convidá-la, mas não sabíamos onde você estava.

Hanna desvencilhou-se de Riley. Ela teve que fazer este gesto com muito, muito cuidado. Se desse a elas o que desejavam rápido demais, elas a considerariam uma trouxa.

— Vou ter que pensar a respeito — disse ela, apática.

Naomi deixou escapar um lamento.

— Ah, Hanna, *tenha dó*, você tem que nos levar. Faremos o que você quiser.

—Vamos deletar aquela página no Facebook — disse Riley.

— Nós limparemos a pichação dizendo "Maluca" do seu armário — falou Naomi ao mesmo tempo.

Kate cutucou as duas, obviamente não querendo *admitir* que elas estivessem por trás daquelas coisas.

— *Tudo bem* — disse ela, de má vontade. — A partir de agora você não é mais Maluca.

— Está bem. Tanto faz — disse Hanna, quase sussurrando e depois seguindo para a porta.

— *Espere!* — gritou Naomi, puxando Hanna pela manga de seu blazer. —Você vai nos levar ou não?

— Hummm... — Hanna fingiu pensar. — Tudo bem. Acho que sim.

— *Yes!* — Naomi e Riley disseram em uníssono. Kate pareceu satisfeita.

Courtney olhou para elas como se achasse aquilo tudo uma idiotice. As meninas combinaram de se encontrar no dia seguinte depois da escola perto do carro de Hanna, para seguirem juntas para a estação de trem Amtrak. E onde jantariam depois da apresentação? Waverly Inn? Soho House?

Hanna as deixou com seus planos e se enfiou no corredor do banheiro, fechando a porta com cuidado. Ela se inclinou sobre a pia, quase derrubando os frascos de tônicos, adstringentes e máscaras de argila de Kate, e sorriu para o próprio reflexo. Ela *conseguira*! Pela primeira vez em semanas, Hanna se sentia como ela mesma outra vez.

Quando abriu a porta do banheiro alguns minutos depois, um vulto saiu rapidamente de seu campo de visão. Hanna parou de repente, com o coração disparado.

— Olá? — sussurrou ela.

Houve um farfalhar.

Em seguida, Courtney apareceu. Seus olhos estavam arregalados e havia um sorriso assombrado em seus lábios.

— Hããã... Oi? — Hanna estava arrepiada.

— E aí — respondeu Courtney.

Ela caminhou até Hanna, parando a centímetros de seu rosto. O corredor parecia ainda mais escuro do que estava momentos antes. Courtney estava tão próxima que Hanna conseguia sentir o cheiro de rum em sua respiração.

— Hum, soube que você conheceu Iris — Courtney afastou uma mecha de seu cabelo louro colocando-o atrás da orelha.

O estômago de Hanna deu um pulo.

— Hã... pois é.

Courtney posicionou a mão sobre o braço de Hanna. Seus dedos estavam gelados.

— Eu sinto muito — sussurrou ela. — Ela estava fora de controle. Fico feliz que você também tenha se afastado dela.

Então Courtney voltou para as sombras. Seus pés descalços não produziram som algum no tapete.

Hanna só sabia que Courtney ainda estava por ali por causa do clarão dos ponteiros fosforescentes do relógio de pulso Juicy Couture dela. Hanna observou o esquisito brilho esverdeado do mostrador seguir pelo corredor até desaparecer na direção do quarto de Kate, como se fosse algo do outro mundo.

11

UMA OUVINTE INTERESSADA

Depois das aulas, no dia seguinte, Aria entrou cantando pneu no estacionamento da ACM de Rosewood, uma mansão antiga que ainda conservava um jardim de estilo inglês e uma garagem enorme que um dia servira de abrigo para vinte Rolls-Royces.

O sr. Kahn precisara da SUV de Noel durante a tarde, e Aria se oferecera para pegá-lo no grupo de apoio que se reunia nas tardes de quarta-feira. Ela também estava louca para contar a Noel sobre o vestido vermelho provocante, estilo anos 1920, que encontrara em um brechó em Hollis naquela tarde. Por mais bobo que isso fosse, o Baile do Dia dos Namorados era o primeiro baile da escola a que Aria ia e ela estava surpresa por se sentir tão empolgada.

Ela manobrou no estacionamento enorme, tomando cuidado para não bater em um Mercedes SUV cujo motorista dava ré sem se incomodar em verificar quem vinha logo atrás. De repente, a música da banda Grateful Dead na estação de rádio colegial foi interrompida.

— Temos novidades sobre o *serial killer* de Rosewood — disse um repórter. — Billy Ford, o suposto assassino, atualmente sob custódia da polícia de Rosewood, alega ter álibis para a noite em que Alison DiLaurentis desapareceu *e* para a noite em que Jenna Cavanaugh foi morta. A polícia analisará essas descobertas. Se seus advogados conseguirem comprovar os álibis, ele poderá ser solto. Esse fato reabrirá um caso que os investigadores consideravam encerrado.

As portas duplas da ACM foram subitamente abertas e Aria ergueu os olhos. Uma multidão invadiu os degraus de pedra. Duas pessoas estavam um pouco afastadas do restante, imersas em uma conversa. Aria logo reconheceu o cabelo escuro de Noel. A moça que estava com ele tinha uma cabeleira loura. Quando ela colocou o cabelo atrás da orelha, Aria arquejou.

Era Courtney.

Ela quis se esconder, mas Noel já olhara para o Subaru e vinha em sua direção. Courtney o seguia. Aria os observou se aproximarem sem poder fazer nada, sentindo-se como um vagalume capturado em um pote.

— Oi — disse Noel, abrindo a porta do carona. — Você não se importaria de levar Courtney para casa também, não é? Era para a mãe vir buscá-la, mas ela telefonou avisando que se atrasaria bastante.

Courtney acenou para Aria parecendo encabulada, mantendo-se a uma distância segura. Aria tentou bolar uma desculpa, mas não conseguiu pensar rápido o bastante.

— Tudo bem — murmurou ela.

Noel articulou um *desculpa* com a boca. Mas não parecia realmente arrependido. Ele bateu a porta da frente e foi para o banco de trás, indicando para Courtney fazer o mesmo. A raiva invadiu o peito de Aria: eles iam mesmo ficar juntos no banco traseiro, fazendo Aria parecer a motorista?

Em seguida, porém, Courtney abriu a porta da frente e se sentou ao lado dela. Aria tentou encontrar os olhos de Noel através do espelho retrovisor, mas ele estava digitando em seu iPhone. Essa era a forma que ele encontrara de fazer com que ficassem amigas? Ela já não lhe dissera que estar perto de Courtney trazia muitas lembranças ruins?

Eles percorreram os dois primeiros quilômetros em silêncio. Passaram pelo playground vazio, por um restaurante orgânico e pela entrada da pista de corrida do Marwyn. A postura de Courtney era empertigada, suas costas bem retas; os dedos de Noel voavam no teclado de seu telefone. Por fim, Aria não conseguiu mais aguentar.

– Quer dizer que vocês dois estão no grupo de apoio para quem perdeu irmãos, não é?

– Eu disse a Courtney que ela deveria dar uma passada lá – falou Noel. – Contei que me ajudava.

– Entendo. – Aria resistiu à tentação de atirar o carro no lago congelado à sua esquerda. Em que momento Noel e Courtney haviam tido aquela conversa?

Noel apoiou os cotovelos entre os dois bancos dianteiros.

– Você gosta de lá, Courtney? Acho o conselheiro bem legal e pé no chão.

– Um pouco pé no chão *demais* – sorriu Courtney. – "Agora caiam de volta nos braços de seus companheiros!" – imitou ela, usando uma voz grave e meio abobada. – "A ideia é confiar em alguém tanto quanto você confiaria em uma árvore ou riacho" – zombou ela. – Aliás, você quase me deixou cair.

– Não deixei nada! – contrapôs Noel. Suas bochechas estavam rosadas. Aria cerrou os dentes.

— Vocês formaram uma dupla?
— Bem, sim. Nós éramos de longe os mais jovens. — Noel girou o boné de baseball do STX, colocando a aba para trás.
— Noel me salvou de ser a companheira de um velho esquisito com pelos nas orelhas — disse Courtney, virando-se para sorrir para Noel.
— Como você é *cavalheiro*, Noel — disse Aria com frieza. Ela não iria elogiá-lo por flertar com alguém parecido com Ali.

Courtney também não era exatamente inocente — Aria deixara claro na sala de estudos que Noel e ela eram um casal, e ainda assim a garota não tivera nenhum escrúpulo em se jogar para cima dele. Como faria sua irmã gêmea desaparecida.

— Você pode me deixar primeiro — Noel finalmente quebrou o silêncio. Sua rua estava se aproximando à esquerda.
— Tem certeza? — perguntou Courtney, parecendo aflita. Aria se perguntou se Courtney estava tão pouco ávida para ficar a sós com ela quanto ela estava para ser deixada sozinha com Courtney.
— Sem problemas — disse Noel.

Aria não respondeu, enfiando suas unhas com tanta força no couro sintético do volante que elas deixaram pequenas marcas de meia-lua.

Quando se aproximaram do portão da casa de Noel, Courtney ficou de queixo caído olhando para a mansão feita de pedras e tijolos dos Kahn, com suas torres e quatro chaminés. Seus olhos pulavam do impressionante jardim lateral, um gramado cheio de ondulações que cobria quase um quilômetro e meio, para a casa de hóspedes atrás da mansão e dali para a garagem isolada, que guardava a coleção de carros antigos e o avião Cessna do sr. Kahn.

— Você *mora aqui*? — arquejou ela.

— Não é tão bacana por dentro — resmungou Noel. Ele saiu do carro e foi até o lado de Aria. Parecia arrependido. *Ótimo.* Ela desceu o vidro. — Posso ligar para você mais tarde? — perguntou com delicadeza, tocando o braço de Aria. Ela assentiu, de má vontade.

Courtney se ajeitou em seu assento quando elas saíram. Aria pensou em ligar o rádio, mas ficou com medo de que transmitissem mais um boletim sobre Billy. Ela certamente não queria falar sobre *ele* de jeito nenhum.

— Este desvio é o caminho mais rápido para Yarmouth, certo? — perguntou sem emoção, olhos na estrada.

— Certo — respondeu Courtney.

— Ótimo. — Aria fez uma curva brusca para a direita, quase subindo no meio-fio.

Elas passaram pelo enorme estacionamento da Barnes & Noble e do mercado Fresh Fields. Aria olhava fixamente adiante, fingindo estar deslumbrada pelo adesivo na traseira do Honda à frente, com símbolos de diferentes religiões formando a palavra *COEXISTA*. Ela sabia que Courtney a estava observando, mas não mordeu a isca. Era como o jogo da Guarda do Palácio de Buckingham, que Aria e Mike costumavam jogar em viagens de carro longas e enfadonhas: Aria olharia para frente como um guarda do palácio enquanto Mike tentava fazê-la rir.

Courtney respirou fundo.

— Eu sei o que está pensando. O que todo mundo está pensando.

Aria saiu de seu mutismo e deu a Courtney um olhar rápido e intrigado.

— Hããã...

Courtney prosseguiu, falando em voz baixa.

— Todo mundo está imaginando como me virei morando tão longe da minha família por tanto tempo. Eles querem saber como posso perdoar minha família por me manter fora de suas vidas todos esses anos.

— Hum... — Aria hesitou. Para ser franca, ela *estava* pensando nisso.

— Mas esse realmente não é o meu maior problema — continuou Courtney. — O que é pior é que meus pais estão praticamente vivendo essa mentira, fingindo que seus problemas não existem. — Ela se virou para encarar Aria. — Você sabia que minha mãe tinha um caso?

Aria se aproximou demais do Honda e teve que pisar fundo no freio.

— Você sabia disso?

— Ali e eu sabíamos há anos. E, além do mais, meu pai *nem mesmo* é meu pai. Surpresa! — Courtney deu um sorriso cansado. Sua voz estava embargada, como se fosse começar a chorar a qualquer minuto.

— Hum... — Aria pisou fundo e ultrapassou um BMW branco, depois um Jeep Cherokee vermelho. O velocímetro dizia que estavam a quase 130 quilômetros por hora, mas parecia que o carro estava parado.

Spencer contara a ela sobre o caso do pai — *e que* ela era meia-irmã de Ali e Courtney. Mas ela não fazia a menor ideia de que *Ali* sabia disso.

Aria pegou a saída para Yarmouth. Uma placa para Darrow Farms surgiu na frente delas. Aria nunca poderia se esquecer do dia em que ela e Ali flagraram Byron e Meredith se beijando no estacionamento de Hollis. Ali perturbara Aria sem parar a respeito do caso, falando do assunto como se fosse um escândalo de astros de cinema no programa *TMZ*. *Novidades em sua casa?*, perguntava Ali em suas mensagens. *Ella suspeita de alguma coisa? Lembra do olhar do seu pai quando nos viu? Você deveria mexer nas coisas dele para descobrir se ele tem escrito cartas de amor para a namorada!*

Ali torturara Aria, mas o tempo todo estava passando exatamente pela mesma situação.

Aria olhou para a garota no banco do carona. Courtney estava com a cabeça baixa brincando com uma pulseira de miçangas no pulso direito. Com seu cabelo sobre o rosto e fazendo biquinho, ela parecia mais frágil e indefesa do que Ali jamais parecera. Muito mais inocente também.

— Muitos pais são problemáticos — disse Aria gentilmente.

Algumas poucas folhas marrons rodopiavam atrás do carro. Courtney pressionou os lábios, estreitando os olhos. Por um instante, Aria ficou com medo de ter dito a coisa errada. Ela entrou na rua dos DiLaurentis e Courtney abriu rapidamente a porta do carro.

— Obrigada mais uma vez pela carona.

Aria observou enquanto Courtney corria pelo jardim e desaparecia dentro da casa. Ela permaneceu encostada no meio-fio por mais alguns minutos, a cabeça borbulhando. Ela certamente não esperara por uma conversa como *aquela*.

Aria já ia se afastar e voltar para casa quando um arrepio percorreu sua espinha. Parecia que alguém estava olhando diretamente para ela. Aria se virou e olhou na direção de um conjunto escuro de árvores do outro lado da rua. Havia alguém ali, os olhos fixos no carro de Aria. O vulto logo desapareceu mata adentro, mas não antes de Aria conseguir ver que tinha cabelos louros, cortados na altura do queixo. Aria arquejou.

Era Melissa Hastings.

12

SONHOS PODEM SE REALIZAR

No final da tarde de quarta-feira, Emily estava na frente do espelho de seu quarto, virando primeiro para a direita e em seguida para a esquerda. Será que ela deveria ter feito cachos em seu cabelo louro-avermelhado liso e sem graça? O gloss rosa de sua irmã Caroline ficava ridículo nela? Ela tirou a blusa listrada que estava vestindo, atirou-a no chão e colocou um suéter de *cashmere* cor-de-rosa. Aquilo também não caía bem. Olhou outra vez para o relógio digital no criado-mudo. Courtney chegaria a qualquer instante.

Talvez ela estivesse se preocupando demais. Talvez Courtney nem tivesse flertado com ela na aula de educação física. Ela frequentara escolas pouco convencionais a vida toda – talvez não estivesse familiarizada com a delicada arte do flerte e outras convenções sociais.

A campainha tocou e Emily congelou, fitando os próprios olhos arregalados no espelho. Em um instante, ela estava voando escada abaixo e disparando pelo corredor para chegar à porta. Ninguém mais estava em casa — sua mãe levara Caroline para uma consulta médica depois da natação, e seu pai ainda estava no trabalho. Ela e Courtney teriam o lugar só para elas.

Courtney esperava nos degraus, suas bochechas rosadas e seus olhos azuis cintilando.

— Olá!

— Oi! — Emily sem querer se afastou quando Courtney foi abraçá-la. Depois Emily também avançou para abraçar, bem quando Courtney estava recuando, constrangida.

Emily deu uma risada.

— Entre — disse ela.

Courtney entrou no vestíbulo e olhou ao redor, prestando atenção aos bibelôs Hummel no corredor, o piano empoeirado na sala de estar e a pequena selva de plantas penduradas que a sra. Fields colocara para dentro de casa por causa do inverno.

— Vamos para o seu quarto?

— Claro.

Courtney subiu as escadas, virou à direita no corredor e parou em frente à porta do quarto que Emily e Caroline dividiam.

Emily olhou com assombro:

— C-como você sabia onde era o meu quarto?

Courtney lançou a Emily um olhar esquisito.

— Porque é o que está escrito na porta. — Ela apontou para uma placa de madeira que dizia EMILY E CAROLINE em letras grandes e coloridas, e Emily deixou escapar um suspiro. *Dããã*. A placa estava ali desde que tinha seis anos.

Emily tirou alguns animais de pelúcia de sua cama para que as duas coubessem ali.

— Uau! — exclamou Courtney, fazendo um gesto na direção da colagem de Ali sobre a escrivaninha. Era uma série de fotografias de Emily e Ali juntas no sexto e sétimo ano. Em um canto havia uma foto das cinco amigas na sala da casa de Ali em Poconos, uma trançando o cabelo da outra. Em outro canto, estava uma foto de Emily e Ali no deque da piscina usando biquínis listrados combinando, os braços de uma em volta do ombro da outra. Havia muitas fotos de Ali sozinha, muitas tiradas sem Ali saber — ela dormindo na cama dobrável de Aria, seu rosto relaxado, lindo. Outra de Ali correndo no campo de hóquei em seu uniforme do time de Rosewood Day, seu bastão erguido no ar. Ao lado da colagem, estava o porta-moedas de couro que Maya devolvera a Emily na coletiva de imprensa. Emily havia limpado toda a terra dele assim que chegara em casa naquela tarde.

Emily enrubesceu, se perguntando se aquele memorial não pareceria meio esquisito.

— Essas coisas são tão antigas. Há muito tempo não mexo nisso. — *Não é que eu seja obcecada ou coisa do tipo*, ela queria acrescentar.

— Não, eu gostei — disse Courtney. Ela pulou na cama. — Parece que vocês se divertiram muito juntas.

— É — disse Emily.

Courtney tirou suas botas Frye.

— O que é aquilo? — Ela apontou para uma jarra no criado-mudo de Emily.

Emily balançou a jarra na palma das mãos. O conteúdo chacoalhou.

— Sementes de dente-de-leão.

— Para quê?

O rosto de Emily ficou vermelho.

— Nós tentamos fumá-las uma vez, para ver se ficaríamos chapadas. Foi meio estúpido.

Courtney cruzou os braços sobre o peito, parecendo intrigada.

— Funcionou?

— Não, mas nós *queríamos* que funcionasse. Então, colocamos música e começamos a dançar. Aria ficou mexendo as mãos na frente do rosto, como se estivesse vendo coisas. Hanna encarava a ponta dos dedos, como se fossem realmente fascinantes. Eu ria de tudo. Spencer foi a única que não entrou na brincadeira. Ela ficava dizendo "Eu não estou sentindo nada. Eu não estou sentindo nada".

Courtney se inclinou para frente.

— O que Ali fez?

Emily mexeu os joelhos, repentinamente envergonhada:

— Ali... bem, Ali inventou uma dança.

— Você lembra como era?

— Foi há muito tempo.

Courtney cutucou a perna de Emily:

— Você *lembra*, não lembra?

É claro que ela se lembrava. Ela lembrava muito bem de tudo o que Ali fizera.

Retorcendo-se de alegria, Courtney tomou as mãos de Emily.

— Mostre para mim!

— Não!

— Por favor? — implorou Courtney. Ela ainda estava segurando as mãos de Emily, o que fazia o coração dela bater ainda mais rápido. — Estou louca para saber como Ali era de verdade. Eu a via raramente. E agora que ela se foi... — Ela desviou o olhar, voltando sua atenção para o pôster de Dara Torres pendurado sobre a cama de Caroline. – Gostaria de tê-la conhecido de verdade.

Courtney olhou para Emily com olhos azul-claros de um jeito tão parecido com Ali que Emily sentiu a garganta arder. Emily apoiou as mãos nos joelhos e se levantou. Ela mudou o apoio da perna direta para a esquerda, e em seguida mexeu os ombros para cima e para baixo. Depois de mais ou menos três segundos de dança, disse:

– Isso é tudo de que eu consigo lembrar. – E apressou-se para sentar de novo. Mas tropeçou em suas pantufas em formato de peixe e, ao tentar se equilibrar, bateu com o quadril na lateral da cama.

– Ui! – disse Emily, caindo de cara no colo de Courtney.

Courtney amparou Emily pela cintura.

– Opa! – sorriu ela.

Ela não soltou Emily imediatamente. O coração de Emily batia descontrolado.

– Desculpe – murmurou Emily, esticando-se para ficar de pé.

– Sem problemas – disse Courtney rapidamente, ajeitando sua camisa xadrez.

Emily sentou-se na cama e olhou para outro lugar no quarto que não o rosto de Courtney.

– Oh, são quatro e cinquenta e seis – ela falou sem pensar, apontando para o relógio digital perto da cama. – Quatro-cinco-seis. Faça um pedido.

– Pensei que isso só valesse para as onze e onze – provocou Courtney.

– Crio minhas próprias regras.

– Parece que sim. – Os olhos de Courtney brilharam.

Emily de repente não conseguia mais respirar.

— Bom, o trato é o seguinte — riu Courtney —, farei um pedido se você também fizer.

Emily fechou os olhos e se recostou na cama, seu corpo latejando da queda e seus pensamentos confusos por causa do cheiro da pele de Courtney. Havia algo que ela queria de verdade, mas sabia que era impossível. Tentou pensar em outras coisas, como pedir que sua mãe finalmente a deixasse pintar seu lado do quarto de uma cor que não fosse rosa, que o professor de inglês desse uma boa nota no trabalho sobre F. Scott Fitzgerald que ela entregara naquela manhã ou que a primavera chegasse bem mais cedo naquele ano.

Emily ouviu um suspiro e abriu os olhos. O rosto de Courtney estava a centímetros do dela.

— Oh! — suspirou Emily.

Courtney se aproximou ainda mais. O quarto vibrou com a promessa.

— Eu... — Emily começou a dizer, mas Courtney se inclinou e encostou seus lábios nos de Emily.

Um bilhão de fogos de artifício explodiram na cabeça de Emily. Os lábios de Courtney eram macios, apesar de firmes. A boca de Emily se encaixava perfeitamente na dela. Elas se beijaram com mais intensidade, pressionando os lábios com mais força. Emily estava certa de que seu coração batia mais rápido do que na competição de cinquenta metros livres.

Quando Courtney se afastou, seus olhos faiscavam.

— Bem, realizei o *meu* desejo — disse Courtney sorrindo. — Sempre esperei poder fazer isso de novo.

A boca de Emily formigava. Levou três longas batidas de seu coração para que ela assimilasse o que Courtney acabara de dizer.

— Espere... *de novo?*

O sorriso de Courtney se apagou. Ela mordeu o lábio inferior e pegou a mão de Emily.

– Tudo bem. Não tenha um ataque, Em... sou eu. *Ali*.

Emily largou a mão de Courtney e se afastou alguns centímetros.

– Desculpe... Como é?

Os olhos de Courtney estavam vítreos, como se ela fosse chorar.

A luz da janela do canto lançava sombras em seu rosto, fazendo-a parecer ao mesmo tempo angelical e fantasmagórica.

– Sei que parece loucura, mas é verdade. Eu sou Ali – sussurrou ela, abaixando a cabeça. – Estava procurando uma forma de contar a você.

– Contar que você é... Ali? – As palavras pareciam chumbo na língua de Emily.

Courtney confirmou com a cabeça.

– O nome da minha irmã gêmea era Courtney. Mas ela não teve problemas de saúde. Era completamente louca. No segundo ano, começou a me imitar, fingindo *ser* eu.

Emily se afastou até bater com as costas na parede. As palavras não estavam fazendo o menor sentido.

– Ela me machucou algumas vezes – prosseguiu Courtney, sua voz cansada. – E depois tentou me matar.

– Como? – sussurrou Emily.

– Foi no verão antes do terceiro ano. Eu estava na piscina em nossa antiga casa em Connecticut. Courtney apareceu e começou a empurrar a minha cabeça dentro d'água. Primeiro pensei que fosse apenas brincadeira, mas ela não me largava. Enquanto me segurava debaixo d'água, ela dizia "Você não merece ser você. Eu mereço".

— Oh, meu Deus! — Emily se encolheu, segurando os joelhos contra o peito com força. Do lado de fora da janela, um bando de pássaros voou do telhado. Suas asas batiam com rapidez, como se estivessem escapando de algo terrível.

— Meus pais ficaram horrorizados. Mandaram minha irmã embora e se mudaram para Rosewood — sussurrou a garota em frente a Emily. — Eles me mandaram jamais mencioná-la, e foi por isso que mantive segredo. Mas depois, no sexto ano, Courtney foi transferida de sanatório e se mudou do Radley para o Preserve. Ela criou o maior caso... Não queria começar tudo de novo em um novo hospital. Mas depois de se mudar, começou a melhorar. Meus pais decidiram recebê-la em casa no verão depois do sétimo ano para ver se dava certo. Ela voltou para casa poucos dias antes do ano letivo terminar.

Emily abriu a boca, mas nenhuma palavra saiu.

Courtney estivera ali no sétimo ano também?

Mas Ali e Emily eram amigas na época. Como Emily não percebera?

Courtney — ou era Ali? — olhou de um jeito familiar para Emily, como se compreendesse o que Emily estava pensando.

— Vocês a viram. Lembra-se do dia antes da nossa festa do pijama quando as encontrei no pátio, mas vocês disseram que tinham acabado de me ver no meu quarto?

Emily piscou rápido. Claro que ela lembrava. Elas pegaram Ali no quarto dela, lendo um caderno. A sra. DiLaurentis aparecera e mandara, de forma rude, que as garotas descessem. Minutos depois, quando Ali as encontrou no quintal, ela se comportou como se o incidente em seu quarto não tivesse acontecido. Ela estava usando uma roupa completamente diferente, e pareceu surpresa ao ver Emily e as outras, como se não tivesse nenhuma recordação dos últimos dez minutos.

— Aquela era Courtney. Ela estava lendo meu diário, tentando se transformar em mim mais uma vez. Depois disso, tratei de ficar longe dela. Naquela noite em que iríamos dormir todas juntas, Spencer e eu brigamos, e eu corri para o celeiro. Mas Billy não me atacou como todo mundo acha. Corri de volta para o meu quarto e ele... bem, ele pegou a irmã errada.

Emily colocou a mão sobre a boca.

— Mas... eu não entendo...

— Era para a minha irmã ter ficado dentro do quarto a noite inteira — prosseguiu Courtney, quer dizer, Ali. — Quando meus pais me viram sozinha na manhã seguinte, acharam que eu era Courtney. Era para *Ali* estar no celeiro de Spencer. Tentei explicar a eles que *eu* era Ali, mas eles não acreditaram em mim. Isso era coisa da Courtney. Ela sempre dizia '*Eu sou Ali, eu sou Ali*'.

— Oh, meu Deus! — sussurrou Emily. Os biscoitos de manteiga de amendoim que ela comera mais cedo pesavam em seu estômago.

— Então, quando a gêmea que eles achavam que era Ali não voltou para casa depois de, supostamente, passar a noite com as amigas, eles piraram. Imaginaram que eu era Courtney e que fizera algo terrível. Meus pais não conseguiram suportar ter uma filha doente em casa enquanto a outra estava desaparecida, então mandaram a garota que pensaram ser ela de volta para o Preserve na tarde seguinte. Exceto... que era *eu!* — Ela colocou a mão sobre o coração, seus olhos se enchendo de lágrimas. — Foi *horrível*. Eles não me visitaram nenhuma vez. Jason costumava visitar Courtney o tempo todo, mas nem ele me ouviu quando eu disse ser Ali. Foi como se o interruptor tivesse sido desligado. Eu estava morta para eles.

O Honda Civic barulhento do vizinho passou. Um cachorro latiu, depois outro. Emily olhou para a garota na frente dela. A garota que dizia ser *Ali*.

— Mas... Por que você não nos ligou antes de eles mandarem você para uma clínica? — perguntou Emily. — Nós saberíamos a verdade.

— Meus pais não me deixaram usar o telefone. E depois, na clínica, eu não tinha permissão para fazer nenhuma ligação. Era como estar na prisão. — Lágrimas escorriam pelo rosto de Ali. — Quanto mais eu falava que era Ali, mais os outros pensavam que eu era doente. Percebi que a única forma de cair fora era agir como se realmente fosse Courtney. Meus pais ainda não sabem quem eu sou. Se eu contar, eles podem me mandar de volta para a clínica — soluçou ela. — Só quero a minha vida de volta.

Emily ofereceu o lenço de papel Kleenex da sua mesa de cabeceira, e depois pegou um para si.

— Então... de quem era o corpo que a polícia achou?

— De Courtney. Nós somos gêmeas, por isso nossos DNAs são quase iguais. Até nossas arcadas dentárias são as mesmas. — Ela olhou para Emily com aflição e desespero. — Eu lembro tudo sobre você, Emily. Fui *eu* quem fez aquela dança quando nós fumamos as sementes de dente-de-leão. *Eu* sou a pessoa nas fotos na sua parede. Lembro como nos conhecemos, e lembro especialmente da vez em que nos beijamos na casa da árvore.

O cheiro de sabonete de baunilha encheu as narinas de Emily. Ela fechou os olhos, praticamente vendo o olhar assombrado no rosto de Ali depois que ela a beijou. Ela e Ali nunca falaram sobre o assunto. Houvera vezes em que Emily quis, mas ficou com muito medo. Ali começou a provocá-la sobre isso logo depois.

— Eu estava falando de um garoto mais velho de quem gostava — recomeçou Ali —, e de repente, você me beijou. Eu fiquei constrangida e assustada. E depois você escreveu aquele bilhete para mim. O bilhete que dizia o quanto você gostava de mim. E eu adorei, Em. Nunca tinha recebido um bilhete como aquele na vida.

— Mesmo? — Emily traçou um coração em seu edredom com o dedo. — Pensei que você tinha me achado uma louca.

Ali franziu a testa.

— Eu estava assustada. E fui estúpida. Agi como uma idiota. Mas tive quase quatro anos no hospital para refletir a respeito. — Ela colocou as mãos nos joelhos. — O que mais preciso dizer para fazer você acreditar em mim? O que preciso fazer para provar que *sou* Ali?

Os lábios de Emily ainda formigavam por causa do beijo, e suas mãos e pernas ainda tremiam com o choque. Mas por mais assombroso que fosse, ela sabia, bem no fundo, que havia algo errado em Courtney. Ela sentira aquela faísca especial entre elas, como se se conhecessem há anos. E se *conheciam*.

Emily sonhara com este momento por muito, muito tempo. Ela consultara horóscopos, cartas de tarô e tabelas de numerologia, desesperada por uma pista de que Ali estivesse viva. Guardara cada um dos bilhetes de Ali, rabiscos e rascunhos, e presentinhos, incapaz de jogá-los fora por conta de uma força profunda e mística dentro dela que a fazia ter certeza de que não havia acabado. Ali estava em algum lugar. Ela estava bem.

E todo esse tempo, Emily estivera certa. Seu maior desejo fora atendido.

A mente de Emily estava clara, sem nuvens para turvar seus pensamentos. O coração dela batia firme, constante, claro e puro. Ela deu um sorriso hesitante para Ali.

— Claro que acredito em você — disse ela, passando seus braços em volta de sua velha amiga. — Estou tão feliz que você voltou.

13

ECOS DO PASSADO

Spencer ajeitou o decote de seu vestido frente-única Milly e mostrou uma identidade falsa para um segurança calvo no Paparazzi, uma boate de dois andares em Olde City, Filadélfia. O segurança examinou a identidade, acenou com a cabeça e a devolveu para Spencer. *Perfeito.*

Em seguida, Courtney passou, usando um maravilhoso minivestido dourado. Ela mostrou ao segurança uma antiga identidade falsa de Melissa e o segurança a deixou passar. Emily se endireitou, surpreendentemente sexy em um vestido vermelho evasê, um colar de contas grossas e sandálias de salto alto prateadas que pegara emprestadas com Courtney. Courtney ligara para Spencer uma hora antes de saírem para a grande noite, dizendo que ela e Emily estavam se dando bem e que ela queria convidar Emily para ir dançar com elas. Spencer não se importou – agora que ela estava se aproximando da irmã gêmea de Ali, ela queria que todo mundo a amasse da mesma forma.

Emily entregou ao segurança a identidade falsa de sua irmã mais velha, e depois que ele fez um aceno de cabeça distraído e a devolveu, as três entraram.

— Nós vamos ter uma noite maravilhosa! — disse Courtney, pegando as mãos delas. — Eu estou *tão* empolgada!

— Eu também! — disse Emily, dando a Courtney um olhar prolongado e cheio de significado.

Spencer não pôde evitar um sorriso malicioso. Parecia que a atração de Emily por Ali havia se transferido para sua irmã gêmea.

O lugar estava cheio para uma noite de quarta-feira. A boate ficava em um antigo banco e tinha grandes pilares de mármore, painéis de madeira entalhada e um mezanino acima da pista de dança. Estava tocando Black Eyed Peas em um volume ensurdecedor e um bando de universitários dançava com entusiasmo, sem se importar de estar completamente fora do ritmo — ou de derramarem suas bebidas sobre si mesmos. O lugar tinha um cheiro forte de cerveja, perfume e corpos demais em um espaço muito pequeno. Um monte de garotos se virou para observar Spencer e suas amigas, seus olhares instantaneamente atraídos para o cabelo louro de Courtney, sua cintura fina, o jeito como o vestido se ajustava às suas coxas. Todo mundo sabia quem ela era. Era estranho que os furgões dos noticiários ainda não tivessem chegado.

Courtney se curvou sobre o balcão do bar e pediu três martínis de framboesa. Ela voltou para a mesa carregando três bebidas cor-de-rosa.

— Vamos encher a cara, senhoritas.

— Não sei, não... — disse Spencer incerta.

— É isso aí! — disse Emily ao mesmo tempo. Spencer olhou para ela de queixo caído. Quem *era* essa garota e o que ela fizera com a velha Emily?

— Você foi voto vencido! — sorriu Courtney. — Preparar, apontar, fogo!

Spencer virou seu copo sem hesitar, deixando o líquido deslizar por sua garganta, queimando. Depois, passou a mão pela boca e soltou um gritinho animado.

As outras terminaram suas bebidas também, e Courtney acenou para um barman com mais de dois metros de altura e estranhamente parecido com uma *drag queen*.

— Vamos dançar! — disse ela depois de entregar às meninas a segunda rodada de bebidas. Elas requebraram até a pista de dança e começaram a dançar ao som de *Hollaback Girl*. Courtney ergueu os braços e fechou os olhos. Emily se movimentava para frente e para trás com a batida.

Spencer se aproximou e gritou no ouvido de Emily:

— Lembra daqueles concursos de dança que costumávamos fazer na sala da casa de Ali? — Elas empurravam toda a mobília para o canto da sala, aumentavam o som e inventavam coreografias estilo Justin Timberlake. — É parecido com aquilo... só que melhor.

Emily deu uma olhada para Spencer.

— Na verdade, melhor do que você imagina.

Spencer franziu a testa.

— O que você quer dizer? — Mas Emily deu um gole em sua bebida e se virou.

A multidão ao redor delas aumentou. Spencer sentia que as pessoas as encaravam. Um grupo de garotos se aproximou, aproveitando cada oportunidade para esbarrar na cintura de

Courtney, nas pernas longas de Emily ou nos ombros nus de Spencer. As garotas as olhavam com inveja, muitas delas dançando com os braços erguidos como Courtney, esperando que um pouco de sua magia as alcançasse. Os mais novos, sentados em bancos no bar, olhavam embasbacados para elas, como se as três fossem estrelas de Hollywood.

A euforia tomou conta de Spencer. A última vez em que ela se sentira tão incrível fora logo depois de Ali se tornar amiga delas no evento de caridade de Rosewood Day, primeiro chamando as meninas para beber *smoothies* no Steam e depois convidando-as para dormir em sua casa. Spencer não tinha ideia de por que ela a escolhera entre tantas garotas ricas e bonitas do sexto ano de Rosewood Day — e ela nem as fizera competirem por sua atenção. Quando Spencer voltara para seu quiosque de venda para a caridade, depois de beber um *smoothie* com Ali, suas colegas a olhavam com inveja. Todo mundo queria estar no lugar de Spencer, exatamente como agora.

A luz do globo brilhava por toda a extensão do corpo de Courtney enquanto ela se movia. Um garoto de cabelos negros começou a vir em sua direção. Ele era alguns centímetros mais baixo que Courtney, vestia uma camiseta estampada e ostentava um bigode cafona. Para Spencer, ele parecia uma versão emo de um personagem do Super Mario Brothers.

Courtney se afastou deliberadamente, mas ele não queria aceitar um não como resposta. Colou seu corpo ao de Emily, deixando-a desconcertada. Spencer se colocou entre eles habilmente, pegando Emily pelas mãos e fazendo-a girar. Mario desapareceu na multidão, mas segundos depois estava de volta, sua atenção agora voltada para Spencer.

— Esconda-se atrás de mim — disse Courtney. Spencer se encolheu atrás dela. Emily se aproximou, morrendo de rir. Mario dançava sozinho a alguns metros de distância, movimentando-se de um jeito esquisito e desengonçado. De vez em quando ele olhava para as três, claramente esperando que elas o convidassem para entrar em seu círculo.

— Acho que uma de nós deve dançar com ele para fazê-lo ir embora — disse Emily.

Courtney colocou o dedo sobre os lábios. Então olhou para Emily e sorriu de um jeito malicioso. Depois, voltou-se para Spencer.

— *Esse não.*

As palavras demoraram para fazer sentido. Spencer de repente sentiu o gosto viscoso de martíni no fundo de sua garganta.

— O-o quê?

— Esse não — repetiu Courtney, ainda se movimentando ao ritmo da música. Até seus olhos dançavam. — Não me diga que esqueceu nossa brincadeira favorita, Spence.

Nossa brincadeira favorita? Spencer se afastou de Courtney, quase esbarrando em uma garota alta com um cabelo castanho-escuro que ia até a cintura. Uma descarga elétrica percorreu seu corpo. Algo estava errado ali. Muito, muito errado.

Emily e Courtney trocaram outro olhar cúmplice. Então Courtney pegou Spencer pelo braço e a conduziu junto a Emily para longe da pista de dança, em direção a uma parte mais silenciosa do bar. O coração de Spencer estava descontrolado. Aquilo tudo parecia planejado, ensaiado.

Elas fizeram Spencer sentar em um banco acolchoado vazio.

— Spence, tenho algo para contar — disse Courtney, afastando uma mecha de cabelo do rosto. — Emily já sabe.

— Sabe? — repetiu Spencer. Emily deu um sorriso conspirador. — Sabe do quê? O que está acontecendo?

Courtney se esticou e pegou suas mãos de Spencer.

— Spence. Eu sou *Ali*.

Spencer achou que sua cabeça ia explodir.

— Não tem a menor graça.

Mas Courtney tinha uma expressão séria no rosto, e Emily também.

A música soava distorcida. A luz estroboscópica estava deixando Spencer com dor de cabeça. Ela afundou no banco.

— Pare! — exigiu ela. — Pare com isso agora mesmo!

— É verdade — disse Emily, seus olhos arregalados e sem piscar. — Juro. Apenas ouça.

Courtney começou a explicar o que acontecera. Quando Spencer ouviu a palavra *troca*, os martínis que ela bebera rastejaram no fundo de sua garganta. Como era possível?

Ela não acreditava.

Não *podia* acreditar.

— Quantas vezes vocês duas estiveram em Rosewood juntas? — disse Spencer, agarrando-se desnorteada à ponta do banco.

— Só uma vez — disse Courtney, ou seria Ali?, de olhos baixos. — No fim de semana em que minha irmã morreu.

— Não, espere! — Emily fez uma careta, levantando um dedo. — Ela não esteve aqui em outra ocasião?

Ela pegou sua bolsa de mão preta, tirou o telefone e mostrou a elas a antiga imagem que A enviara. Ali, Jenna e uma terceira garota loura de costas para a câmera apareciam no jardim da casa da família DiLaurentis, no que parecia ser uma tarde de fim de verão. A terceira garota poderia facilmente ser a irmã gêmea de Ali.

— Ah. — Courtney tirou o cabelo dos olhos e estalou os dedos. — Verdade. Eu me esqueci. Ela esteve em casa por algumas horas quando foi transferida de uma clínica para outra.

Spencer contou os azulejos de vidro rústicos na parede atrás do banco, numa tentativa de ordenar todo aquele caos.

— Mas se Courtney sempre fingiu ser Ali, como posso ter certeza de que *você não é* Courtney?

— Ela *não é*! — garantiu Emily. A garota loura balançou a cabeça também.

— Mas e o anel? — Spencer pressionou, apontando para o dedo nu de Courtney. — A garota encontrada no buraco estava usando o anel com as iniciais de Ali em seu dedo mindinho. Se você é Ali, por que Courtney usava aquele anel?

Courtney fez uma careta, como se tivesse tomado uma dose de *apple pucker schnapps*.

— Perdi meu anel na manhã de nossa festa do pijama. Tenho certeza de que minha irmã o roubou.

— Eu não me lembro de ter visto você com o anel naquela noite — disse Emily depressa.

Spencer lançou um olhar para Emily. É claro que Emily desejava acreditar que aquela menina era Ali — aquele fora seu sonho por anos. Mas Spencer lutava para lembrar, e não tinha certeza também. Ali usara o anel na noite de sua festa do pijama?

Um monte de garotos de cabelo espetado usando camisas sociais passou, olhando para elas como se quisessem se aproximar e esbarrar nelas, mas devem ter sentido que algo de estranho estava acontecendo e passaram direto.

Courtney pegou as mãos de Spencer.

– Lembra o dia em que brigamos no celeiro? Pensei nisso por três anos e meio. Eu sinto muito. E sinto muito por outras coisas que fiz também, tipo pendurar meu uniforme de hóquei na janela para provocar você. Eu *sabia* que isso ia te chatear. Mas eu tinha ciúme... e era insegura. Eu me perguntava se não era você quem merecia estar no time de hóquei, e não eu.

Spencer agarrou o assento do banco estofado de couro, tentando respirar. *Qualquer um* poderia saber da briga no celeiro. Spencer tivera que contar aquilo para a polícia. Mas o uniforme de hóquei na janela? Aquilo era algo que Spencer não contara nem para suas amigas.

– Também sinto muito por todas aquelas coisas com Ian – disse Courtney... ou era mesmo Ali?. – Eu não devia ter dito que contaria a Melissa que vocês dois se beijaram quando era *eu* quem estava envolvida com ele. E não devia ter dito que ele só beijou você porque eu mandei. Isso nem era verdade.

Spencer trincou os dentes, toda a raiva e o constrangimento por causa daquela briga vindo à tona novamente.

– Puxa, obrigada.

– Eu era uma vaca, eu sei. Eu me senti tão mal depois que nem fui me encontrar com Ian. Corri para o meu quarto, em vez disso. Então, de alguma forma, *você me salvou*, Spence. Se nós não tivéssemos tido aquela briga, teria sido eu naquela floresta, presa fácil para Billy. – Ali limpou os olhos com um guardanapo de papel. – E me desculpe por não ter contado a você que sabia que éramos irmãs. Só descobri pouco antes da nossa última festa do pijama, e não sabia como lidar com isso.

– E como você conseguiu descobrir? – perguntou Spencer com a voz falhando.

Uma música de Lady Gaga começou a tocar e o bar inteiro estava erguendo os copos ao redor delas.

— Isso não importa de verdade, não é? — disse ela. — O que realmente importa agora é o que eu disse para você ontem na minha casa. Quero um novo começo. Que sejamos as irmãs que sempre quisemos ter.

O ambiente girava com violência. Havia uma multidão barulhenta e ávida aglomerada junto ao bar. Spencer olhou para a garota à sua frente, examinando suas mãos pequenas e rosadas, suas unhas arredondadas e pescoço comprido. Será que esta garota *poderia* ser Ali? Era como ver uma excelente falsificação de uma bolsa Fendi e tentar distingui-la da original. As diferenças tinham que existir.

E ainda assim... fazia sentido. Spencer sentira algo estranho no momento em que essa garota aparecera, de que algo... não estava certo. A gêmea secreta olhara para todas elas de um jeito tão cúmplice. Havia chamado Emily de *Delegada*. Decorara o quarto exatamente como Ali. Havia absorvido corretamente cada elemento de Ali, algo em que até um bom sósia — inclusive uma *irmã gêmea* — não conseguiria se sair tão bem. Essa era a garota que a escolhera como amiga no dia do bazar de caridade. A que fizera Spencer se sentir desejada, especial.

Mas então ela pensou nas fotografias estranhas que Billy tirara na noite da festa do pijama. Se ao menos Ali tivesse permitido que Spencer abrisse a persiana, se ao menos ela não tivesse insistido em fazer tudo do jeito dela, elas teriam visto quem estava lá fora. Talvez nada disso tivesse acontecido.

— Nós passamos todos os dias juntas durante dois anos. Por que você nunca nos contou sobre sua irmã? — perguntou Spencer, tirando o cabelo de cima do pescoço. Parecia que mais cem pessoas tinham entrado no bar. Ela se sentia presa e em pânico, como na vez em que ela e Melissa ficaram presas em um elevador lotado da Saks logo depois do Dia de Ação de Graças, o dia das melhores liquidações.

Ali assoprou o cabelo para longe do rosto.

– Meus pais pediram para não falar. E também... Eu estava sem graça. Não queria que vocês fizessem perguntas desconcertantes.

Spencer deixou escapar um suspiro frustrado.

– Como as perguntas que você costumava nos fazer?

Ali olhou para ela desconcertada. Emily mordeu o lábio inferior. A música continuava ao fundo.

– Você sabia de todos os nossos segredos – disse Spencer, sua voz tremendo. Sua raiva estava crescendo depressa, como uma bola de neve que aumenta conforme rola colina abaixo. – Você os guardou para ter poder sobre nós. Você estava com medo de que, se soubéssemos, usaríamos contra você. Você não teria mais nenhuma vantagem sobre nós.

– Você está certa – cedeu Ali. – Acho que é verdade. Desculpe.

– E por que você não tentou entrar em contato conosco do hospital? – prosseguiu Spencer, vermelha de raiva. – Nós éramos suas melhores amigas. Você deveria ter dito algo. Você tem ideia do que passamos depois que você desapareceu?

A boca de Ali tremeu enquanto ela tentava formular uma resposta.

– Eu...

Spencer a interrompeu.

—Você tem alguma noção do quanto foi difícil? — Lágrimas escorriam pelo seu rosto. Algumas pessoas a encaram ao passar por elas, para depois seguirem em frente apressadas.

— Foi difícil para mim também! — protestou Ali, balançando a cabeça. — Quis contar a vocês, meninas, juro! Não entrei em contato antes porque não *podia*. Levou meses para eu ter o privilégio de poder dar telefonemas, e quando pude ligar, o oitavo ano tinha começado. Eu pensei... Bem, que depois de tudo o que eu tinha feito, vocês não iam me querer de volta de qualquer jeito — Ela desviou o olhar para a multidão. — Vocês provavelmente estavam felizes por eu ter morrido.

— Ali, isso não é verdade! — protestou Emily imediatamente, tocando o braço da amiga.

Ali a afastou.

— Qual é? Era *um pouco* verdade, não era?

Spencer olhou para os milímetros de líquido rosado no fundo de seu copo de martíni. Era verdade. Depois que Ali desapareceu, Spencer *ficara* aliviada por escapar de sua zombaria e de seus joguinhos. Mas se Ali tivesse entrado em contato do hospital, Spencer teria corrido até Delaware.

As três ficaram em silêncio por um tempo, olhando para as pessoas ao redor do bar e para o DJ tocando e se sacudindo atrás da bancada. Uma ruiva subiu em uma mesa para dançar, e um grupo de sete garotos rodeava-a como urubus. O barman recolheu uma garrafa de cerveja ainda cheia da mesa adjacente, e uma garota com cabelo louro de corte reto saiu do banheiro.

Spencer se endireitou na cadeira.

Aquela era... Melissa? Ela esticou o pescoço tentando encontrar o vulto outra vez, mas ele desaparecera. A cabeça de

Spencer latejava e ela se sentia febril. Seus olhos provavelmente estavam pregando uma peça nela... ou não estavam?

Spencer deu um suspiro profundo. Ali a encarava, o rosto vulnerável e ansioso. Era óbvio o quanto ela queria seu perdão. Então, Ali foi para o outro lado do banco e colocou seus braços ao redor de Spencer, que deu um leve tapinha nas costas dela.

— *Sexy* — alguém sussurrou atrás das meninas. Elas se afastaram e viraram. O Super Mario Emo estava encostado em uma das colunas, olhando para elas por cima de um copo grande de cerveja.

— Posso me juntar a vocês? — disse ele, com uma voz pegajosa.

Emily sorriu, constrangida. Ali cobriu a boca com a mão para dar uma risadinha e depois trocou um olhar cruel com as duas. Até Spencer sabia o que estava por vir.

— Esse não! — gritaram todas ao mesmo tempo. Emily e Ali caíram em uma gargalhada histérica. Spencer sorriu também, primeiro um pouco hesitante, depois mais vigorosamente, e então mais ainda, até que aquela tensão estranha, aos poucos, começou a se dissolver.

Ela apertou a mão de Ali e a envolveu em um abraço de urso.

De alguma forma, contra todas as expectativas, sua amiga — e irmã — estava de volta.

14

VINGANÇA É O NOVO PRETO

Exatamente às 17h38 da tarde no dia seguinte, Hanna, Courtney, Kate, Naomi e Riley emergiram do metrô na frente dos degraus da Biblioteca Pública de Nova York. Um bando de turistas adolescentes usando tênis plataforma tirava fotos uma das outras em frente às estátuas de leão.

– Por aqui – disse Hanna de um jeito autoritário, virando à esquerda, na direção do Parque Bryant.

Havia uma porção de barracas que se podia enxergar acima da linha das árvores, fazendo Hanna lembrar-se da espuma branca do mar. Ela usava um vestido de cetim de seda DVF com uma estampa abstrata floral e um laço na cintura. Tecnicamente, aquela peça ainda não estava à venda – quando Sasha, da Otter, soubera que Hanna iria ao desfile, desencavara a única peça da próxima estação que tinha e a deixara pegá-la emprestado. Ela também estava usando um par de plataformas lilás da DVF que comprara no outono, na mesma ocasião em que, perdendo o controle, comprara também uma bolsa cheia de miçangas de metal, apesar de ter certeza de que aquilo estouraria seu cartão de crédito.

Nenhuma das outras estava nem de longe tão bem quanto Hanna. Naomi e Kate usavam vestidos DVF da última estação, e o vestido envelope um pouco batido de Riley era de *duas estações atrás, que horror*. Courtney não estava usando nada da DVF, optara por um vestido simples de lã Marc Jacobs e botas marrons até o tornozelo. Mas parecia tão confiante que Hanna imaginou se aquela não teria sido a decisão mais sofisticada. E se fosse deselegante usar roupas do próprio estilista no dia do desfile, como se fosse uma imbecil de fora da cidade vestindo uma camisa *EU AMO NOVA YORK*?

Hanna tentou não pensar mais nisso. O dia fora fantástico. Ela sentara com as outras no almoço, discutindo animadamente quais celebridades teriam chance de ver no desfile – Madonna? Taylor Momsen? Natalie Portman? Depois tomaram o trem Amtrak Acela na Estação da 30th Street e passaram a hora de viagem que as separava de Nova York bebericando o champanhe da garrafa que Naomi roubara de seu pai e gargalhando toda vez que alguma executiva esquálida e cheia de frescura sentada por perto olhava feio para elas. Tudo bem, elas não tinham percebido que estavam sentadas no Vagão Silencioso do trem, que possuía regras mais restritas que a biblioteca de Rosewood Day. Mas isso só acabou tornando as coisas mais engraçadas.

Naomi cutucou o ombro de Courtney quando elas entraram na 40th Street.

– A gente devia ir àquele restaurante sobre o qual você leu no Daily Candy, não acha?

— Sem dúvida — disse Courtney, desviando de um carrinho de cachorro-quente que exalava um cheiro intenso — Mas só se Hanna quiser.

Ela deu um sorriso discreto para Hanna. Desde que elas tiveram aquele momento estranho conversando sobre Iris, Courtney estava sempre apoiando Hanna.

Elas entraram no parque. O lugar estava lotado de pessoas do mundo da moda, cada uma mais magra, bonita e glamourosa que a outra. Em frente a um grande anúncio do Mercedes-Benz, a rede de televisão *E!* entrevistava uma mulher que tinha sido jurada-convidada do *Project Runway*. Uma equipe de filmagem estava posicionada bem na entrada do desfile da DVF, fotografando cada convidado que entrava na tenda.

Naomi segurou o braço de Riley.

— Ai, meu Deus, nós vamos ficar superfamosas!

— Talvez apareçamos na *Teen Vogue!* — exclamou Kate. — Ou na Página Seis!

Hanna deu um sorriso tão largo que suas bochechas doíam. Ela caminhou graciosamente na direção do coordenador que controlava a entrada, um homem negro e magro usando batom rosa. Câmeras foram apontadas para ela. Hanna tentou fingir que as câmeras não estavam ali. Era o que as atrizes famosas faziam quando confrontadas com os paparazzi.

— Oi, nossas reservas estão com o nome de Marin — disse Hanna com uma voz leve e profissional, mostrando os cinco convites que imprimira com todo o cuidado em papel-cartão na noite anterior.

Ela deu um sorriso empolgado para Naomi e as outras garotas, e elas sorriram de volta com alegria.

O coordenador examinou os convites e sorriu com desdém.

— Awn, que fofo. Alguém sabe usar o Photoshop!

Hanna piscou, aturdida.

— O quê?

Ele devolveu os convites para ela.

— Queridinha, para entrar nesta tenda você precisa de uma chave preta com o logo da DVF na frente. Cem pessoas receberam essas chaves há um mês. Esse convitinho pobre não vai colocar nenhuma de vocês lá dentro.

Hanna sentiu como se o cara tivesse chutado suas costelas com o sapato plataforma prateado.

— Minha mãe me mandou estes convites! — choramingou ela. — São verdadeiros!

Ele jogou o peso em uma das pernas, fazendo pose.

— Então a mamãe vai ter muito a explicar. — Ele fez um movimento para espantá-las com as mãos. — Xô! Voltem para a creche, meninas.

Os edifícios ao redor do parque Bryant pareciam se fechar sobre Hanna e o suor começou a descer bem devagar pela testa dela. As câmeras deram um close em seu rosto e alguém sussurrou *'É uma das Belas Mentirosas!'*. Um bando de garotas magricelas digitava furiosamente em seus smartphones. Era provável que a tentativa frustrada de Hanna para entrar no desfile virasse assunto em blogs e no Twitter em minutos. E não era impossível que elas aparecessem na sessão 'Maiores Mancadas' do blog de moda Go Fug Yourself.

Naomi puxou Hanna da fila e a empurrou contra uma árvore seca.

— Que diabos foi isso, Hanna?

— Ela fez de propósito! — disse Riley de forma cruel, aparecendo atrás delas. — Você estava certa, Naomi. Alguém como *ela* nunca poderia conseguir convites para um evento destes.

— Eu não sabia! — protestou Hanna, seus saltos afundando na terra fofa em volta da árvore. — Vou ligar para minha mãe. Ela pode resolver tudo!

— Não há nada *para* resolver! — disse Kate, seu rosto a centímetros do de Hanna. Sua respiração cheirava a pretzels velhos. — Nós te demos uma chance e você pôs tudo a perder.

Courtney cruzou os braços, mas não disse nada.

— Você nunca vai ser popular em Rosewood Day outra vez — ameaçou Naomi. Ela tirou seu BlackBerry da bolsa de mão e pegou o braço de Riley. — Vamos para o Waverly Inn — Depois olhou de um jeito ameaçador para Hanna. — E não *ouse* nos seguir.

As quatro desapareceram na multidão. Hanna se afastou, parando perto de uma lata de lixo cheia de taças plásticas de champanhe. Duas garotas com cabelos compridos e brilhantes passaram, cada uma delas segurando uma chave preta com a logo da grife DVF estampada na frente.

— Estou *tão* enlouquecida com este desfile! — disse uma delas, empolgada.

Ela usava o mesmo vestido que Hanna, exceto pelo fato de ser número 34 em vez de 38. *Vagabunda*.

Pegando seu telefone, ela discou o número de sua mãe em Cingapura, sem se importar que custaria um trilhão de dólares para fazer a ligação.

O telefone tocou seis vezes antes de sua mãe atender.

— Eu não acredito no que você fez! — berrou Hanna. —Você arruinou minha vida!

— ... *Hanna?* — disse a sra. Marin. Sua voz soava baixa e distante. — O que está havendo?

— Por que você me mandou convites falsos para um desfile? — Hanna chutou uma pedrinha, fazendo alguns pombos que estavam perto alçarem voo. — Já é ruim que você tenha me abandonado e me deixado com meu pai, que me odeia, e com Kate, que quer arruinar minha vida! Você tinha que me constranger na frente de todo mundo também?

— *Que* convites? — perguntou a sra. Marin.

Hanna trincou os dentes.

— Os convites para o desfile da Diane von Furstenberg no parque Bryant, lembra? Os que você me mandou por e-mail no outro dia? Ou você está tão ocupada com seu trabalho que já esqueceu?

— Eu não mandei nenhum convite para você — disse sua mãe, a voz repentinamente tomada de preocupação. — Você tem certeza de que o e-mail era meu?

As luzes de um arranha-céu no outro lado da rua acenderam. Pedestres atravessavam de um lado da 42nd Street para o outro em uma massa informe. Hanna ficou toda arrepiada. Se sua mãe não mandara os convites, quem teria feito aquilo?

— Hanna? — perguntou a sra. Marin depois de uma pausa. — Querida, você está bem? Há alguma coisa sobre a qual precisemos conversar?

— Não! — disse Hanna depressa, apertando o botão de desligar.

Vacilante, ela andou de volta na direção da biblioteca e sentou sob uma das esculturas de leão. Havia uma banca de jornal na calçada, a capa de um exemplar do *New York Post* exposta. Os olhos selvagens de Billy Ford brilhavam na direção de Hanna, sua expressão apavorante, seu cabelo louro comprido emplastrado em sua testa pálida.

FORD NÃO É O CULPADO, anunciava a manchete.

Uma rajada de vento forte soprou, fazendo com que a primeira folha do jornal se soltasse e flutuasse acima da calçada, parando ao lado de um par de botas marrons que iam até o tornozelo. O olhar de Hanna subiu pelas botas até chegar ao rosto em formato de coração emoldurado por cabelos louros.

– Oh! – disse Hanna, surpresa.

– Oi! – disse Courtney. Ela sorria.

Hanna abaixou a cabeça.

– O que você quer?

Courtney se sentou ao lado dela.

– Você está bem?

Hanna não respondeu.

– Elas vão superar.

– Não, elas não vão. Estraguei tudo – queixou-se Hanna, elevando a voz acima de um barulhento ônibus de turismo Big Apple. Ela teve uma vontade repentina de comer Cheez-Its. – Sou oficialmente uma fracassada.

– Não, não é.

– Sou, sim. – Hanna enrijeceu o maxilar. Talvez fosse algo que ela tivesse que aceitar. – Antes de conhecer sua irmã, eu era realmente uma sem graça. Nem sei como ela quis ser minha amiga. Não sou descolada e bacana. Nunca fui popular. Não posso mudar isso.

– Hanna! – disse Courtney, com firmeza. – Essa é a coisa mais estúpida que você já disse.

Hanna bufou.

– Você me conhece há dois dias.

Refletores acenderam no rosto de Courtney.

— Conheço você há muito mais tempo do que isso.

Hanna ergueu a cabeça e olhou para a garota nos degraus.

— Hã?

Courtney levantou a cabeça.

—Vamos. Pensei que você soubesse há algum tempo. Desde o hospital.

Um vento frio soprou, carregando restos de cigarro e pedaços de lixo espalhado.

— O... hospital?

—Você não lembra? — sorriu Courtney esperançosa. —Visitei você quando estava em coma.

A recordação vaga de uma criatura loura tremeluziu vacilante na memória de Hanna. Quando ela estava no hospital, uma garota se inclinara sobre sua cama murmurando *Eu estou bem, eu estou bem*. Mas Hanna sempre pensara que esta garota era... Hanna piscou sem acreditar.

— *Ali?*

A garota perto dela confirmou com a cabeça e depois abriu os braços no estilo *ta-daahhh!*

— O quê? — o coração de Hanna estava disparou. — *Como?*

Ali contou sua história. Hanna arfou no fim de quase todas as frases, mal acreditando em seus ouvidos. Ela olhava para os pedestres andando na Quinta Avenida. Uma mulher empurrava um carrinho de bebê da Silver Cross, tagarelando em um Motorola. Um casal gay usando jaquetas de couro iguais do John Varvatos passeava com seu buldogue. Era incrível que suas vidas mundanas pudessem prosseguir naturalmente em meio a uma revelação tão transformadora.

A garota tomou as mãos de Hanna.

— Hanna, jamais considerei você uma fracassada. E sério, *olhe* para você agora. — Ela se afastou e fez um gesto indicando a roupa o e cabelo de Hanna. — Você está deslumbrante!

Hanna sentiu seu corpo formigar. Durante o sexto ano, ela se sentia como o boneco da Michelin perto de Ali. Sua barriga era protuberante, e suas bochechas, estufadas.

Ali sempre parecera tão perfeita — estivesse ela usando seu uniforme do time de hóquei ou o vestido branco da formatura do sétimo ano. Por muito tempo, Hanna ansiara mostrar a Ali sua transformação, para provar que ela era fabulosa também.

— Obrigada — sussurrou ela, sentindo-se aérea, como se no meio de um sonho.

— Você e eu somos as únicas que merecem ser populares, Hanna. — Os olhos de Ali assumiram uma expressão tão intensa que Hanna pensou estar imaginando aquilo. — Não sua meia-irmã. E *especialmente* não Naomi e Riley. Sabe o que nós precisamos fazer?

— O-o quê? — gaguejou Hanna.

Um sorriso afável cruzou o rosto de Ali. Ela de repente era Ali de novo — irresistível, inebriante, e absolutamente no controle de tudo. Ela desceu a escada e estendeu o braço para chamar um táxi. Um táxi imediatamente se materializou diante dela. Ali entrou e acenou para que Hanna a seguisse.

— Penn Station — disse Ali ao motorista, batendo a porta. Em seguida, virou para Hanna. — A gente larga aquelas vacas pra trás — disse ela. — E depois, acabamos com elas.

15

O POÇO DOS DESEJOS

Tarde da noite na quinta-feira, Aria estava em seu quarto na casa nova de Byron, examinando o vestido vermelho com franjas comprado para o Baile do Dia dos Namorados. Noel iria achar o vestido artístico e elegante... ou esquisito?

De repente, um brilho do lado de fora da enorme janela chamou sua atenção. Um vulto passou correndo pela casa, seu corpo delgado iluminado pela luz âmbar do poste da rua. Aria imediatamente reconheceu a jaqueta corta-vento rosa, a calça esportiva preta e o cabelo louro-escuro enfiado dentro de um gorro prateado. A irmã de Spencer, Melissa, corria pelas ruas da vizinhança, religiosamente, todas as tardes.

Mas nunca à *noite*.

O coração de Aria começou a bater com força quando se lembrou de Melissa xeretando do lado de fora da casa de Courtney e ela ficou arrepiada. Aria colocou um blusão de moletom, enfiou os pés em suas botas Uggs e saiu.

A noite estava gelada e quieta. Uma lua cheia, bem redonda, podia ser vista no céu. As casas se enfileiravam pela rua, grandes e imponentes, a maioria das famílias já apagara a luz da varanda. O ar ainda tinha um cheiro fraco de terra queimada por causa do incêndio, e Aria conseguia distinguir os tocos de árvores destruídos na floresta. Ela viu a fita fluorescente dos tênis de Melissa brilhando no escuro já no final da rua, e começou a correr, seguindo-a a uma distância segura.

Melissa passou pela enorme casa em estilo colonial holandês, cujos donos alternavam as bandeiras coloridas de varanda conforme as estações, pela casa de fazenda de pedra bruta com um lago artificial no quintal e depois pela grande casa vitoriana com um memorial improvisado na calçada. *Nós sentiremos sua falta, Ian*, alguém escrevera, formando as letras com botões de flores. Agora que todos presumiam que Ian era inocente – e que estava morto –, em memória dele tinham aparecido uma porção de guirlandas, bastões de lacrosse e antigas camisetas de futebol de Rosewood Day no gramado enlameado da família Thomas.

Melissa seguiu até o fim da rua sem saída para depois desaparecer numa trilha que seguia na direção da floresta. Aria a seguia de longe, mais nervosa a cada instante. Teoricamente, o acesso àquela parte da floresta ainda não estava autorizado – os policiais ainda estavam à procura do corpo de Ian.

Respirando fundo, Aria abriu caminho por entre as árvores para segui-la. Galhos estalaram e quebraram. O ar estava denso, com uma fumaça de cheiro pútrido. Os tênis brilhantes de Melissa desapareceram em alta velocidade em uma subida íngreme. Os pulmões de Aria se enchiam e esvaziavam depressa, e ela lutava para acompanhar o ritmo. Elas já haviam entrado tão fundo na floresta que Aria mal conseguia enxergar as luzes das casas. A única coisa que conseguia distinguir era o celeiro arruinado da família de Spencer, que parecia distante, perdido no meio das árvores.

Um par de olhos piscou para ela de um galho alto. Algo se quebrou no chão da floresta. Aria arquejou, mas continuou seguindo em frente. Subiu a colina usando as mãos e os pés, ofegante. Mas quando alcançou o topo, não viu Melissa em lugar nenhum. Era como se ela tivesse evaporado.

— Aria?

Aria gritou e deu um giro. Um rosto surgiu à sua frente. Primeiro Aria viu seu rosto em forma de coração, depois seus olhos azuis resplandecentes e em seguida seu sorriso de gato da Alice.

— C-courtney? — gaguejou ela.

— Não imaginei que mais ninguém soubesse sobre este lugar — disse Courtney, colocando uma mecha de cabelo solta dentro de seu chapéu bordô de lã.

Aria passou as mãos por seu rabo de cavalo desgrenhado. Seu coração batia tão forte que parecia que dava para ouvir barulho.

— V-você viu a irmã de Spencer? Melissa? Eu a segui até aqui.

Courtney balançou a cabeça, parecendo confusa.

— Estamos só a lua e eu.

Aria tremeu, seus pulmões queimando devido ao frio. Ela queria dar o fora dali, *agora*, mas suas pernas não se mexiam.

— O-o que *você* está fazendo aqui?

— Só vim olhar um antigo refúgio — disse Courtney.

Ela se encostou a uma estrutura em ruínas que Aria nunca vira antes. Parecia uma construção de tijolos, baixa, arredondada, coberta de musgo. Ainda subsistia a parte de uma letra A entalhada em uma tábua de madeira frágil e estragada. Um balde de metal enferrujado estava jogado sobre a grama perto dali.

Aria colocou a mão na boca, aos poucos juntando as peças perdidas. Era um *poço dos desejos*. Exatamente como o que Ali desenhara em sua bandeira da Cápsula do Tempo. As pernas de Aria começaram a tremer.

— Eu costumava vir aqui para refletir. — Ela se apoiou na ponta da pedra, deixando seus pés balançarem para dentro do poço. — Este era o único lugar que eu tinha só para mim. Foi por isso que o desenhei na minha bandeira da Cápsula do Tempo.

Aria abriu a boca, surpresa. A bandeira *dela* da Cápsula do Tempo?

— Como é?

Uma coruja piou. Uma nuvem em formato de mão cobriu a lua. Courtney jogou um torrão de musgo congelado no poço. Aria não o ouviu alcançar o fundo.

— Sei que Jason deu a bandeira para você. — Ela se virou para encarar Aria. — Fico feliz que tenha ficado com ela.

Aria piscou.

— Q-que diabos está acontecendo?

Courtney ergueu as mãos em rendição.

— Não se apavore. — Aria podia ver a respiração da menina condensada no ar frio da noite. — Mas eu não sou a Courtney. Eu sou Ali.

Os joelhos de Aria travaram. Ela quase perdeu o equilíbrio, escorregando em algumas folhas molhadas.

— Por favor, não fuja! — implorou Courtney.

A luz da lua iluminava seus olhos e dentes ultrabrancos, o que a fazia parecer uma lanterna de abóbora do dia das bruxas.

— Deixe-me explicar.

Aria não se mexeu enquanto Courtney — ou quem quer que ela fosse — rapidamente resumia a verdade sobre sua irmã, o assassinato, e a troca.

— Hanna, Spencer e Emily já sabem — concluiu ela. — Eu sabia que seria mais difícil contar toda a verdade a você. Toda aquela história sobre seu pai... — Ela saltou sobre o poço e se aproximou de Aria. Hesitante, colocou sua mão coberta por uma luva de *cashmere* no ombro da outra. — Eu me comportei tão mal com você, Aria. Mas eu mudei. Quero que sejamos amigas de novo, exatamente como éramos quando ficamos amigas pela primeira vez no sexto ano. Lembra de como era fantástico?

Os lábios de Aria pareciam paralisados. *Era Ali diante dela*? Bem, *era* possível. Algo em Courtney parecera tão estranho desde o começo — ela sabia mais sobre Aria e Rosewood do que deveria.

Ali estava parada na frente dela, seus olhos arregalados, suplicantes.

— Só pense a respeito, está bem? Tente ver as coisas da minha perspectiva.

Aria sentiu uma pontada de dor, desejando que a vida fosse como fora um dia, quando elas se tornaram amigas. As coisas *haviam* sido fantásticas por um tempo: elas fizeram montes de viagens para Poconos, passaram horas na casa umas das outras, fizeram filmes bobos com a câmera de Aria. Pela única vez, Aria não fora uma estranha excêntrica, mas parte de um grupo.

E em seguida, Ali virou e começou a se afastar. Seus passos produziram estalos altos por um tempo, desaparecendo na distância.

Aria começou a descer a colina na direção da sua casa. *Eu quero que sejamos amigas outra vez. Só pense a respeito, está bem?* Parte dela queria dizer a Ali que passado era passado. Ela queria uma melhor amiga outra vez. Mas algo a impedia de fazer isso. Aria poderia realmente acreditar que Ali estava arrependida por tudo que fizera e que mudara sua forma de agir? Voltara havia apenas poucos dias e já estava contando mentiras de novo, fingindo que nunca estivera em Rosewood Day, que nunca vira a casa de Noel Kahn... Ela encenara tudo de maneira bem convincente, choramingando sobre o quanto ficara arrasada com o caso do pai. Fizera aquilo para que Aria se abrisse a respeito de sua família disfuncional e revelasse seus segredos mais uma vez?

Aria suspirou, sentindo cheiro de ferrugem e de algo que lembrava vagamente um lago. Em seguida, notou algo branco próximo a seus pés e parou. Havia alguma coisa enterrada bem fundo na encosta do morro.

Depois de um instante de hesitação, Aria se abaixou para pegar o que quer que aquilo fosse. Punhados de terra e folhas mortas se espalharam, enquanto ela puxava o objeto meio preso no solo. Era um envelope esfarrapado. Será que as escavadeiras haviam dragado aquele envelope enquanto removiam alguns dos tocos de árvore queimados?

Ela rasgou o envelope e enfiou a mão dentro. Seus dedos tocaram algo quadrado e pontudo. Respirando fundo, tirou duas fotos Polaroid borradas do envelope. Aria franziu a testa, suas mãos roxas por causa do frio. A primeira era uma fotografia de quatro garotas sentadas em círculo em volta de um tapete redondo, com as cabeças abaixadas. Velas estavam acesas ao redor delas. Uma quinta garota com cabelo louro e comprido e rosto em formato de coração estava de pé com os braços erguidos, seus olhos fechados.

O coração de Aria começou a martelar. Parecia uma das fotos que Billy tirara quando fizeram a festa do pijama no fim do sétimo ano.

Ela examinou a segunda. A luz do flash produzira um círculo amarelo no alto da moldura. Aria sentiu suas pernas fraquejarem e seus dentes rangerem.

De alguma forma, talvez por causa do ângulo da câmera ou da luz refletida do flash, esta fotografia não mostrava o que estava acontecendo dentro... mas do lado de fora. Havia um reflexo fantasmagórico na janela mostrando um par de mãos e um rosto sombreado e assustador. Quem quer que fosse, tinha o cabelo louro como o de Billy, mas os traços eram mais suaves, mais femininos. A imagem estava embaçada, mas o nariz da pessoa era pequeno e reto, e os olhos eram redondos e cercados de cílios escuros.

Aria mal conseguia respirar. Ela olhou para a imagem até seus olhos queimarem. Por mais que quisesse acreditar que a pessoa na janela era Billy, sabia que não era verdade.

O que significava que outra pessoa as estivera observando naquela noite.

16

SE NÃO AGORA, QUANDO?

Na manhã seguinte, Emily e sua irmã, Caroline, entraram na lanchonete de Rosewood. O treino exaustivo de natação terminara um pouco mais cedo, o que significava que teriam tempo para tomar um café da manhã de verdade antes da escola.

Os donos da lanchonete deixavam as lâmpadas de Natal acesas o ano todo, o que tornava o ambiente aconchegante e festivo. A cozinha cheirava a panquecas, calda, linguiça e café. Alguns jornais descartados estavam sobre o balcão. *FOTO NA JANELA NÃO É DE FORD,* dizia uma das manchetes. Abaixo, uma cópia da foto embaçada sobre a qual Aria contara para Emily. Ela ligara no fim da noite anterior explicando que encontrara duas fotos na floresta. E enviara as fotos anonimamente para o jornal, para não atrair mais atenção para si.

Emily examinou com atenção a imagem borrada. O rosto superexposto por causa do flash tinha um ar fantasmagórico. A pessoa tinha cabelo louro como Billy, mas o desenho de seu maxilar, olhos e nariz eram completamente diferentes. A cabeça de Emily começou a latejar. Por que Billy tinha aquelas fotografias se não tinha sido quem as tirou? Ele tivera um cúmplice naquela noite? Ou alguém as plantara em seu carro?

Emily seguiu Caroline até um grande banco estofado vermelho. Seu celular tocou dentro da sacola de natação.

Uma nova mensagem. Era de Courtney DiLaurentis. *Ali.*

Mal posso esperar pra ver vc na academia hj.
Bjo.

O coração de Emily deu uma cambalhota.

Mal posso esperar para ver você também, respondeu ela, olhando o pequeno envelope da tela de seu celular girar até o envio da mensagem ser concluído.

Ela ainda conseguia sentir a respiração mentolada de Ali e seus lábios macios tocando os dela. Também conseguia ver Ali dançando de um jeito sedutor na boate na noite de quarta-feira, o refletor fazendo com que sua cabeça dourada parecesse coroada por um halo brilhante.

Caroline se inclinou e olhou para a tela do celular de Emily. Seus olhos ficaram arregalados.

— Você e Courtney são amigas?

— Ela parece ser legal — disse Emily, tentando não se entregar.

Caroline dobrou o cardápio e o empurrou para a ponta da mesa.

— É tão estranho que Ali tenha uma irmã gêmea. Você alguma vez suspeitou disso?

Emily encolheu os ombros. Em retrospectiva, tudo se encaixava. Ela deveria ter adivinhado que algo estranho estava acontecendo no dia anterior à festa do pijama do sétimo ano. Quando Ali as encontrara na varanda de sua casa, não se lembrava de ter conversado com elas em seu quarto momentos antes. Depois, naquela mesma tarde, Emily pedira licença para usar o banheiro dos DiLaurentis. Dentro do banheiro, ela escutara Jason sussurrando aborrecido com alguém na escada.

– É melhor você parar! – alertou ele. – Você sabe o quanto isso os deixa irritados!

– Eu não estou machucando ninguém! – protestou outra voz.

A segunda voz parecia *demais* com a de *Ali*, mas claramente fora Courtney. Jason estava provavelmente dando uma bronca por ela imitar a irmã – mais uma vez.

Ela tentou me afogar, dissera Ali. *Ela quis me matar para* se *tornar eu*. Emily estremeceu ao pensar nisso.

Mas e a outra vez em que Courtney estivera em casa, quando ela fora transferida do hospital Radley para a clínica Preserve? Ali dissera que aquilo acontecera no começo do sexto ano. Poderia ter sido no mesmo sábado que Emily, Spencer e as outras entraram no quintal de Ali esperando ter uma chance de roubar a bandeira da Cápsula do Tempo que ela encontrara? Emily lembrava ter ouvido uma discussão dentro da casa dos DiLaurentis – Ali gritara "Para com isso!" e depois alguém gritara "Para com isso!" de volta no mesmo tom de voz agudo.

Ela imaginara ser Jason, mas também poderia ter sido Courtney. Essa foi a primeira vez que Ali conversou com elas, e por um instante, ela parecera quase *amigável*. Ela nem interrompeu a conversa quando a sra. DiLaurentis foi até a varanda e disse a Ali que estava saindo. Pensando nisso agora, Emily imaginou se a família de Ali estava levando Courtney para o Preserve, a nova clínica. Se tivesse prestado mais atenção ao Mercedes dos DiLaurentis que saía da casa, ela teria visto um rosto estranhamente idêntico ao de Ali no banco de trás?

A garçonete se aproximou da mesa delas e perguntou se haviam decidido o que iam querer para o café da manhã. Caroline pediu uma omelete com presunto, cebola e pimentões verdes e Emily um waffle belga. Depois que a garçonete se afastou, Caroline encheu sua caneca de café de creme.

— Courtney parece ser bem diferente de Ali.

Emily mexeu seu chocolate quente, tentando parecer indiferente.

— Por que você diz isso?

— Não tenho certeza. Não consigo definir ao certo, mas tem algo de diferente.

A campainha sobre o balcão tocou. A garçonete andava pela lanchonete com duas bandejas de comida em seus braços, cambaleando de leve por causa do peso.

Emily desejou poder contar a Caroline a verdade sobre Ali, mas a amiga pedira segredo. Emily imaginou por quanto tempo ela teria que fingir ser Courtney. Até fazer dezoito anos? Para sempre?

Caroline ergueu uma sobrancelha, olhando para algo atrás de Emily, do lado de fora da janela.

— Aquele não é o Wilden, o policial?

Emily se virou. Duas pessoas estavam bem próximas do outro lado do estacionamento. Uma garota loura vestindo um casaco xadrez conversava com um policial conhecido. Era Wilden conversando com a irmã de Spencer, Melissa. Qualquer que fosse a discussão, parecia um tanto inflamada.

Melissa agitava o dedo no rosto de Wilden. Ele dizia algo em resposta, balançando a mão como se não acreditasse no que ela estava dizendo. Melissa jogou as mãos no ar em aparente frustração e Wilden foi embora. Ela gritou, mas ele não se virou.

— Uau! — disse Caroline baixinho. — O que foi aquilo?

— Não faço a mínima ideia — disse Emily, também em voz baixa.

A porta da lanchonete abriu e dois garotos vestindo agasalhos da equipe de mergulho da escola preparatória Tate entraram com uma pose arrogante. Caroline se voltou para Emily, tomando outro gole de café.

— Você e Isaac vão ao Baile do Dia dos Namorados? Não tenho mais visto ele por aí.

Isaac. Por um instante, Emily não conseguiu nem se lembrar do rosto de seu antigo namorado. Não muito tempo atrás, ela estava certa de que Isaac Colbert era o amor de sua vida — a ponto de chegar a dormir com ele. Mas depois ele não acreditou em Emily quando ela disse que sua mãe a estava atormentando. Parecia que tinha acontecido há um milênio.

— Hum... duvido muito.

— O que aconteceu?

Emily fingiu estar encantada com o jogo americano laminado na frente dela, uma ilustração meio cafona, que mapeava os principais acontecimentos da história dos Estados Unidos. Seus pais e sua irmã ainda pensavam que ela fora com Isaac à uma viagem com a turma do coral da igreja para Boston poucas semanas antes, mas na verdade ela estivera em Amish Country, vasculhando o passado de Wilden. Quando os policiais levaram Emily para casa na noite em que ela quase invadira a sala de evidências da delegacia de polícia de Rosewood — a mesma noite em que Jenna fora morta — ela dissera para sua mãe que estava vestindo roupas Amish por causa de um jogo de RPG do qual participara durante a viagem. Emily tinha certeza de que sua mãe não acreditara em nada daquilo, mas a sra. Fields não insistira no assunto.

Depois de alguns segundos sem resposta, Caroline se ajeitou no banco, com um sorriso crescendo em seu rosto.

— Você não está mais com o Isaac, está?

— Não — admitiu Emily, escolhendo suas palavras com cuidado. — Estou gostando de outra pessoa.

Caroline arregalou os olhos. Provavelmente não era muito difícil para ela adivinhar quem: na época em que Mona mandava textos como A, ela deixara a antiga paixão de Emily por Ali muito clara para a escola inteira.

— Courtney também é...? — sussurrou Caroline.

— Não sei — Emily pressionou o polegar contra os dentes do garfo.

Eu sempre quis fazer isso outra vez, dissera Ali. Será que Ali também era? Por que mais ela diria aquilo?

A garçonete colocou os pratos. Emily olhou para seu waffle carregado de manteiga e calda. De repente, ela se sentiu nervosa demais para ter fome.

Caroline colocou as mãos sobre a mesa.

— Você deveria chamá-la para ir com você ao baile! — decidiu ela.

— Eu não posso! — exclamou Emily, um pouco surpresa por sua irmã se mostrar tão aberta sobre o assunto.

— Por que não? O que você tem a perder? — Caroline levou um pedaço de omelete à boca. — Você pode pegar uma carona comigo e Topher. Vamos alugar uma limusine. – Topher era namorado de Caroline havia muitos anos.

Emily abriu a boca e depois a fechou outra vez.

Caroline não entendia. Essa não era uma paixão normal como a que ela tivera por Maya ou Isaac. Por anos ela pensara em estar com Ali ou ir para Stanford com ela e talvez – se tivessem sorte – conseguirem uma casinha juntas com um daqueles galos de latão que indicam a direção do vento no telhado. O medo de arriscar demais e arruinar suas chances com Ali paralisava Emily. A opinião dela significava tudo, e se Ali a rejeitasse, Emily não tinha certeza do que faria. Guardar seus sentimentos para si mesma era bem menos arriscado.

O telefone de Emily bipou de novo e ela rapidamente o abriu. Ali respondera sua mensagem com um monte de "bjs".

Ela ficou se perguntando: e se Ali quisesse isso também?

17

QUEM TEM MEDO DA IRMÃ MÁ?

Mais ou menos na mesma hora naquela manhã, Spencer entrou na SUV de Melissa enquanto esperava a irmã correr até em casa e pegar os óculos de sol. Em uma rara demonstração de gentileza, Melissa se oferecera para levá-la à escola. Spencer jogou sua bolsa Kate Spade no banco de trás. O carro tinha um forte cheiro de chiclete de canela e o rádio estava ligado.

– Depois de uma mensagem de nossos patrocinadores, discutiremos as fotografias que lançam uma nova luz sobre o caso do *serial killer* de Rosewood – anunciou um repórter.

A transmissão cortou para um comercial da Treasures in the Attic, um antiquário local, e Spencer desligou o rádio. Ela recebera uma mensagem de Aria durante a manhã a respeito das fotos que encontrara na floresta, mas ainda não as tinha visto. Tudo o que sabia é que o fotógrafo poderia ser uma garota. Spencer estivera fazendo o possível para ignorar as inconsistências no caso contra Billy, mas agora...

Ela sentiu uma mão fria sobre a sua e deu um pulo, assustada.

—Terra chamando Spencer! – disse Melissa batendo a porta. —Você está aí?

— Desculpe — disse Spencer enquanto Melissa assumia o volante e quase batia no memorial de Jenna. Ele triplicara de tamanho. O memorial de Ali, no meio calçada da antiga casa dos DiLaurentis, crescia com o mesmo vigor, cheio de velas, flores, ursos de pelúcia e fotos dela quando criança.

Se as pessoas realmente soubessem, pensou Spencer. A garota naquelas fotos antigas ainda estava viva. Ainda era tão difícil de acreditar.

Melissa estava olhando o memorial de Ali também.

— Courtney viu isso? – perguntou ela.

O coração de Spencer saltou. Era estranho ouvir o nome *Courtney* agora que ela sabia a verdade.

— Não sei.

No fim da rua, a sra. Sullivan, que morava na esquina, estava caminhando com seus dois collies. Deixaram a vizinhança em que moravam e as duas permaneceram em silêncio por alguns minutos, passando em alta velocidade pela Fazenda Johnson, que vendia manteiga orgânica e vegetais. Em seguida, passaram em frente ao parque da cidade. Algumas pessoas corriam, suas cabeças abaixadas para enfrentar o vento.

Melissa colocou seus óculos de aviador na cabeça e deu uma olhadela para Spencer.

—Você chegou a sair com Courtney?

— A-hã — respondeu Spencer, puxando as mangas de seu casaco para cima de suas mãos nuas.

Melissa apertou o volante com mais força.

—Tem certeza de que é uma boa ideia?

Elas pararam em um sinal vermelho. Um esquilo se lançou sobre a rua, seu rabo fofinho suspenso no ar.

— Por que não seria? — perguntou Spencer.

Melissa batia o pé esquerdo no chão do carro.

— Você não sabe muito a respeito dela. Quando Jason me contou sobre a irmã, disse que era bem instável.

Depois, Melissa pisou no acelerador outra vez, aumentando a velocidade ao chegar ao cruzamento. Spencer desejou poder contar para Melissa exatamente o que ela *não* sabia — que a irmã instável estava morta.

— Você sequer conversou com ela — disse Spencer.

A voz de Melissa ficou mais severa:

— Eu só acho que você deveria ter mais cuidado com ela. Não caia nessa de amizade rápido demais.

Elas entraram na rua da escola, Rosewood Day, e pararam atrás de uma fila de ônibus escolares amarelos. Alunos desciam cautelosamente os degraus dos ônibus e corriam para a portaria, ávidos para escapar do frio cortante. Spencer apontou para sua irmã de um jeito acusador.

— Você só está dizendo isso porque odiava Ali e não gosta de Courtney por tabela.

Melissa revirou os olhos.

— Não faça drama, Spencer. Só não quero que você se machuque.

— Claro que não quer — rosnou Spencer. — Porque *você* certamente nunca tentou me machucar.

Ela abriu a porta com força, saltou do carro e depois bateu-a atrás de si.

Os corredores cheiravam a doces recém-saídos do forno do Steam, a cafeteria da escola. Enquanto Spencer se aproximava de seu armário, Ali surgiu do banheiro. Seus olhos azuis brilhavam, uma combinação perfeita com o blazer do uniforme.

— Ei! — gritou ela, envolvendo o ombro de Spencer com seu braço. — Exatamente a pessoa que eu queria ver. Vamos nos preparar para o baile amanhã, certo?

— Claro! — disse Spencer, girando a combinação de seu cadeado rápido demais e esquecendo um dos números. Frustrada, ela chutou a porta de metal.

Ali franziu a testa.

— Há algo errado?

Spencer girou a cabeça para lá e para cá, tentando relaxar.

— Melissa está me deixando louca.

Ali colocou as mãos na cintura. Alguns garotos do time de futebol passaram, dando assovios apreciativos.

— Vocês brigaram por causa de sua mãe de novo?

— Não. — Finalmente Spencer conseguiu abrir a porta. Ela tirou o casaco e o prendeu no gancho do armário. — Na verdade, foi sobre você.

— Sobre mim? — Ali pressionou a palma da mão contra o peito.

— Sim. — Spencer deixou escapar uma risada. — Eu disse a ela que estávamos andando juntas. Ela disse que eu deveria ficar longe de você.

Ali ajeitou alguma coisa invisível em seu blazer.

— Bem, talvez ela esteja tentando cuidar de você.

Spencer fungou.

— Você *conhece* Melissa. Ela definitivamente *não estava* cuidando de mim.

Um músculo no pescoço de Ali se retesou.

— Então por que ela disse isso?

Spencer mordiscou o lábio inferior. Melissa e Ali nunca haviam se dado bem. Ali fora a única que não se curvara diante de Melissa quando eram mais novas. Pouco antes de seu desaparecimento, ela inclusive provocara Melissa, dizendo que Ian poderia arrumar uma namorada nova enquanto ela estivesse de férias em Praga. E Melissa *definitivamente* suspeitara de que Ali estava saindo com Ian. Havia poucos meses, na hidromassagem da família no quintal, a irmã contara a Spencer que soubera que Ian a traíra no segundo grau. "Ian vai se arrepender disso para o resto da vida", dissera ela. Spencer perguntara o que ela iria fazer com a garota com quem ele tinha traído. "Quem disse que eu já não fiz?"

Uma porta de armário se fechou. O celular de alguém tocou. O sinal soou. Uma indicação clara de que elas tinham que ir para a sala de aula. Spencer fitou Ali, que olhava para ela, provavelmente imaginando em que estaria pensando.

— Você acha que há alguma possibilidade de Melissa saber que você não é Courtney? – perguntou ela.

Ali recuou, sua testa enrugada.

— Não. De jeito nenhum.

— Você tem *certeza*?

— Absoluta. – Ali ajeitou seu cabelo louro sobre o ombro.

Um calouro que estava perto se distraiu e deixou seu livro de biologia cair no chão de mármore.

— Honestamente, Spence? Provavelmente Melissa só está com ciúmes. Vocês duas têm outra irmã agora... e eu gosto mais de *você*.

Spencer foi tomada por uma sensação reconfortante e acolhedora enquanto Ali se despedia dela e seguia na direção das salas de aula de educação artística. Spencer percorreu o saguão na direção da sua sala, mas quando passou pelo Steam, um suporte com o exemplar do dia do *Philadelfia Sentinel* a fez parar.

— Oh, meu Deus — sussurrou ela.

A foto que Aria encontrara na noite anterior estava exposta na página principal do jornal, o vulto com olhos assustadores olhando direto para Spencer. Spencer reconheceu o rosto imediatamente.

Melissa.

18

DUAS FASHIONISTAS, UM PLANO DE ARRASAR

Ainda que mal fossem quatro horas da tarde de sexta-feira, Rive Gauche, o bistrô francês do shopping center King James, estava cheio de garotas do ensino médio bem-vestidas e bem-cuidadas. Bolsas de couro maravilhosas estavam penduradas nas cadeiras vazias, e bolsas de compras grandes e deslumbrantes estampadas com marcas de estilistas de luxo estavam amontoadas sob as mesas. Garçons usando camisas brancas e calças pretas justas circulavam, entregando garrafas de vinho e *crèmes brûlées*. O ar tinha o aroma de *escargot* na manteiga e batatas belgas maravilhosamente fritas.

Hanna suspirou de prazer. Ela não ia ao Rive Gauche havia um tempo e sentira falta de lá. Simplesmente ficar ali no saguão do Rive Gauche dava-lhe uma sensação de extremo bem-estar. Era uma terapia instantânea.

A *hostess* guiou Hanna e Ali pelo salão de jantar. As duas carregavam sacolas pesadas da Otter. Elas haviam passado uma hora e meia experimentando quase tudo na loja. Só que dessa vez as compras não giraram em torno de Ali rodopiando na frente do espelho triplo da loja, chamando toda a atenção para si dentro de vestidos tamanho 36 e calças *skinny* de cintura fina, enquanto Hanna ficava atirada no sofá como um leão marinho espinhento e feio. Agora, Hanna parecia tão bonita quanto ela nas calças de cintura alta, vestidos envelopes e minissaias. Ali até pedira algumas sugestões de moda a Hanna sobre sarja — ela *estivera* trancada em um hospital por três anos, afinal de contas, e não estava por dentro das últimas tendências.

O único pequeno incômodo foi quando Hanna se lembrou da última vez em que ela estivera no provador da Otter com um amigo — Mike havia levado Hanna ali no primeiro encontro dos dois, e escolhera todos os tipos de roupas loucas e justas demais para ela experimentar. Ela falara sobre Mike muito rapidamente com Ali, perguntando se Naomi e Riley estavam por trás daquele apelido infeliz que colocaram nele; "Cueca Suja". Ali disse que não tinha certeza, mas que isso não a surpreenderia.

Ali e Hanna se jogaram em um dos bancos acolchoados. Ali tirou uma echarpe de seda de sua bolsa da Otter e a envolveu em seu pescoço.

— Queria que todo mundo fosse à casa de Poconos amanhã depois do Baile do Dia dos Namorados. Nós podemos ficar bêbadas, ir para a hidromassagem e resgatar nossa velha amizade...

— Seria ótimo! — Hanna bateu palmas.

Ali pareceu incerta por um instante.

—Você acha que as meninas vão topar?

— Spencer e Emily com certeza vão! — respondeu Hanna.

Aria, por outro lado, não iria parar de falar sobre o antigo poço dos desejos. "Ali disse que era a inspiração para o poço em sua bandeira", sussurrara ela para Hanna com preocupação ao telefone. "Ela já falou para *você* sobre o poço?" "Não, mas quem se importa", Hanna respondera, sem entender aonde Aria queria chegar com aquela história. Então Ali tinha no poço dos desejos um lugar secreto, que guardava para si mesma. Quem se importava?

— Nós teremos que pegar álcool e petiscos — disse Ali, contando os itens nos dedos.

Hanna imaginou como seria a viagem para Poconos. Elas fariam jogos envolvendo doses de bebidas alcoólicas e dividiriam segredos. Entrariam na hidromassagem usando biquínis minúsculos, só que desta vez Hanna não ficaria constrangida tentando esconder sua barriga saliente. Houvera um tempo em que se consumia de preocupação por não querer ser a piada do grupo, a garota que estava sempre à beira de ser excluída. Mas havia uma nova Hanna na cidade — uma que era linda, magra e *confiante*.

Uma garçonete magrinha, com um jeito francês e maçãs do rosto protuberantes, foi até a mesa delas. Hanna devolveu o cardápio sem olhar.

— Nós vamos querer *moules frites*.

A garçonete confirmou com a cabeça e saiu, parando para verificar uma mesa de garotas do colégio Quaker perto da janela.

Ali tirou seu iPhone de sua capa de couro craquelada.

— Tudo bem, vamos para nossa Operação DAV, Detonar Aquelas Vacas.

— Ótimo! — gritou Hanna. Ela estava louca pra começar. Kate, Naomi e Riley haviam desfilado com arrogância pela escola naquele dia, contando para todo mundo que todas as roupas de Hanna eram tão falsas quanto os convites para o desfile da DVF. E naquela manhã, durante o café, Kate reclamara com o pai de Hanna que ela a arrastara até Nova York de palhaçada, fazendo-a perder o ensaio de *Hamlet*. Como sempre, o pai de Hanna acreditara em Kate. Hanna nem se incomodou em se defender. Não faria diferença.

— Descobri algo perfeito para fazer — Ali tocou a tela de seu iPhone. — Sabe aquele dia em que você chegou e nós estávamos no quarto de Kate?

— Sim — Hanna colocou suas sacolas da Otter sob o banco.

Ali começou a mexer no telefone.

— Bem, antes de você chegar, estávamos zonzas de rum e as meninas escreveram cartas de amor para suas paixões secretas.

— Cartas de amor? Jura? — Hanna enrugou o nariz. — Isso é tão...

— Sétimo ano? — Ali revirou os olhos. — Eu sei. Enfim, você deveria ter visto as cartas que elas escreveram. Bem interessantes.

Ela se inclinou na mesa, sua boca tão próxima que Hanna conseguia sentir o cheiro de morango de seu *gloss*.

— Não participei disso, é claro, porque *como Courtney*, eu não estive aqui tempo suficiente para ter uma paixão por ninguém. Mas antes de sair, roubei as cartas e as escaneei na máquina do escritório antigo da sua mãe. Todas elas estão no meu telefone. Nós podemos imprimi-las e distribuí-las no dia do baile. Afinal, o Dia dos Namorados tem tudo a ver com amor não correspondido.

Ali procurou as imagens no telefone e colocou a tela diante de Hanna. A carta de Kate discorria sobre sua paixão secreta por Sean Ackard, o ex de Hanna, prometendo participar das sessões do Clube da Virgindade com ele. A carta de amor de

Riley era para Seth Cardiff, um menino atarracado da equipe de natação da escola. Aparentemente ela amava vê-lo em sua sunga apertada. A carta de Naomi era para Christophe Briggs, o inflamado diretor sênior do clube de teatro de Rosewood Day, dizendo que queria uma chance de fazê-lo virar heterossexual. Cada garota assinara a carta de amor com um beijo de batom vermelho. Elas deveriam mesmo estar muito bêbadas para escrever coisas como aquelas.

Humilhante.

— Toca aqui! — disse Hanna, batendo na mão de Ali.

— Até o baile, tenho que fingir que Naomi, Riley, Kate e eu ainda somos amigas. Elas não podem saber que estamos nos falando. Isso estragaria tudo.

— Claro! — concordou Hanna.

Aquela seria uma repetição apropriada e satisfatória da *primeira* vez que Ali abandonara Naomi e Riley, pouco antes do bazar de caridade em Rosewood Day no sexto ano. Hanna nunca se esqueceria da humilhação estampada nos rostos de Riley e Naomi quando perceberam que haviam sido substituídas. *Era uma sensação tão boa.*

— Por que você largou Naomi e Riley no sétimo ano, afinal? — perguntou Hanna. Aquilo era algo que ela e Ali nunca haviam discutido. Hanna tivera muito medo de trazer o assunto à tona, preocupada que isso desse azar em sua amizade com Ali. Mas fora anos antes, e elas finalmente tinham uma relação de igual para igual.

As portas duplas que davam para a cozinha se abriram e uma garçonete apareceu carregando uma bandeja cheia de pratos. Um músculo perto da boca de Ali deu uma tremidinha.

— Percebi que elas não eram minhas amigas, no fim das contas.

— Elas fizeram alguma coisa com você? — pressionou Hanna.

— Pode-se dizer que sim — murmurou Ali, meio hesitante.

Um grupo de garotas a poucas mesas folheava uma cópia do *US Weekly*, fofocando sobre a cirurgia plástica malsucedida de uma jovem atriz. Um casal de idosos dividia um pedaço de torta de chocolate.

Um prato fumegante de ostras e batatas fritas foi posto na frente das duas. Ali se serviu rapidamente, mas Hanna esperou um instante, tentando adivinhar o que Naomi e Riley haviam feito.

— O negócio da carta é uma ideia ótima! — Hanna pegou uma batata no topo da pilha. — Vai parecer o famoso recado de Will Butterfield!

Ali parou, uma concha de ostra entre seu polegar e o dedo indicador. Havia uma ruga entre suas sobrancelhas.

— Hã?

— Você sabe — encorajou Hanna. — A vez que você encontrou aquele recado que Will Butterfield escrevera para seu professor de matemática e fez Spencer ler nos anúncios da manhã? Foi sensacional.

A confusão se dissolveu lentamente do rosto de Ali e seus lábios se curvaram para cima.

— Oh. Sim. Claro! — Um sorriso enorme tomou seu rosto. — Desculpe. Isso parece ter sido em outra vida.

Hanna colocou uma ostra na boca, se perguntando se não deveria ter tocado no assunto.

— Sem problemas — disse Hanna, tocando o braço de Ali.

Mas a atenção de Ali estava em outro lugar. Hanna seguiu seu olhar até o saguão do shopping. Alguém estava agachado atrás do chafariz olhando na direção delas. O coração de Hanna disparou. Ela viu de relance cabelos louros e pensou nas fotos que Aria encontrara. O rosto na janela. Agora os noticiários diziam que Billy poderia não ser culpado por nenhum assassinato. Era como um pesadelo virando realidade.

Hanna olhou para Ali.

– Quem era aquele?

– Não sei – sussurrou Ali. Suas mãos tremiam.

Hanna prendeu a respiração, observando, esperando, mas em seguida um grupo passou, bloqueando a visão delas. Quando o grupo finalmente entrou na loja da Banana Republic, quem quer que as estivera olhando desaparecera.

19

A PRINCIPAL QUESTÃO DA VIDA DE EMILY

A chuva gelada batia no teto da carroceria do Volvo de Emily enquanto ela entrava no novo bairro de Ali. O lago de patos do condomínio, com seu excêntrico gazebo de madeira e a ponte frágil, parecia silencioso e calmo na escuridão gelada do inverno. Emily já se visualizara sentada ao lado de Ali à margem daquele lago na primavera, as duas de mãos dadas jogando sementes de dente-de-leão no gramado. Ela imaginara andar de bicicleta pelas ruas sinuosas do condomínio, acampar no quintal, acordando a cada poucas horas para namorar. E visualizara chegar à casa de Ali no dia seguinte para pegá-la para o Baile do Dia dos Namorados, ela descendo a escada em um deslumbrante vestido de seda vermelho e saltos de cetim.

Esperava não estar criando expectativas demais.

Depois da conversa com Caroline na lanchonete, Emily decidira convidar Ali para o baile na escola. O problema era que não encontrara Ali em lugar nenhum. Ela não estava no Steam com Naomi, Riley e a futura meia-irmã de Hanna,

Kate. Emily não a encontrou nos corredores entre a terceira e a quarta aulas em seu caminho até a aula de Química. Ela não aparecera na educação física também. Na altura da sexta aula, tão tensa que estava quase passando mal, Emily pedira licença à professora de cerâmica e ficara perambulando pela escola, espiando várias salas de aula, esperando ver um lampejo do rosto de Ali. O baile seria no dia seguinte. Ela estava ficando sem tempo.

A luz da varanda dos DiLaurentis estava acesa e o BMW da família estava na entrada. Emily respirou fundo algumas vezes, olhando o sinal de trânsito do outro lado da rua de Ali. *Se ficar verde nos próximos cinco segundos, ela vai aceitar,* disse para si mesma. Emily contou lentamente até cinco. A luz continuou vermelha. *Melhor de três,* decidiu ela. Cinco segundos passaram e a luz do sinal ainda estava vermelha. Suspirando, ela saiu do carro, caminhou decidida até a porta da frente e tocou a campainha. Ouviu-se um som de passos, depois a porta se abriu. Jason DiLaurentis estava na porta, seu cabelo louro penteado para trás e seu rosto com a barba por fazer, vestindo jeans surrados e uma camisa da Universidade da Pensilvânia. Quando ele viu que era Emily, franziu a testa. Na última vez que Emily vira Jason, ele lhe dera uma bronca por ela ter, supostamente, batido em seu carro. O olhar inflamado em seu rosto a fez pensar que ele ainda não se esquecera.

— Ei — disse Emily tremendo um pouco. — Vim falar com... Courtney.

Ela se deteve antes de dizer *Ali.*

— Uh, claro. — Jason gritou o nome de Courtney na direção das escadas e depois se virou, dando a Emily um olhar longo e reprovador. As bochechas de Emily queimaram. Ela mexeu ansiosamente em um cachorro de madeira no console da entrada só para fazer alguma coisa com as mãos.

— Então você e Courtney são amigas agora? — perguntou Jason finalmente. — Assim, do nada?

— Sim — *E daí?*, ela queria acrescentar.

— Ei! — disse Ali, pulando escada abaixo. Seu cabelo louro estava preso em um rabo de cavalo, e ela vestia uma camisa azul-celeste, uma cor que sempre usava no sétimo ano porque realçava seus olhos. — Que surpresa boa!

Emily virou-se para Jason, mas ele desaparecera.

— Oi — respondeu ela, sentindo-se tonta.

— Vamos para a sala de estar! — sugeriu Ali, desaparecendo em um cômodo cuja porta dava para o corredor. O lugar era grande, quadrado e escuro, além de ter cheiro de fogão à lenha. Havia uma televisão de plasma num canto, pesadas cortinas de veludo sobre as janelas, e um pote de balas cheio de M&M's cor-de-rosa no meio da mesinha de centro. Um monte de fotografias estavam espalhadas pelo chão, encostadas nas cadeiras e estantes.

Emily se inclinou para olhar a foto no topo da pilha. Era uma fotografia dos pais e filhos DiLaurentis — apenas *duas* crianças, não três. Ali estava no sétimo ano, seu rosto ligeiramente redondo, seu cabelo um pouco mais claro. Jason estava ao lado dela, sorrindo, mas com olhos sérios. Os pais repousavam as mãos sobre os ombros dos filhos, sorrindo cheios de orgulho, como se não tivessem nada a esconder.

Ela olhou mais uma vez para a imagem de Jason, ainda trêmula por causa de seu encontro na entrada.

— Você tem certeza de que seu irmão não sabe quem você realmente é? — sussurrou ela.

Ali desabou no sofá e balançou a cabeça com veemência.

— Não! — Ela deu um olhar de advertência para Emily. — E, por favor, não conte a ele. Minha família tem que acreditar que sou Courtney. É a única forma de eles pensarem que melhorei.

Emily se recostou, o couro fazendo barulho sob suas pernas.

— Eu prometo.

Em seguida, ela se esticou e tocou a mão de Ali. Estava fria e um pouco pegajosa.

— Senti sua falta hoje. Há uma coisa que eu queria perguntar a você.

Ali olhou para a mão de Emily sobre a sua. Seus lábios se abriram suavemente.

— O quê?

O coração de Emily bateu com força.

— Bem, há o Baile do Dia dos Namorados na escola amanhã.

Ali mexeu o maxilar, deixando seus dentes inferiores à mostra.

— Enfim, eu estava imaginando se você... — Emily parou, as palavras travadas em sua garganta. — Se você não gostaria de ir comigo. Como um encontro. Podemos ir com minha irmã e o namorado dela. Seria bem divertido.

Ali tirou sua mão.

— Em... — começou ela. Os cantos de seus lábios tremiam, como se ela estivesse segurando um sorriso.

O estômago de Emily revirou. Em um instante, ela foi transportada para a casa na árvore de Ali, segundos depois do momento em que se inclinara e beijara os lábios dela. Ali beijara de volta por alguns instantes deliciosos antes de se afastar.

"Agora eu sei por que você fica tão quieta quando nos trocamos juntas na educação física", provocara ela.

Emily deu um pulo, batendo na ponta de um tabuleiro de xadrez de mármore enorme na mesa de centro. A rainha branca balançou e depois caiu.

— Tenho que ir.

O sorriso de Ali se apagou.

— O quê? Por quê?

Emily tateou atordoada em busca de seu casaco atrás da cadeira.

— Acabei de me lembrar que tenho dever de casa.

Os olhos de Ali se arregalaram e ela parecia desnorteada.

— Não quero que você vá.

O queixo de Emily tremeu. *Não chore*, ela falou para si mesma.

— Eu estava falando sério no outro dia, sobre o que sinto por você. — Ali segurou a mão de Emily. Do lado de fora, a luz da varanda do vizinho acendeu. — Mas preciso organizar minha vida primeiro, está bem?

Emily procurou as chaves do carro no bolso do casaco. Provavelmente era uma desculpa. Ali estaria usando aquilo pra rir da cara dela no dia seguinte. Emily não deveria ter confiado nela tão rápido. Ela obviamente não mudara *tanto assim*.

— Não vou abandonar você — prometeu Ali, como se pudesse adivinhar o que estava pulsando na cabeça de Emily. — O que importa é que somos amigas outra vez. Nós ainda podemos nos encontrar no baile. E quero que nos arrumemos todas juntas.

— Todas? — piscou Emily.

— Você, eu, Spencer, Hanna... — Ali pareceu esperançosa. — Talvez, até Aria? Eu estava pensando em irmos para a casa da minha família em Poconos depois do baile. — Ela apertou a mão de Emily. — Quero muito que todas nós fiquemos juntas outra vez, que as coisas voltem a ser como antes.

Emily fungou, mas colocou as chaves de lado.

Ali tocou a almofada ao lado dela.

— *Por favor*, fique. Precisamos falar sobre o baile, agora que sei que você vai. Aposto que você nem escolheu um vestido ainda.

— Bem, não... Eu pensei em pegar algo emprestado com a minha irmã.

Ali deu um soquinho de brincadeira nela.

— Exatamente como nos velhos tempos.

Emily sentou de novo. Era como se suas emoções tivessem dado uma volta numa montanha russa, mas quando Ali abriu um exemplar da *Teen Vogue* e apontou uma série de vestidos de festa que ficariam ótimos na pele clara e rosada de Emily, ela começou a se sentir bem novamente. Talvez estivesse perdendo a perspectiva: Ali retornara finalmente — todo o resto aconteceria quando tivesse que acontecer.

Ali estava pegando a revista *Seventeen* quando Emily escutou passos no corredor. Jason estava parado no pé da escada, olhando para dentro da sala. Sua testa estava enrugada, os cantos de sua boca arqueados levemente para baixo, e ele estava segurando o corrimão com tanta força que as articulações de seus dedos estavam brancas.

O queixo de Emily caiu de perplexidade. Mas quando ela estava para cutucar Ali, Jason saiu da casa com passadas furiosas, batendo a porta atrás de si.

20

PRATICANDO O DESAPEGO

No começo da tarde de sábado, Aria saiu do Subaru, trancou a porta e atravessou o estacionamento do shopping center. Mike andava ao seu lado, o capuz do casaco bem fechado ao redor da cabeça. Aria se dispusera a acompanhar Mike até o oftalmologista no shopping King James para pegar um par extra de lentes de contato – ele as estragava constantemente, mas não *ousava* usar seus óculos. Ultimamente, Meredith vinha cantarolando as músicas de *Cinderela* loucamente, enquanto decorava o quarto do bebê – em tons de amarelo, já que Meredith e Byron não queriam saber o sexo da criança até que nascesse – e Aria estava desesperada por uma desculpa para sair de casa.

O telefone de Aria começou a zumbir. Ela o tirou do bolso e olhou a tela.

Wilden.

Um arrepio de medo embrulhou seu estômago. Por que ele estava ligando para ela? Ele poderia saber que ela fora a pessoa a enviar à polícia as fotos que encontrara na floresta? Ela colocou o aparelho no modo silencioso e jogou o telefone no bolso outra vez, seu coração disparado.

Aria sabia que fizera a coisa correta ao entregar as fotos na delegacia de Rosewood de maneira anônima. Era um ato de autopreservação – Aria não queria mais estar no centro desse caso. Ela até mesmo considerara contar aos policiais sobre ter visto Melissa correndo para a floresta, mas e se tudo fosse uma grande coincidência? E ela *definitivamente* não queria contar aos policiais sobre ver Courtney – Ali – no poço dos desejos... ou sobre o que tinham conversado.

– Então, você vai ao baile hoje à noite? – Aria perguntou a Mike enquanto eles passavam devagar pela entrada da Saks que dava acesso ao shopping.

Mike olhou para ela.

– O que é que você acha?

Aria desviou de uma SUV enorme que não respeitava as linhas de demarcação de estacionamento.

– Hum... que sim?

Mike participara de todos os eventos de Rosewood Day desde que eles voltaram para a cidade.

Mike parou, colocou as mãos na cintura. Dava para ver suas narinas tremendo com a respiração.

– Quer dizer que você não soube de nada? – perguntou ele, incrédulo.

Aria piscou.

Mike suspirou.

– Sujeira na cueca? – Ele bateu os braços com força ao lado do corpo. – "Cueca Suja"?

Aria passou a língua nos dentes. Agora que pensava melhor no assunto, ela *ouvira mesmo* falar que Mike tinha um novo apelido. Mas pensara que isso era algum ritual estranho do lacrosse.

— Alguém plantou uma cueca suja no meu armário! — lamentou Mike, colocando as mãos no bolso do casaco e se arrastando na direção da porta dupla da entrada do shopping center. — Depois, tiraram uma foto e mandaram para todo mundo por mensagem. Foi tão escroto. Eu nem mesmo *uso* samba-canção D&G.

— Você sabe quem fez isso? — perguntou Aria.

— Alguém que me odeia, eu acho.

O cabelo na nuca de Aria arrepiou. Parecia algo que A faria. Ela olhou ao redor do estacionamento, mas estava praticamente cheio de mães malvestidas e carrinhos de bebê. Ninguém os observava.

— E agora ninguém quer saber de mim. Eles até tentaram fazer com que eu devolvesse minha pulseira do time de lacrosse da escola — prosseguiu Mike.

— Você devolveu? — perguntou Aria, subindo na calçada.

— Não! — Mike pareceu desconcertado. — Noel me defendeu.

Aria sentiu uma pontinha de prazer.

— Legal da parte dele.

— Mas eu poderia muito bem voltar para a Islândia e me juntar a um grupo de observação de elfos — resmungou Mike.

Aria riu alto e segurou a porta para ele. Uma rajada de vento quente soprou seu cabelo.

— É só um apelido idiota. Vai passar.

Mike fungou.

— Duvido.

Enquanto eles passavam pelas portas duplas enormes que davam acesso à Saks, Aria notou uma mesa à esquerda com dois pequenos memoriais: um para Ali e outro para Jenna. Memoriais como este haviam aparecido em todos os tipos de lugares em Rosewood — o Wawa local, uma loja de queijos na Avenida Lancaster, e na Mighty Quill, uma pequena livraria perto da Faculdade Hollis, o lugar ao qual Aria e Ali costumavam ir escondidas para ler livros sobre sexo. Aria parou, uma foto de Jenna chamando sua atenção. Era a mesma foto de Jenna, Ali e uma loura com o rosto oculto, que agora elas sabiam ser Courtney. A enviara aquela foto para Emily.

Aria pegou o porta-retratos disfarçadamente e o virou. Há quanto tempo aquilo estivera ali? Será que Billy, ou quem quer que A fosse, tivera acesso àquela foto?

— *Droga!* — sussurrou Mike com veemência, puxando o braço de Aria. — Vamos por aqui.

Ele virou à esquerda e a levou na direção da seção de artigos de casa.

— P-por quê? — perguntou Aria.

Mike lançou a ela outro olhar repulsivo:

— *Dãããã.* Quero evitar Hanna. Nós terminamos.

— Hanna está aqui? — chiou Aria, virando a cabeça. E foi só então, enquanto olhava sobre os ombros, que viu Hanna, Spencer, Emily e Ali diante do balcão de maquiagem da Dior. Emily fazia biquinho para um espelho, suas maçãs do rosto coloridas e reluzentes. Spencer se apoiou sobre o balcão, mostrando a base que queria para a vendedora. Hanna e Ali pareciam muito envolvidas numa discussão sobre tonalidades de sombras. Juntas, elas se comportavam de um jeito que só é possível entre melhores amigas. Se Aria piscasse, Spencer, Hanna, Emily e Ali poderiam estar no sétimo ano outra vez. Havia apenas uma coisa faltando: ela mesma.

— Emily, aquela cor fica ótima em você — disse Ali.

— Nós deveríamos comprar um pouco de maquiagem extra e levar para Poconos depois do baile — disse Spencer, abrindo um estojo e se olhando no espelho pequeno. — Poderíamos maquiar umas às outras.

O coração de Aria doeu. Doía vê-las se divertindo sem ela, quase como se ela não existisse. E ela as ouvira direito? Elas estavam mesmo indo para a casa em Poconos?

Apenas pense a respeito, dissera Ali para Aria na floresta. *Tente ver as coisas sob a minha perspectiva.* Parecia que as outras meninas haviam feito isso.

Aria se escondeu atrás de uma pilha de suéteres tricotados da Ralph Lauren e seguiu Mike para fora da seção de cosméticos. Mas enquanto desviava de uma mesa de vasos de cristal, não conseguiu deixar de pensar na primeira vez em que ela e suas antigas amigas haviam atacado o balcão de maquiagem da Saks. Fora poucos dias depois do bazar de caridade de Rosewood, quando Ali escolhera Aria para fazer parte de sua nova turma. Ali marchara até a mesa de Aria e elogiara os brincos de pena de avestruz que seu pai comprara na Espanha. Era a primeira vez que alguém na escola elogiava Aria, *especialmente* alguém como Ali. Daquele dia em diante, Aria sentia que fazia parte de algo, sentia-se especial. Era maravilhoso ter um grupo de amigas — garotas prontas a lhe dar conselhos, amigas com quem se encontrar nos corredores nos intervalos das aulas, meninas que a convidavam para festas, compras e excursões para Poconos nos fins de semana. Ela nunca se esquecera da viagem a Poconos em que elas se esconderam na escada embutida que levava ao quarto de hóspedes, esperando para assustar Jason DiLaurentis quando ele voltasse para casa depois de uma farra com seus amigos. Elas pensaram ter ouvido o carro de Jason na entrada, e quando alguém mexeu num prato na cozinha, Ali saiu do esconderijo gritando "Booga Booga Booga!"... Mas não era Jason – um gato de rua entrara pela porta de tela. Ali gritara, surpresa, e todas correram escada acima e se jogaram ao mesmo tempo na cama, num ataque de riso incontrolável. Aria não tinha certeza se rira tanto desde então.

Mike deu uma parada para se inclinar ao lado de um balcão, observando relógios de aço inoxidável com cronômetro. Do outro lado da loja, Aria pôde ver o sorriso rosado, meio felino que Ali dava para as outras meninas. Ela estava usando as mesmas botas pretas sexy de saltos altos que usara no dia em que flertara com Noel na sala de estudos – na época em que ainda fingia ser Courtney. De repente, tudo o que Aria conseguia lembrar era de como Ali saíra com Noel, mesmo sabendo que gostava dele. E de como Ali dissera a Aria que Pigtunia, a porquinha de pelúcia que Byron dera a ela, era ridícula. E do quanto Ali a atormentara a respeito do caso de Byron e Meredith.

Uma porta na mente de Aria bateu, fechando-se novamente. E de repente, o que ela deveria fazer ficou claro e óbvio: deveria dizer não. Por várias razões, Aria simplesmente não poderia colocar o passado de lado como suas amigas haviam feito. Alguma coisa ali parecia errada.

–Vamos – disse Aria, e desta vez foi ela quem pegou a manga de Mike e o puxou para fora da loja.

Ela não confiava em Ali, e não a queria de volta em sua vida. E ponto final.

21

ARRUMAÇÃO, AMIZADE E ATAQUES

Uma hora depois, Spencer, Ali, Emily e Hanna estavam juntas no quarto de Spencer. Vidros de base, estojos de blush e um monte de pincéis de maquiagem estavam espalhados diante delas. O quarto cheirava melhor do que o interior da Sephora, graças ao ataque recente delas ao balcão de perfumes da Saks. A televisão estava ligada com o volume bem baixinho.

– Não é como se eu tivesse me jogado para cima do Wren – contava Spencer ao grupo, aplicando uma segunda camada de Bobbi Brown em seus cílios superiores. – Nós tivemos essa... *ligação*... instantânea. Ele não era o cara certo para Melissa, mas é claro que ela colocou a culpa pelo rompimento deles em mim.

Ali pedira para as meninas a colocarem por dentro do que acontecera enquanto ela estava longe. Elas tinham muito que colocar em dia.

Ali esticou os dedos para admirar suas unhas recém-feitas.

— Você se apaixonou pelo Wren?

Spencer brincou com um tubo de rímel. Parecia que seu caso com Wren acontecera há um milhão de anos.

— Não.

— E por Andrew?

O tubo de rímel caiu das mãos de Spencer.

Ela sentiu os olhos de Emily e Hanna sobre si. Parte dela ainda tinha certeza de que Ali iria debochar de Andrew, como fizera no passado.

— Não sei — respondeu Spencer, hesitante. — Talvez.

Spencer se preparou para a risada de Ali, mas, para seu deleite, Ali pegou suas mãos e as apertou.

Hanna abraçou um travesseiro.

— E você, Ali? Você sente saudades do Ian?

Ali se voltou para a maquiagem.

— Definitivamente não.

— Afinal, como vocês ficaram juntos? — perguntou Spencer.

— Longa história. — Ali aplicou um pouco do batom Chanel na parte lateral da mão. — Eu já segui em frente.

— Total — disse Hanna de repente, passando sombra branca sobre as pálpebras.

— História antiga — confirmou Emily.

Ali colocou o batom na cômoda.

— Então, vocês estão prontas para ir comigo a Poconos hoje à noite?

— *Absolument!* — empolgou-se Spencer.

— Queria que Aria tivesse topado — disse Ali com pesar, pressionando o polegar no pó de arroz espalhado sobre a superfície da cômoda.

— Aria passou por muita coisa nos últimos tempos — disse Emily, destapando um vidro de base para unha. — Acho que ela tem muita dificuldade em confiar nos outros.

Extreme Makeover, o programa que estava passando, foi interrompido de repente, e as palavras PLANTÃO DE NOTÍCIAS apareceram na tela. Spencer prestou atenção, sentindo-se um pouco tonta. Os tais plantões de notícias costumavam ter a ver com sua vida.

— Os fatos recém-descobertos sobre o caso do *serial killer* de Rosewood lançam dúvidas sobre a culpa de William Ford — disse um repórter em uma voz autoritária. A Polaroid com o rosto fantasmagórico na janela do celeiro dos Hastings ocupou toda a tela. — Este poderia ser o rosto do verdadeiro assassino da srta. DiLaurentis?

A câmera mostrou um close de Wilden. Havia círculos roxos sob seus olhos e sua pele estava pálida como papel.

— Nossos especialistas forenses realizaram análises do rosto na foto nova encontrada dois dias atrás. Há uma grande chance de esse rosto *não* ser o do sr. Ford.

O repórter apareceu de volta na tela e assumiu uma expressão grave.

— Essa informação levanta questionamentos sobre as fotos descobertas no carro e no computador do sr. Ford e sobre como exatamente elas podem ter ido parar lá. Se alguém tiver alguma informação, por favor, ligue para a polícia imediatamente.

O plantão de notícias acabou e *Extreme Makeover* voltou a ser transmitido. Spencer e as outras meninas ficaram em silêncio. A preocupação pairava sobre o quarto como uma névoa densa. Uma serra elétrica rosnava no quintal, e logo se ouviu o baque de um galho de árvore caindo no chão. Os patos no lago próximo grasnaram.

Ali pegou o controle remoto e abaixou o volume.

— Isso é loucura — disse ela, em um tom neutro. — Billy matou minha irmã. Eu sei disso.

— Certo — disse Hanna, torcendo seu cabelo para fazer um coque. — Mas aquele rosto não parece ser de Billy.

Ali estreitou os olhos.

—Você já ouviu falar em Photoshop?

— Não dá para usar Photoshop em uma Polaroid — disse Spencer, baixinho.

Elas trocaram olhares ansiosos. Depois Spencer respirou fundo, a imagem daqueles olhos azuis brilhantes crescendo em sua mente. Uma teoria tomava forma em sua cabeça toda vez que ela via aquela foto.

— E se não foi Billy quem tirou aquelas fotografias?

— Então quem foi? — perguntou Hanna, abraçando a si mesma e passando as mãos para cima e para baixo em seus antebraços.

Spencer mordeu sua unha cor de rosa.

— E se foi Melissa que as tirou?

Hanna deixou cair o pincel de blush que estava segurando, espalhando uma nuvem de pó rosa pelo ar. Ali ergueu a cabeça, uma mecha de cabelo louro claro caindo sobre seu rosto. Emily abriu a boca, espantada. Ninguém disse uma palavra.

— E-ela odiava você, Ali — gaguejou Spencer. — Melissa sabia que você e Ian estavam juntos, e ela queria vingança.

Os olhos de Ali se arregalaram.

— O que você está dizendo?

— Que é possível que Melissa tenha tirado aquelas fotografias naquela noite... e que tenha matado Courtney. Algumas semanas atrás, eu a vi na floresta procurando alguma coisa, talvez aquelas últimas fotos. Ela pode ter temido que a polícia as encontrasse durante a busca pelo corpo de Ian. Quando não conseguiu encontrá-las, colocou fogo na floresta para garantir que desaparecessem de uma vez por todas. Só que as fotos continuaram intactas.

Ali olhou para Spencer. Seus olhos estavam enormes.

— Bem, faz algum sentido — disse Emily. — Mais sentido que dizer que foi Ian... ou Jason e Wilden... e, definitivamente, Billy.

Hanna confirmou com a cabeça e pegou as mãos de Emily.

— Você acha que Melissa poderia ter matado Ian também? — sussurrou Ali, seu rosto cinzento. — E... Jenna?

— Eu não sei.

Spencer pensou na vez em que Ian desobedecera a prisão domiciliar e a encontrara na varanda de sua casa. *E se eu dissesse que há algo que você não sabe? É algo importante. Algo que vai virar sua vida de cabeça para baixo.* Ian contara a Spencer que vira duas louras naquela noite. Nas recordações incertas de Spencer sobre aquela noite, ela lembrava ter visto duas louras também. Depois que Billy fora preso, ela achara que ele poderia ser uma delas. Mas talvez tivesse sido Melissa.

— Talvez Ian e Jenna tenham descoberto a verdade — disse Spencer, abraçando um travesseiro.

Hanna tossiu

— Tenho visto Melissa se escondendo ultimamente. Acho que a vi no shopping ontem.

Ali olhou boquiaberta para Hanna.

— Aquela pessoa perto do chafariz?

Hanna concordou com a cabeça.

O coração de Spencer batia cada vez mais forte.

— Você se lembra daquele olhar de ódio que ela deu para você na coletiva de imprensa, Ali? E se Melissa souber que você não é Courtney? E se ela se deu conta de que pegou a garota errada anos atrás?

Ali mordeu o lábio. Ela girava sem parar um delineador Stila nas mãos.

— Não sei. Isso tudo parece loucura. Estamos falando sobre sua irmã. Ela realmente é tão desajustada assim?

— Já não sei mais dizer — admitiu Spencer.

— Talvez nós devêssemos *perguntar a ela*. Talvez haja uma explicação para tudo isto. — Ali ficou de pé.

— Ali, não! — Spencer tentou segurá-la pelo braço.

Ali estava louca? E se Melissa *fosse* a assassina e tentasse machucá-las?

Ali já alcançara a porta.

— Estamos em maior número! — insistiu ela. — Qual é? Nós temos que acabar com essa loucura agora mesmo.

Ali marchou na direção do corredor, virou à esquerda, e bateu na porta do quarto de Melissa. Nenhuma resposta. Ela se inclinou sobre a porta com cautela, e ela se abriu com um longo *rangido*. O quarto estava uma bagunça — roupas espalhadas pelo chão, a cama desarrumada. Spencer pegou o estojo de maquiagem de Melissa no chão. A maior parte de seus pincéis estava suja, havia sombra de olhos em todos os cantos, e um frasco de creme hidratante com protetor solar estava vazando no fundo de uma gaveta, fazendo com que o lugar cheirasse a praia.

Ali se virou para Spencer.

— Você sabe onde ela está?

— Eu não a vi o dia inteiro — disse Spencer. O que, pensando bem, era um pouco estranho. Ultimamente Melissa ficava em casa o tempo inteiro, atendendo a todas as necessidades da mãe.

— Meninas, é melhor vocês virem aqui — sussurrou Emily.

Ela estava diante da escrivaninha de Melissa, observando alguma coisa na tela do computador. Spencer e Ali correram. A única janela aberta era de uma imagem jpeg. Era uma foto antiga de Ian e Ali, os braços de Ian ao redor dos ombros dela. Atrás deles estava o prédio arredondado de pedra do teatro People's Light e Spencer conseguiu decifrar que o cartaz dizia *Romeu e Julieta*. Rabiscadas sobre a foto, cinco palavras aterrorizantes que Spencer com certeza vira antes.

Você está morta, sua vaca.

Hanna colocou a mão sobre a boca. Spencer deu um grande passo para trás. Ali afundou, pesadamente, na cama de Melissa.

— Eu não entendo — sua voz vacilou. — Esta foto é *minha*. O que ela está fazendo aqui?

— Spencer e eu a vimos antes. — As mãos de Emily tremiam. — Estava com Mona.

— Ela colocou essa foto na minha bolsa — explicou Spencer, a náusea tomando conta dela. Spencer vacilou até a cadeira da mesa de Melissa e sentou. — Descobri que ela encontrou essa foto no seu diário e forjou a letra de Melissa.

Ali balançou a cabeça. Sua respiração acelerou.

— Não foi Mona que fez isso. Aquela foto apareceu na minha caixa de e-mails anos atrás, com aquilo escrito nela.

Hanna pressionou a mão contra o peito.

— Por que você não nos falou sobre isso?

— Porque achei que era uma brincadeira idiota! — Ali ergueu os braços, impotente.

Emily voltou para o computador. Ela deu um zoom no sorriso otimista de Ali.

— Mas se não foi Mona quem escreveu isso... e está no computador de Melissa... — A voz dela falhou.

Ninguém teve que completar a frase. Spencer andava pelo quarto, sua cabeça a mil.

— Nós temos que contar a Wilden sobre isso. Ele tem que encontrar Melissa e interrogá-la.

— Na verdade... — Ali estava olhando para algo na escrivaninha de Melissa. — Talvez nós não tenhamos que nos preocupar com Melissa agora.

Ela ergueu um panfleto. Na frente estava um logo que dizia *Clínica Preserve em Addison-Stevens*.

Hanna ficou pálida.

Elas abriram o folheto na cama de Melissa. Mostrava um mapa, explicando a localização dos diferentes prédios da clínica. Havia informações sobre preço. Na parte da frente havia uma anotação sobre uma consulta marcada com alguém cujo nome era dra. Louise Foster. Melissa tinha um encontro marcado com ela naquela manhã.

— Dra. Foster — murmurou Ali. — Ela é uma das psiquiatras de lá.

— Você tentou o celular dela? — perguntou Emily, pegando o telefone sem fio ao lado da cama.

Spencer discou o telefone de Melissa.

— A ligação cai direto na caixa postal.

— Talvez Melissa tenha decidido passar um tempo lá — disse Ali, passando o dedo indicador pela ilustração do panfleto. — Pode ser que ela tenha percebido que tudo isto estava saindo de controle e tenha ido procurar ajuda.

Spencer olhou para as marcações no mapa. Aquele certamente era um pensamento reconfortante. Se Melissa ia mesmo surtar, melhor que o fizesse em uma cela acolchoada. Uma temporada em um hospital psiquiátrico provavelmente seria a melhor coisa para ela naquele momento.

Uma *longa temporada*. De preferência pelos próximos vinte anos.

22

TOMEM ISSO, SUA VACAS

Hanna estacionou seu Prius junto à calçada na frente da casa de Ali, ajeitando o vestido, e depois entrou no BMW da amiga.

— Pronta? — perguntou Ali, sorrindo atrás do volante.

Wilden a ajudara a obter uma carteira de motorista quando seus pais a tiraram da clínica Preserve.

— Totalmente! — respondeu Hanna.

Seus olhos percorreram de cima a baixo o vestido da Lela Rose cor de amora de Hanna, com saia na altura dos joelhos. Tinha babados na gola e cintura marcada. O vestido inclusive se chamava Angel, o que parecia perfeito, especialmente para do Dia dos Namorados.

— Ugh! — disse Ali. — Não suporto que você esteja melhor do que eu hoje. *Vadia*.

Hanna ficou vermelha.

— *Você* que está ótima.

Usando um vestido vermelho e justo de alcinhas, Ali estava tão bem que poderia ser capa da *Vogue*.

Ali deu partida no carro. Apenas elas iriam juntas para o baile. Andrew Campbell estava acompanhando Spencer, e Emily prometera ir com sua irmã, Caroline. Ali dissera a Naomi, Riley e Kate que daria uma entrevista exclusiva para a CNN e que as encontraria na pista de dança.

O carro se afastou do meio-fio, deixando a casa às escuras de Ali para trás. Por uma fração de segundo, Hanna jurou ter visto alguém passando furtivamente atrás de um dos pinheiros do outro lado da rua. Ela pensou mais uma vez na discussão que ela, Ali, Emily e Spencer tiveram na casa de Spencer naquela tarde. Melissa poderia realmente ter sido a pessoa espionando na janela do celeiro... *e* a assassina?

Quando passaram pela placa de pedra com o nome da escola Rosewood Day e começaram a subir pela estrada sinuosa até a tenda onde seria o baile, ela viu garotas em vestidos de baile atravessando o tapete cor-de-rosa brilhante que fora posto sobre o caminho congelado da entrada do baile. Alguns alunos até mesmo faziam pose de estrelas de Hollywood como se estivessem na estreia de algum grande filme.

Ali estacionou em uma vaga, pegou seu telefone e acionou a discagem rápida. Hanna ouviu a voz de um rapaz do outro lado.

– Estão prontos? – sussurrou Ali. – Todo mundo pegando os papéis? Ótimo! – Ela desligou o telefone e deu um sorriso malvado para Hanna. – Brad e Hayden estão nas portas com as cartas.

Brad e Hayden eram dois calouros que ela convencera a ajudá-las.

As duas saíram do carro e começaram a caminhar na direção do baile. Quando Hanna e Ali passaram, Hanna notou um rosto familiar de traços bem-definidos. Darren Wilden. Que diabos ele estava fazendo ali? Vendo se os jovens estavam bebendo álcool demais?

— Oi, Hanna — disse Wilden, também surpreso por vê-la. — Muito tempo que não vejo você. Tudo bem?

Ele estava olhando para ela com tanta curiosidade que Hanna ficou preocupada, imaginando se estava cheirando a champanhe. Wilden às vezes ficava todo paternal, só porque saíra com a mãe de Hanna por pouquíssimo tempo.

— Eu não dirigi — devolveu ela.

Mas os olhos de Wilden estavam agora em Ali, que atravessava o tapete cor-de-rosa.

— Você e Courtney são amigas? — Ele parecia surpreso.

Courtney. Era uma loucura pensar que ele ainda acreditava que *esse* era o nome dela.

— A-hã.

Wilden coçou a cabeça.

— Nós estamos tentando fazer com que Courtney fale sobre o recado que ela recebeu de Billy na noite do incêndio. Talvez você pudesse convencê-la de que isso é realmente importante.

Hanna apertou sua echarpe de seda em volta dos ombros.

— Foi você quem a salvou na noite do incêndio. Por que você mesmo não perguntou a ela?

Wilden olhou através da rua para o prédio principal de Rosewood Day, uma estrutura pesada de tijolos vermelhos que parecia mais uma mansão antiga do que uma escola.

— Eu tinha outras preocupações naquela noite.

Havia um olhar endurecido e inflexível em seu rosto. Hanna foi tomada de súbito mal-estar quando se lembrou da forma irresponsável e perigosa como ele dirigira quando a levara para casa havia poucos dias. *Bizarro*.

— Tenho que ir — disse ela, afastando-se rapidamente.

A parte interna da tenda estava decorada de cor-de-rosa, vermelho e branco, e havia buquês de flores por toda parte. Para criar um clima romântico, havia mesas para duas pessoas espalhadas pelo ambiente, decoradas com velas perfumadas, docinhos em formato de coração, e longas taças com o que Hanna presumiu ser cidra. Em um reservado num dos cantos da tenda, a sra. Betts, umas das professoras de arte, estava fazendo tatuagens temporárias nos alunos.

A sra. Reed, uma professora de inglês do segundo ano, estava encostada na bancada do DJ, usando um vestido vermelho justo e óculos escuros em formato de coração. Havia inclusive um Túnel do Amor à moda antiga no fim do ginásio. Casais passavam pelo túnel à luz de velas em cisnes mecânicos.

Hanna não conseguiu evitar pensar no que Mike estaria fazendo naquela noite. Algo lhe dizia que ele não estava ali.

Ali a pegou pelo braço.

— Olhe!

Hanna olhou para a multidão. Garotos com gravatas vermelhas e meninas em sedutores vestidos brancos e cor-de-rosa liam os panfletos que ela e Ali haviam xerocado durante a manhã.

Os sussurros começaram imediatamente. Jade Smythe e Jenny Kestler se cutucaram. Dois garotos do futebol riram alto por Riley ter usado a palavra *quadril*. Até o sr. Shay, o caquético professor de biologia que supervisionava todos os eventos de Rosewood Day, dava risadas animadas.

— Kate quer frequentar o Clube da Virgindade! — riu Kirsten Cullen.

— Eu *sabia* que havia algo estranho em Naomi — exclamou Gemma Curran.

— *Quando você toca meus braços durante o bloqueio, sinto que rola uma energia entre nós* — gargalhou Laine Iler, lendo a carta de Riley para Christophe.

Ali deu um leve empurrão em Hanna.

— Outro problema resolvido por Ali D.! — Seus olhos brilhavam.

Hanna deu uma olhada para Naomi, Kate e Riley na entrada. Elas usavam vestidos de cetim idênticos. O vestido de Kate era vermelho-sangue, o de Naomi, branco virginal, e o de Riley, rosado e florido. Elas se comportavam como se fossem princesas.

— *Namoradinha de frescos!* — gritou alguém.

Riley olhou, virando a cabeça para o lado como um passarinho.

— Ei, Naomi, quer ver *minha* sunga? — gritou outra voz.

Naomi franziu a testa.

Um garoto entregou um panfleto cor-de-rosa para Kate. Ela olhou sem prestar muita atenção, mas logo depois se deu conta do que estava lendo. Ela cutucou Naomi e Riley. Naomi cobriu a boca. Riley olhou em volta, tentando encontrar quem fizera aquilo.

Os sussurros e sorrisos se intensificaram. Hanna se endireitou, aproveitando a oportunidade e foi até Kate.

— Achei que você deveria ter um. — Ela colocou um anel prateado na mão trêmula de Kate. — É um anel da pureza. Você vai precisar dele quando fizer parte do Clube da Virgindade.

As pessoas que estavam por perto deram risadas abafadas. Hanna fez um sinal para Scott Chin, seu antigo amigo no anuário. Ele sacou sua câmera e tirou uma foto do rosto aterrorizado de Kate. Pelo menos desta vez, Hanna estava no lado certo da piada. Eles riam *com* ela, não dela.

As maçãs do rosto de Kate estavam infladas, como se ela estivesse a ponto de vomitar.

— Foi você que fez isso, não fez? Você e Courtney.

Hanna deu de ombros, relaxada. Não havia por que negar. Ela se virou para Ali, querendo cumprimentar a mãe da ideia, mas Ali desaparecera.

Kate pegou o papel amassado no chão, endireitou-o, e jogou dentro de sua bolsa de festa em matelassê Chanel.

— Vou contar ao Tom sobre isto.

— Conte — anunciou Hanna. — Não me importo.

E então ela percebeu: *realmente* não se importava. E daí, se Kate contasse a seu pai? E daí que ele a castigasse outra vez? Mesmo que Hanna se comportasse de maneira meiga e pura pelo resto de seus dias, sua relação com o pai nunca mais seria a mesma.

Riley abanava os braços para cima e para baixo como uma galinha ossuda.

— Eu até podia esperar que *você* desceria tão baixo, Hanna. Mas por que Courtney faria isto? Ela é nossa amiga!

Hanna encostou-se a uma pilastra decorada com faixas vermelhas e brancas.

— Ah, faça-me o favor. Vocês duas merecem isso há muitos anos.

— Como é? — irritou-se Naomi. Seus seios quase pulavam para fora do vestido de decote baixo.

A multidão em torno delas se avolumava. Mais e mais pessoas entravam na tenda e iam em direção da pista de dança.

— Courtney quis dar o troco a vocês, é claro — respondeu ela, calmamente. — Pelo que vocês fizeram com Ali.

Riley e Naomi trocaram um olhar surpreso.

— *Como assim?* — Riley expirou. Sua respiração tinha cheiro de licor de banana. Hanna tentou prender a respiração.

—Vocês fizeram alguma coisa com Ali. Por isso ela abandonou vocês. Esse foi o jeito de Courtney se vingar.

Confetes em forma de coração de repente começaram a cair do teto, salpicando o cabelo louro de Naomi. Ela não os afastou.

— Nós *não fizemos nada* com Ali.

Ela balançou a cabeça.

— Num instante, Ali era nossa melhor amiga, no seguinte, simplesmente começou a agir como se não nos conhecesse. Eu não sei por que ela ficou fria conosco, ou por que escolheu *você* para nos substituir. Todo mundo pensou que fosse uma piada, Hanna. Você era *tão* ridícula.

Hanna se ofendeu.

— Não foi uma piada...

Naomi deu de ombros.

— Que seja. Ali era louca e mentirosa, e sua irmã obviamente também é. Elas são gêmeas *idênticas*, lembra? Elas compartilham tudo.

Luzes de discoteca giravam na cabeça de Hanna. Ela sentia os efeitos do champanhe. Seu corpo pareceu quente, depois frio. O que elas diziam não poderia ser verdade.

Naomi e Riley permaneceram rígida e calmas, esperando a resposta de Hanna. Por fim, Hanna deu de ombros.

— Não importa — disse ela aérea. — Nós duas sabemos que vocês fizeram algo terrível, ainda que não admitam.

Hanna ajeitou o cabelo do ombro e deu meia-volta.

— Esse foi o seu fim, Hanna! — gritou Naomi, enquanto ela se afastava.

Não que Hanna tenha escutado.

23

É FERIDA QUE DÓI E NÃO SE SENTE

A enorme tenda do Baile do Dia dos Namorados estava abarrotada de gente quando Emily chegou. Havia lâmpadas de aquecimento nas paredes, fazendo o ambiente parecer aconchegante, mas não abafado, e um DJ usando casaco de veludo vermelho pulava pelo palco, mixando uma música da Fergie com uma de Lil Wayne.

Mason Byers dançava com Lanie Iler de um jeito bem romântico. Nicole Hudson e Kelly Hamilton, do segundo ano, seguidoras asquerosas de Naomi and Riley, olhavam feio uma para a outra, incomodadas porque ambas usavam o mesmo vestido vermelho de babados. Alguns panfletos estavam jogados no chão, cheios de marcas de sapatos. Emily pegou um.

Parecia uma carta de amor para Sean Ackard. Estava assinada por *Kate Randall*.

Emily ajeitou o vestido rosa-claro que Ali sugerira que comprasse na BCBG. Ela se arrumara toda para o baile: secara o cabelo com secador para deixá-lo liso e macio, se maquiara com base, blush e o pó bronzeador de Caroline para fazer sua pele parecer cintilante. Forçara seus pés chatos de nadadora a entrar em um par de sapatos Mary Jane que usara apenas uma vez em um banquete da liga esportiva. Emily queria que Ali ficasse deslumbrada ao vê-la.

Uma porção de alunos girava pela pista de dança. Andrew Campbell dançava com Spencer, os dois de mãos dadas.

Hanna estava com os braços no ar, dançando de um jeito descontraído e sexy que Emily nunca conseguiria imitar. A garota ao lado dela usava um vestido vermelho, maravilhosamente rendado, e tinha o cabelo preso no alto de um jeito sedutor. *Ali*. Em seguida, notou que James Freed estava logo atrás de Ali, passando as mãos na cintura dela, acima de seus quadris e perigosamente perto de seus seios.

Levou alguns segundos para Emily perceber o que estava acontecendo. Seu coração quase parou. Mas quando ela se aproximou, James já se afastara, dançando sozinho, imitando um movimento de Justin Timberlake que consistia em girar sobre o calcanhar.

– Oi! – disse Emily no ouvido de Ali.

Ali abriu os olhos.

– Ei, Em! – Ela continuou dançando.

Emily parou, esperando. Certamente, Ali esfregaria os olhos. Por certo, ela deixaria escapar algo como "Oh meu Deus, você está incrível!" Mas Ali estava sussurrando alguma coisa para Hanna. Hanna jogou sua cabeça ruiva para trás e gargalhou.

– Para todos vocês, namorados! – disse o DJ quando uma música lenta e melancólica de John Mayer começou a tocar.

Spencer abraçou Andrew pela cintura. Hanna começou a dançar com Mason Byers. Emily olhou cheia de esperança para

Ali, que não se virou para ela, preferindo cair nos braços de James como se fossem um casal há anos. Eles começaram a balançar para frente e para trás ao ritmo da música.

Um casal esbarrou nas costas de Emily. Sem jeito, ela foi para o canto da pista de dança. O que Ali dissera quando estavam juntas na casa dela? "Eu estava falando sério no outro dia, sobre o que sinto por você.". Um suor gelado tomou conta de Emily. Ali falara sério... ou não?

Casais desapareciam na direção de uma tenda menor chamada Túnel do Amor. Rosewood Day montava o túnel do amor no dia dos namorados desde que Emily estava no quinto ano. A escola alugava o equipamento de uma companhia de utensílios e brinquedos para feiras e quermesses. O brinquedo tinha mais ou menos uns dez cisnes de plástico, grandes o suficiente para duas pessoas. Os cisnes eram tão velhos agora que tinham um tom amarelo-icterícia, e a maior parte da pintura branca dos corpos descascara.

A música lenta prosseguiu por mais três agonizantes minutos. Quando terminou, Ali e James se afastaram, sorrindo discretamente. Emily se colocou entre os dois e pegou Ali pelo braço.

— Preciso falar com você.

Ali sorriu. A luz de discoteca fazia sua sombra cintilante brilhar ainda mais sobre seus olhos.

— Claro. O que é?

— *A sós.*

Emily a puxou até a porta que dava para a escola e virou à esquerda no banheiro feminino. Todas as cabines tinham as portas abertas, e o ambiente cheirava a uma mistura de diferentes perfumes e cosméticos. Ali se apoiou na pia, inspecionando o estado de seu rímel.

— Por que você está agindo assim? — disse Emily antes mesmo de pensar direito sobre o que queria conversar com Ali.

Ali ergueu a cabeça, encarando os olhos de Emily pelo espelho.

— Assim como?

— Você está me ignorando completamente.

— Não, não estou ignorando você!

Emily se impacientou.

— Sim, Ali, você *está*.

As laterais da boca de Ali se curvaram para baixo. Ela pôs um dedo sobre os lábios.

— Você deve me chamar de Courtney, lembra?

— Tudo bem. *Courtney*.

Emily se virou e ficou de frente para o secador automático de mãos, fitando seu reflexo distorcido no metal. Era como se elas tivessem dado dez passos para trás. As pernas de Emily começaram a tremer. Seu estômago revirou. Parecia que sua pele estava sob uma grelha, queimando.

Ela virou para encarar Ali outra vez.

— Sabe, amigas não brincam com os sentimentos da outra. Amigas não passam mensagens dúbias para a outra. E... e eu não acho que consiga aguentar ser sua amiga se as coisas vão ser como eram antes.

Ali parecia atônita.

— Eu não *quero* que as coisas sejam as mesmas. Quero que elas fiquem melhores.

— Não estão melhores! — Marcas de suor apareceram sob os braços do vestido rosa novo em folha de Emily. — Elas estão piores!

Ali pareceu desabar. Seu rosto assumiu um ar cansado.

— Nada é bom o suficiente para você, Em — disse ela, esgotada, seus ombros curvados.

— Ali — sussurrou Emily. — Desculpe.

Ela se esticou e tocou no braço da amiga, mas Ali se endireitou e afastou a mão de Emily.

Porém, logo em seguida, Ali se virou, seus braços caídos ao lado do corpo. Com muita calma, deu um passo na direção de Emily. Seus lábios tremiam. Seus olhos estavam molhados. Elas se olharam por um instante cheio de tensão, Emily mal ousava respirar. Ali a empurrou para dentro de uma cabine vazia, pressionando seu corpo contra o de Emily. Elas se beijaram e se beijaram, o mundo parecendo derreter em volta delas, a música que chegava da pista de dança se dissolvendo até se transformar em um eco sem sentido. Depois de um instante, elas se afastaram, ofegantes. Emily olhou para os olhos cintilantes de Ali.

— O que *isto* significa? — perguntou ela.

Ali esticou a mão e tocou a ponta do nariz de Emily.

— Que eu também sinto muito — sussurrou ela.

24

PESSOAS DESAPARECIDAS

Cerca de uma hora mais tarde, quando o baile já estava terminando, Andrew e Spencer se acomodaram em um cisne branco e começaram o passeio pelo Túnel do Amor. A água sob eles cheirava a lavanda. Pequenas luzinhas haviam sido instaladas em torno da entrada do túnel. Conforme eles flutuavam na direção da escuridão, uma música suave, de harpa, quase abafava a batida techno na pista de dança.

— Não posso acreditar que este equipamento ainda funciona. — Spencer encostou a cabeça no ombro de Andrew.

Ele entrelaçou os dedos nos dela.

— Eu não reclamaria se este barquinho quebrasse e ficássemos presos aqui por algumas horas.

— É mesmo? — disse Spencer, em tom provocante, dando-lhe um tapa de brincadeira no braço.

— É. — Os lábios de Andrew encontraram os dela, e ela retribuiu o beijo. Uma sensação quente, de bem-estar, pulsou lentamente pelas veias de Spencer. Finalmente, tudo em sua vida estava certo; ela tinha um namorado ótimo, uma irmã fantástica *e* suas melhores amigas de volta. Quase não parecia real.

O passeio acabou rápido demais, e Andrew ajudou Spencer a descer do cisne. Ela olhou para o relógio. Ali queria que todas se encontrassem no carro dela, em cinco minutos. Ela se inclinou para dar um beijo de boa-noite em Andrew.

— Vejo você amanhã — sussurrou ela. Spencer estava louca para contar a verdade sobre Ali para ele, mas prometera manter a boca fechada.

— Divirta-se — disse Andrew, beijando-a suavemente.

Spencer se virou e foi até a porta, e então se dirigiu ao local onde o BMW de Ali estava estacionado. Ela foi a primeira a chegar, e encostou-se ao porta-malas, esperando. Fazia um frio de congelar, e seus olhos começaram a lacrimejar. Emily chegou logo em seguida. Seus cabelos estavam desalinhados e a maquiagem borrada, mas ela parecia muito feliz.

— Oi — disse ela, alegremente. — Cadê a Ali?

— Ainda não chegou — respondeu Spencer. Ela cruzou os braços sobre o peito, esperando que Ali não demorasse. Seus pés estavam se transformando rapidamente em pedras de gelo.

Hanna chegou logo depois. Alguns minutos se passaram. Spencer apanhou o celular e checou a hora. 21h40. Ali as instruíra para encontrá-la às 21h30 em ponto.

— Vou mandar uma mensagem para ela — disse Emily, digitando em seu telefone.

Um instante depois, o telefone de Spencer tocou alto, fazendo todas saltarem de susto. Ela o apanhou, mas era o número de sua casa.

— Você viu Melissa? — perguntou a sra. Hastings, quando Spencer atendeu a ligação. — Não a vi o dia todo. Tentei ligar para o celular dela algumas vezes, mas cai direto na caixa postal. Isso nunca acontece.

Spencer olhou para a tenda. Várias pessoas saíam para o estacionamento, mas Ali não estava entre elas.

— Você não recebeu nenhuma ligação, de algum hospital? — perguntou Spencer. Se alguém tivesse se registrado no Preserve, a equipe médica teria que notificar aos familiares, para que não se preocupassem, certo?

— Hospital? — A voz da sra. Hastings tornou-se aguda. — Por quê? Ela está ferida?

Spencer fechou os olhos, apertando-os com força.

— Eu não sei.

A sra. Hastings disse a Spencer para telefonar se tivesse notícias de Melissa, e desligou abruptamente. Spencer podia sentir os olhos de suas antigas amigas sobre si.

— Quem era? — perguntou Emily, baixinho.

Spencer não respondeu. A fotografia com os dizeres *Você está morta, sua vaca* voltou a sua mente. A última vez em que ela vira Melissa fora quando sua irmã a levara para a escola e a avisara para tomar cuidado com Courtney. Depois daquilo, Melissa estranhamente desaparecera. Estaria ela no Preserve ou... em outro lugar? E se ela estivesse *aqui*, observando Ali, *nesse exato momento?*

— Está tudo bem? — perguntou Hanna.

Havia um nó do tamanho de uma bola de golfe na garganta de Spencer. Ela olhou para a tenda mais uma vez, desejando ver a cabeça loura de Ali entre a multidão.

— Está tudo bem — murmurou ela, seu coração batendo cada vez mais rápido. Não adiantava nada deixar todas em pânico, por enquanto. *Vamos, Ali*, ela pensou freneticamente. *Onde está você?*

25

A VERDADE VEM À TONA

Depois de esperar cerca de quinze minutos em uma longa fila no banheiro feminino, Aria voltou para a pista de dança e olhou em volta, procurando por Noel. Ele se comportara como um cavalheiro a noite toda, dançando todas as músicas com ela, indo buscar ponche sempre que ela estava com sede e falando sobre como eles iriam para o baile de formatura; talvez pudessem usar o helicóptero de seu pai.

Tudo parecia... *certo*.

Ela abriu caminho em direção ao bar, imaginando que Noel pudesse estar lá. Casais giravam ao seu redor, os vestidos das garotas farfalhando. Com tanto vermelho, rosa e branco à sua volta, Aria se sentia dentro de um gigante sistema circulatório. Alguns garotos olharam quando ela passou, com sorrisos maliciosos nos rostos. Um grupo de garotas do segundo ano cochichava entre si. Mason Byers viu Aria, arregalou os olhos e se virou. O coração dela começou a martelar. Que diabos estaria acontecendo?

E de repente, como se seguisse um script, a multidão se abriu. Em um dos cantos da tenda, perto da cascata de chocolate, um casal se beijava. O garoto tinha cabelos escuros penteados para trás, e usava um lindo terno preto. A menina era magra como uma sílfide, com cabelos louros cor de mel, e usava um coque em estilo francês. O vestido vermelho e justo acentuava suas curvas. Sua pele era luminosa, como se estivesse coberta de pó de diamante.

Aria observou, impotente, enquanto a música romântica continuava a tocar. Alguém soltou um assobio alto.

O tempo pareceu acelerar, e no momento em que o estômago de Aria começou a queimar, Ali se afastou de Noel, uma expressão de ultraje no rosto. Ela lhe deu um tapa forte, e o impacto de sua mão na face de Noel fez um ruído alto.

– O que você está fazendo? – gritou ela, enquanto Aria se aproximava.

– O q...? – gaguejou Noel. Uma grande marca vermelha apareceu em seu rosto, onde Ali o estapeara. – Eu não...

– Aria é minha amiga! – gritou Ali. – Quem você pensa que sou?

Em seguida, ela se virou, e seu olhar cruzou com o de Aria. Ela ficou imóvel, e abriu a boca. Noel se virou, e também viu Aria. Seu rosto ficou branco como um lençol, e ele começou a sacudir a cabeça, como se quisesse dizer que não sabia como tinha ido parar ali, fazendo o que estava fazendo. Aria olhou com raiva de Noel para Ali, seus dedos tremendo.

O cheiro delicioso que vinha da fonte de chocolate alcançou Aria. A luz estroboscópica na pista de dança pintava Ali e Noel de azul, vermelho e amarelo. Aria estava com tanta raiva que seus dentes começaram a bater.

O pomo de adão de Noel subia e descia. Ali ficou a uma distância segura, sacudindo a cabeça como quem tivesse feito a coisa certa, mas demonstrando simpatia.

— Aria, não é... — começou Noel.

— Você disse que ela não importava — interrompeu Aria. Seu queixo tremia, mas ela se controlou para não chorar. — Você disse que não gostava dela. Queria que eu desse uma *chance* a ela.

— Aria, espere! — A voz de Noel tremeu. Mas ela não o deixou terminar, virando-se e abrindo caminho pela multidão. Lucas Beattie soltou uma exclamação abafada. Zelda Millings, que frequentava a escola Quaker nas redondezas, mas que *sempre* conseguia companhia para os eventos de Rosewood Day, riu maliciosamente. *Que rissem*, pensou Aria. Ela não se importava.

Aria já estava quase na porta quando sentiu a mão em seu braço. Era Ali.

— Eu sinto tanto, Aria — arfou ela, sem fôlego. — Ele simplesmente... me *agarrou*. Não havia nada que eu pudesse fazer.

Aria continuou andando, furiosa demais para falar. Seus instintos sobre Noel estavam certos desde o começo. Ele era um típico garoto de Rosewood: jogador de lacrosse, mulherengo e traidor. Ele dissera que era diferente, e ela *acreditara*. Ela era *tão* estúpida.

Ali continuava ao lado de Aria, com os braços cruzados e a cabeça abaixada. *Eu mudei*, ela dissera no poço dos desejos. Talvez fosse verdade.

Elas saíram para o ar gelado. Um grupo de garotos estava reunido próximo aos carros, fumando. Fogos de artifício começaram a explodir no céu da escola, sinalizando o final do baile.

Do outro lado do estacionamento, Aria viu Spencer, Emily e Hanna encostadas em um BMW. Seus rostos se iluminaram quando viram Ali acenando para elas.

Aria sabia o que suas antigas amigas esperavam, e para onde iam. De repente, ela percebeu o quanto queria se juntar a elas. O quanto queria que as coisas voltassem a ser como eram, antes de todos os segredos e mentiras. Na época em que elas se tornaram amigas e a vida era cheia de possibilidades.

— Hum, a respeito da sua viagem a Poconos — disse ela, hesitante, sem ousar olhar nos olhos de Ali —, você acha que há lugar para mais uma?

Os cantos da boca de Ali se ergueram num sorriso. Ela deu alguns pulinhos, e então passou os braços em torno dos ombros de Aria.

— Pensei que você jamais perguntaria!

Ali puxou Aria pelo estacionamento, evitando pisar em um trecho coberto de gelo.

— Nós vamos nos divertir tanto, prometo. Você vai esquecer Noel. E amanhã, vamos achar alguém ainda mais gato para você.

Elas chegaram ao pé do morro, de braços dados.

—Vejam quem eu encontrei! — gritou Ali, pressionando um botão no chaveiro e destrancando o carro. — Ela vai conosco!

Todas comemoraram. De repente, Aria ouviu um som estranho, abafado. Ela parou, colocando a mão sobre a porta do carro. Parecia um baque, seguido de um gemido.

—Vocês ouviram isso? — sussurrou ela, olhando em volta, no estacionamento. Casais cambaleavam até seus carros. Limusines encostavam. Mães esperavam pelos filhos, em seus veículos utilitários. Aria pensou nas fotografias que encontrara na floresta.

Naquele rosto fantasmagórico, encostado na janela do celeiro. Ela olhou em volta, procurando por Wilden... ou qualquer policial, na verdade, mas todos já haviam partido.

Ali parou por um instante.

– Ouvir o quê?

Aria esperou, ouvindo atentamente. Com o barulho da música e dos fogos de artifício, era difícil escutar alguma coisa.

– Acho que não é nada – decidiu ela. – Provavelmente, apenas alguém escondido dando uns amassos.

– Safados! – riu Ali. Ela abriu a porta do carro e deslizou graciosamente para o banco do motorista. Spencer se sentou ao seu lado, e Hanna, Emily e Aria entraram no banco de trás. Ali ligou o som, tão alto que abafava o barulho dos fogos. – Vamos lá, suas vadias! – disse ela. E lá foram elas.

26

REINVENTANDO O PASSADO

A casa dos DiLaurentis em Poconos estava exatamente como Hanna se lembrava. Era uma casa grande de formato irregular, com paredes vermelhas e janelas e persianas brancas. A luz da varanda estava apagada, mas a Lua estava tão grande e brilhante que Hanna podia ver as cinco cadeiras de balanço brancas na varanda. Ela, Ali e as outras costumavam se sentar naquelas cadeiras, com revistas *US Weekly* no colo, assistindo ao sol se pôr no lago.

O carro fez a curva que dava para a entrada da garagem e estacionou. Todas saltaram e apanharam suas bolsas. O ar da noite estava frio. Uma névoa caía sobre o vale, fina e vaporosa como uma respiração.

Houve um barulho nos arbustos e Hanna parou. Uma longa cauda balançou e dois olhos amarelos brilharam. Um gato preto atravessou a entrada da garagem, silenciosamente, na direção da floresta. Ela soltou o fôlego.

Ali destrancou a porta da casa e as conduziu para dentro. O lugar cheirava a cola velha de papel de parede, madeira empoeirada e quartos fechados. Havia também um cheiro estranho, que fazia Hanna pensar em hambúrgueres velhos.

– Alguém quer uma bebida? – gritou Ali, colocando as chaves na mesa.

– Definitivamente! – disse Spencer. Ela tirou de uma sacola de supermercado uma quantidade enorme de salgadinhos, batatinhas e M&Ms, além de latinhas de Coca-cola Diet e Red Bull, e uma garrafa de vodca. Hanna foi até o armário onde os DiLaurentis guardavam os copos e apanhou cinco, de cristal.

Depois de preparar coquetéis de vodca com Red Bull, todas foram para a biblioteca. Estantes embutidas cobriam as paredes. Havia um armário entreaberto, deixando à mostra pilhas e mais pilhas de velhos jogos de tabuleiro. A televisão, que só tinha quatro canais disponíveis, ainda estava sobre a velha mesinha. Hanna olhou para o quintal enorme, localizando imediatamente o ponto onde elas armaram a barraca para cinco pessoas e dormiram sob as estrelas. Ali presenteara as meninas com as pulseiras de Jenna naquela barraca, fazendo-as prometer que continuariam a serem melhores amigas até o dia em que morressem.

Hanna foi até a estante sobre a lareira, notando uma fotografia familiar, em um porta-retratos de prata. Era a foto das cinco, perto de uma grande canoa, todas ensopadas. A mesma foto costumava ficar na parede do antigo vestíbulo da família DiLaurentis. Fora tirada na primeira vez em que Ali as convidara para ir a Poconos, não muito tempo depois de elas se tornarem amigas. Hanna e as outras tinham um ritual secreto, de tocar o canto inferior da foto ao mesmo tempo, embora tivessem vergonha de contar a Ali sobre aquilo.

Todas as outras se reuniram ao redor da foto. O gelo em seus copos balançava.

— Vocês se lembram daquele dia? — murmurou Emily. Seu hálito já cheirava a vodca. — Aquela cachoeira maluca?

Hanna deu uma risada irônica.

— É. Você entrou em pânico. — Tinha sido o primeiro passeio delas na nova canoa que o sr. DiLaurentis comprara na loja de artigos esportivos local. Todas remaram furiosamente para se afastarem da margem, mas depois ficaram cansadas e entediadas, e deixaram que a correnteza as levasse. Quando o rio começou a ficar cada vez mais agitado, Spencer quis tentar remar pelas corredeiras. Foi então que Emily viu a pequena cachoeira mais adiante e gritou para que as outras abandonassem o barco.

Spencer cutucou as costelas de Emily.

— Você gritou algo do tipo, "As pessoas morrem quando caem de cachoeiras em uma canoa! Vamos pular e nadar para a margem!"

— E então você nos empurrou, sem nos avisar antes — disse Aria, tremendo de tanto rir. — Aquela água estava *tão* fria!

— Tremi de frio por dias — concordou Emily.

— Nós estamos tão novinhas na foto — murmurou Hanna, concentrando-se especialmente em seu próprio rosto bochechudo. — E pensar que apenas algumas semanas antes estávamos invadindo o seu quintal, tentando roubar sua bandeira, Ali.

— É — disse Ali, distraída. Hanna a observou, esperando que Ali mencionasse alguma lembrança da época, mas ela simplesmente começou a tirar os grampos de seu coque em estilo francês, colocando cada um deles na mesinha de canto. Talvez fosse ruim falar sobre o dia da Cápsula do Tempo. Aparentemente Courtney estava em casa naquele final de semana, enquanto era transferida do Radley para o Preserve. Aquilo devia trazer todo tipo de lembrança desagradável.

Hanna olhou para a fotografia novamente. As coisas eram tão diferentes, na época. Quando a canoa virara, a camiseta ensopada e grande demais que vestia se colara a cada centímetro de pele e gordura em seu corpo. Não muito tempo depois, Ali começara a fazer comentários sobre como ela comia muito mais do que as outras, e não praticava nenhum esporte, e sempre repetia o prato no almoço. Uma vez, no shopping King James, ela dissera que todas deveriam ir até a Faith 21 – Forever 21, uma loja especializada em roupas de tamanhos grandes, "só para dar uma olhada".

De repente, as palavras de Naomi para ela voltaram à cabeça de Hanna. *Todos diziam que Ali a escolheu por piada. Você era tão ridícula.*

Hanna encostou-se à estante, quase derrubando uma placa decorativa com uma imagem do Independence Mall. Sua boca estava anestesiada pela vodca, e seus braços e pernas estavam moles.

Ali se virou e atirou algo branco e macio para cada uma das meninas.

– Hora da hidromassagem! – Ela bateu palmas. – Preparem uma nova rodada de coquetéis e se troquem, enquanto eu vou lá fora ligar a banheira.

Apanhando sua bebida, Ali atravessou a sala de estar e foi para a varanda dos fundos, seu rabo de cavalo louro balançando. Hanna olhou para os objetos que Ali atirara para ela: uma toalha branca e macia da Frette, e um biquíni de amarrar Marc Jacobs de bolinhas. Ela segurou as duas partes do biquíni contra a luz, admirando o tecido brilhante e as faixas de amarrar prateadas.

Hanna se endireitou, sentindo-se subitamente melhor. *Bela tentativa, suas vacas.* A etiqueta na calcinha do biquíni dizia "tamanho 34". Hanna sorriu para si mesma, lisonjeada e espantada. Aquele era o melhor elogio que alguém poderia lhe ter feito.

27

MELHORES AMIGAS PARA SEMPRE

O álcool definitivamente subira à cabeça de Emily. Ela estava em pé no pequeno banheiro do andar de baixo da casa, decorado em estilo holandês da Pensilvânia, vestindo apenas seu biquíni listrado, virando-se de um lado e de outro, examinando seus braços bem torneados, sua cintura fina e seus ombros graciosos.

– Você é gostosa – sussurrou ela para seu reflexo no espelho. – Ali quer você. – Emily começou a rir.

Não estava bêbada apenas de vodca, também estava embriagada com *Ali*. Era excitante estar de volta a Poconos. E quanto a beijar Ali no baile? Ela não tinha certeza de já ter se sentido mais feliz em toda a sua vida.

Emily saiu do banheiro com uma toalha branca fofinha enrolada na cintura. Ela apanhou um copo de coquetel pela metade, e foi para a varanda. O lugar estava exatamente como ela se lembrava: o cheiro forte de terra molhada, os anões de pedra decorando o jardim e as mesinhas com tampo de azulejo que a sra. DiLaurentis encontrara em um leilão de antiguidades. Emily esperava ver Ali por lá – queria dar um beijo escondido nela antes das outras saírem da casa –, mas a varanda estava vazia.

– Que frio! – gritou Emily, quando seus pés descalços tocaram o chão gelado. Uma lâmpada de aquecimento fora colocada perto da porta, e a grande cobertura plástica fora retirada da banheira de hidromassagem. O motor fazia muito barulho. Bolhas azuladas subiam para a superfície. Quando Emily tocou na água, deu outro grito. Estava gelada. Provavelmente, fazia anos que não era usada.

Hanna, Spencer e Aria chegaram na varanda. Enquanto esperavam que Ali trocasse de roupa, Hanna trouxe os alto-falantes do iPod da sala de estar e colocou para tocar uma música de Britney Spears que elas adoravam dançar no sétimo ano. Todas cantaram, acompanhando a música, como nos velhos tempos.

Emily estendeu a toalha, deslizando-a sedutoramente pelo corpo. Hanna rebolava de um lado para o outro da varanda, como se estivesse em uma passarela, parando para fazer uma pose aqui e ali. Spencer fazia piruetas no estilo das Rockettes. Aria tentou imitá-la e quase chutou um vaso de samambaias mortas. As meninas se contorciam de rir, passando os braços ao redor umas da outras. Elas se apoiaram na lateral da banheira, tentando recuperar o fôlego.

– Não posso acreditar que ficamos sem nos falar por tantos anos – balbuciou Spencer. – Qual era o nosso problema?

Aria agitou a mão, fazendo um gesto desinibido.

– Nós éramos idiotas. Deveríamos ter continuado amigas.

O rosto de Emily ficou vermelho.

– É mesmo – sussurrou ela. Emily não fazia ideia de que as outras também se sentiam assim.

Hanna tirou algumas folhas secas de cima de uma cadeira, e atirou-se sobre ela.

— Eu senti saudade de vocês.

— Não, não sentiu — Spencer apontou para ela, meio bêbada. — Você tinha Mona.

Todas ficaram em silêncio, pensando no que Mona fizera. Emily sentiu um nó na garganta ao ver Hanna franzir o rosto e se virar. Já era ruim o suficiente que Mona tivesse atormentado Emily, mas ela havia também sido a melhor amiga de Hanna.

Emily se aproximou de Hanna e a abraçou.

— Eu sinto muito — murmurou ela. Spencer se aproximou em seguida, e depois Aria.

— Ela era louca — disse Spencer, baixinho.

— Eu nunca deveria ter perdido o contato com vocês — balbuciou Hanna contra o ombro de Spencer.

— Está tudo bem — choramingou Emily, acariciando os cabelos longos e macios de Hanna. — Você nos tem, agora.

Elas continuaram assim até a música parar de tocar, e tudo ficar em silêncio. O motor da banheira de hidromassagem roncava. Um baque surdo soou em algum lugar da casa. Spencer olhou para cima, franzindo a testa.

— Ali está demorando muito para se trocar.

Todas se enrolaram nas toalhas e entraram na casa. Elas atravessaram a sala de estar e foram na direção da cozinha.

— Ali? — chamou Hanna. Não houve resposta.

Emily espiou dentro do banheiro do qual acabara de sair. A água pingava da torneira. O vento do aquecedor fazia a ponta do rolo de papel higiênico flutuar.

— Ali? — chamou Aria, colocando a cabeça para dentro da sala de visitas. Lençóis haviam sido colocados sobre as poltronas, fazendo-as parecerem fantasmas. Todas ficaram imóveis, ouvindo.

Spencer parou na cozinha.

— Talvez eu não devesse falar sobre isso agora, mas a minha mãe telefonou, mais cedo. A minha irmã ainda não apareceu...

— O *quê*? — Emily parou ao lado do fogão.

— E se ela tiver nos seguido? — A voz de Spencer falhou. — E se ela estiver aqui?

— Ela não pode estar aqui. — Hanna tomou um gole de seu coquetel para tomar coragem. — Spencer, não tem como.

Spencer vestiu o suéter pela cabeça, e foi até a porta que dava para o jardim lateral. Emily apanhou sua camiseta e os jeans, vestiu-os e seguiu-a. A velha porta rangeu ao ser aberta. O céu estava brilhante e estrelado. A única outra luz vinha de uma lâmpada acesa na garagem. O BMW preto estava estacionado na entrada. Os olhos de Emily se moviam de um lado para o outro, procurando desesperadamente uma sombra que se mexesse. Ela apanhou o celular, perguntando-se se elas deveriam ligar para alguém. Na tela, havia a mensagem *Sem sinal*. Todas as outras olharam para seus celulares, também, e sacudiram as cabeças. Estavam fora de área.

Emily estremeceu. *Isto não pode estar acontecendo. Não de novo.* E se elas estavam na varanda se divertindo enquanto algo horrível acontecera a Ali? Era como uma repetição do sétimo ano; por alguns minutos, elas haviam ficado no celeiro, estupidamente hipnotizadas, enquanto uma menina fora assassinada.

— Ali! — gritou Emily. O nome ecoou pela noite. — Ali! — chamou ela novamente.

— O que foi? — respondeu uma voz.

Todas se viraram rapidamente. Ali estava de pé na entrada da cozinha, ainda vestindo jeans e seu suéter de cashmere. Olhava para as outras como se estivessem loucas.

— Onde vocês *estavam*? — riu Ali. — Eu só fui checar a temperatura da banheira, e não consegui encontrá-las em lugar algum! — Ela fingiu enxugar suor da testa. — Fiquei tão assustada!

Emily entrou novamente em casa, soltando um longo suspiro de alívio. Mas quando Ali segurou a porta para ela, dando-lhe um grande, radiante sorriso, Emily ouviu um galho se quebrar lá fora. Ela congelou, e olhou por sobre o ombro, certa de que veria um par de olhos espiando-a por entre a floresta densa.

Mas tudo estava imóvel e quieto. Não havia ninguém.

28

NO QUE OS SONHOS SE TRANSFORMAM

Spencer e as outras seguiram Ali para dentro de casa.

– A banheira está fria demais – decidiu Ali. – Mas há muitas outras coisas que podemos fazer.

Spencer colocou sua toalha de banho não usada sobre a mesa da cozinha, foi para a sala de estar e sentou-se no sofá de couro. Sua pele estava entorpecida, tanto por causa do frio quanto por causa do medo de que algo tivesse acontecido a Ali. Uma sensação desconfortável a incomodava, também: algo que ela não conseguia descrever. Como Ali poderia não tê-las ouvido quando elas a chamavam? Como ela e as outras não a tinham visto ir para a varanda testar a água da banheira? O que fora aquele baque que elas ouviram dentro da casa? E onde estava Melissa, a propósito?

As outras se reuniram ao redor da sala. Ali se sentou na cadeira grande que elas costumavam chamar de A Cadeira da Duquesa: a menina que elas escolhessem como Duquesa podia se sentar na cadeira e pedir que as outras fizessem tudo o que ela quisesse, durante o dia inteiro. Hanna se sentou no velho pufe amarelo perto da televisão. Emily se sentou de pernas cruzadas no divã de couro ao lado do sofá, distraidamente enfiando o dedo em um pequeno buraco no forro. Aria escolheu o sofá e se acomodou ao lado de Spencer, apertando uma almofada de cetim cor de cereja contra o peito.

Ali descansou as mãos sobre os braços estreitos da cadeira, e respirou fundo.

– Bom... já que a ideia da hidromassagem não deu certo, tenho uma proposta para vocês.

– O que é? – perguntou Spencer.

Ali se mexeu, fazendo a cadeira ranger.

– Como a nossa última festa do pijama acabou tão mal, acho que deveríamos apagá-la de nossas mentes para sempre. Gostaria de recriá-la. Sem alguns detalhes, obviamente.

– Como você desaparecer? – disse Emily.

– Naturalmente. – Ali enrolava um cacho de cabelos no dedo. – E, bem, para ser mais precisa, eu teria que hipnotizar vocês.

A pele de Spencer ficou gelada. Emily colocou o copo na mesa. Hanna ficou imóvel, segurando um punhado de salgadinhos.

– Ah... – começou Aria.

Ali ergueu uma sobrancelha.

– Quando eu estava no hospital, os médicos me fizeram ir a um monte de terapeutas. Um deles me contou que o melhor modo de superar uma lembrança terrível é revivê-la. Eu realmente acho que isso pode me ajudar... – Ela suspirou. – Talvez possa ajudar todas nós.

Spencer esfregou os pés, tentando aquecê-los. Um vento repentino começou a soprar do lado de fora. Ela olhou novamente para a foto que haviam tirado ao lado da canoa. Reviver a hipnose parecia horrível, mas talvez Ali estivesse certa. Depois de tudo o que elas haviam passado, talvez precisassem fazer algo para superar o trauma de uma vez por todas.

— Eu topo — decidiu ela.

— É, acho que também topo — decidiu Emily.

— Claro — disse Hanna.

Ali olhou esperançosamente para Aria, e ela concordou com relutância.

— Obrigada. — Ali se levantou. — Vamos fazer no quarto lá em cima, meninas. É mais aconchegante. Mais ou menos como o celeiro.

Elas a seguiram pelas escadarias forradas com carpete cor-de-rosa até o segundo andar. A Lua, enorme e pálida, brilhava através da janela circular. O quintal estava vazio, e os pinheiros formavam uma barreira sólida entre a casa e a estrada. Havia um laguinho artificial à esquerda, embora tivesse sido drenado para o inverno. Agora, não passava de uma vala seca e profunda.

Ali as levou para o quarto dos fundos. A porta já estava entreaberta, como se alguém tivesse estado lá recentemente. Spencer se lembrava do papel de parede, das cortinas de renda estilo Rainha Ana e das duas camas idênticas, com cabeceira de bronze. Seu nariz começou a coçar. Ela esperava que o quarto cheirasse a purificador de ar de lavanda, ou talvez um pouco de mofo, mas havia um cheiro podre em vez disso.

— Que cheiro é esse? — gritou ela.

Ali também franziu o nariz.

— Talvez haja algum bicho morto dentro de alguma parede. Lembram-se de quando isso aconteceu, no verão entre o sexto e o sétimo ano? Acho que era um gambá.

Spencer forçou a mente, mas não conseguia se lembrar de nada que tivesse um cheiro remotamente parecido com aquele.

Então Aria congelou.

— Vocês ouviram isso?

Todas ficaram tensas, ouvindo atentamente.

— Não... — sussurrou Spencer.

Os olhos de Aria estavam arregalados.

— Acho que ouvi alguém tossir. Tem alguém lá fora?

Ali levantou uma das lâminas de madeira na persiana. A entrada da garagem estava deserta. Havia marcas no cascalho, feitas pelo BMW ao estacionar.

— Não há nada lá fora — sussurrou Ali.

Todas deixaram escapar um longo suspiro.

— Nós estamos exagerando — disse Spencer. — Precisamos nos acalmar.

Elas se sentaram no tapete circular no chão. Ali tirou seis velas com perfume de baunilha de uma sacola plástica, e as colocou nas mesinhas de cabeceira e na cômoda. O fósforo emitiu um som abafado ao ser riscado. O quarto já estava escuro, mas Ali fechou as persianas e as cortinas. As velas projetavam sombras assustadoras nas paredes.

— Tudo bem — disse Ali. — Hum, meninas, simplesmente relaxem.

Emily deu uma risadinha ansiosa. Hanna respirou fundo. Spencer tentou relaxar os braços, mas o sangue parecia martelar em seus ouvidos. Em sua mente, ela revivera tantas vezes o momento em que Ali a hipnotizara. E a cada vez que pensava naquilo, seu corpo se contorcia de pânico. *Você vai ficar bem*, ela disse a si mesma.

— O coração de vocês está desacelerando — disse Ali. — Tenham pensamentos tranquilos. Vou contar de trás para frente, a partir de cem, e assim que tocar em vocês, estarão sob meu poder.

Ninguém disse nada. As velas estalavam e dançavam. Spencer fechou os olhos, enquanto Ali começava a contar.

— Cem... Noventa e nove... Noventa e oito...

A perna esquerda de Spencer começou a tremer, e depois a direita. Ela tentou se concentrar em pensamentos tranquilos, mas era impossível não voltar para a noite em que elas haviam feito aquilo pela última vez. Ela se sentara em um tapete circular no celeiro de sua família, furiosa porque Ali as convencera mais uma vez a fazer algo que não queriam. E se a hipnose de Ali a fizesse confessar que beijara Ian... e Melissa ouvisse? Melissa e Ian haviam acabado de sair do celeiro, e poderiam ainda estar por perto.

E talvez, quem sabe... Melissa *tivesse estado* por perto. Perto da janela... com uma câmera.

— Oitenta e cinco, oitenta e quatro... — sussurrava Ali. Sua voz ficava cada vez mais distante, até que parecia que ela estava sussurrando no final de um túnel muito longo. Em seguida, uma luz difusa apareceu diante dos olhos de Spencer. Os sons pareciam distorcidos. O cheiro do piso de madeira misturado a pipoca de micro-ondas fazia cócegas em seu nariz. Ela respirou fundo, várias vezes, tentando imaginar o ar fluindo para dentro e para fora de seus pulmões.

Quando a visão de Spencer voltou ao foco, ela percebeu que estava no velho celeiro de sua família. Estava sentada no tapete velho e macio que seus pais haviam comprado em Nova York. O cheiro dos pinheiros e das primeiras flores do verão vinha do lado de fora. Ela olhou para as amigas. A barriga de Hanna era protuberante. Emily era magrela, seu rosto cheio de sardas. Aria tinha mechas cor-de-rosa nos cabelos. Ali andava por entre elas, pé ante pé, tocando em suas testas com a ponta do polegar. Quando ela chegou perto de Spencer, Spencer deu um pulo.

Está escuro demais aqui, ela se ouviu dizer. As palavras lhe escaparam da boca, além de seu controle.

Não, insistiu Ali. *Tem que estar escuro. É assim que funciona.*

As coisas não precisam ser sempre do jeito que você quer, sabia, Ali?, Spencer disse.

Feche as cortinas, respondeu Ali, mostrando os dentes.

Spencer se esforçou para deixar a luz entrar no quarto. Ali soltou um grunhido de frustração. Mas quando Spencer olhou novamente para Ali, percebeu que ela não estava apenas zangada. Estava imóvel, seu rosto pálido como o de um fantasma, os olhos arregalados. Parecia que vira algo horrível.

Spencer se virou novamente para a janela, e uma sombra chamou sua atenção. Era uma lembrança minúscula, pouco mais do que nada. Ela se agarrou à imagem agora, desesperada para lembrar se aquilo realmente acontecera. E aí... ela viu. Era o reflexo de Ali... mas usava um capuz, e carregava uma câmera grande. Seus olhos eram demoníacos, não piscavam, com uma expressão assassina. Era alguém que Spencer conhecia muito bem. Ela tentou dizer o nome, mas seus lábios não cooperavam. Ela sentia como se estivesse engasgando.

A lembrança continuava a passar por sua mente, sem que ela interferisse. *Saia*, ela se ouviu dizer a Ali.

Está bem, respondeu Ali.

— Não! — Spencer gritou para seu velho eu. — Chame Ali de volta! Você precisa mantê-la dentro do quarto! É... É a *irmã* dela lá fora! E ela quer machucar Ali!

Mas a lembrança seguiu, fora do alcance de Spencer. Ali já estava na porta, saindo. Ela se virou, olhando longamente para Spencer, que soltou uma exclamação rouca. De repente, Ali não se parecia mais com a garota que estava com elas naquele dia.

Em seguida, o olhar de Spencer caiu sobre o anel de prata no dedo da garota. Ali dissera que não estava usando um anel naquela noite, mas lá estava ele. Exceto que, em vez de um *A* no centro, havia um *C*.

Por que Ali estava com o anel errado?

Houve uma batida na janela, e Spencer se virou. A menina do lado de fora sorriu de forma sinistra, correndo a mão pelo rosto idêntico, em formato de coração. Ela ergueu o quarto dedo da mão direita. Estava usando um anel, também, o dela contava com a inicial A. A cabeça de Spencer parecia prestes a explodir. Estaria Ali lá fora... e Courtney ali dentro?

Como *aquilo* poderia ter acontecido?

A minha memória esta me pregando peças, ela disse a si mesma. *Isso não aconteceu. É só um sonho.*

A Ali que estava perto da porta se virou, com a mão na maçaneta. De repente, sua pele começou a desbotar, passando de rosada para pálida, e então para branca, e para acinzentada.

— Ali? — chamou Spencer, hesitante. — Você está bem?

A pele de Ali começara a se desprender de seu rosto, em largas tiras.

— Você acha que estou bem? — estourou ela, balançando a cabeça para Spencer. — Estive tentando lhe contar...

— Tentando me contar? — ecoou Spencer. — O que você quer dizer?

— Todos aqueles sonhos que você teve comigo? Você não se lembra?

Spencer piscou.

— Eu...

Ali revirou os olhos. Sua pele estava se desprendendo mais rapidamente agora, revelando músculos e ossos brancos. Seus dentes caíram ao chão como frutas maduras. Seus cabelos passaram de louro-dourado para cinza-pálido. E em seguida, começaram a cair, em mechas.

— Você realmente *é* mais burra do que eu pensava, Spence — sibilou ela. — Você merece isso.

— Mereço o quê? — gritou Spencer.

Ali não respondeu. Quando virou a maçaneta, sua mão se desprendeu do pulso, frágil como uma folha seca, caindo no piso de madeira e imediatamente se transformando em pó. Em seguida, a porta bateu com força, o som reverberando pelo corpo de Spencer. Parecia muito próximo. *Real*. As lembranças e a realidade colidiram.

Spencer abriu os olhos. O quarto estava opressivamente quente, e o suor escorria pelo seu rosto. Suas amigas estavam sentadas de pernas cruzadas no tapete, seus rostos dóceis e relaxados, seus olhos bem fechados. Elas pareciam... mortas.

— Meninas? — chamou Spencer. Não houve resposta. Ela queria estender a mão e tocar em Hanna, mas ficou com medo.

O sonho lhe voltou à mente. *Estive tentando lhe contar*, dissera a menina na visão. A menina que se parecia com a Ali de quem Spencer se lembrava... mas que estava usando o anel de Courtney. *Todos aqueles sonhos que você teve comigo. Você não se lembra?*

Spencer se lembrava bem de muitos sonhos a respeito de Ali. Às vezes, ela até sonhava sobre duas Alis *diferentes*.

— Não — sussurrou Spencer, assustada. Ela não entendia nada daquilo. Ela piscou no meio da escuridão, procurando sua quarta amiga.

— Ali? — guinchou ela.

Mas Ali não respondeu.

Porque Ali não estava mais lá.

29

A CARTA DEBAIXO DA PORTA

Aria ouviu um barulho e acordou sobressaltada. Metade das velas se apagara. Um cheiro pútrido enchia o ar. Suas três antigas melhores amigas estavam sentadas no carpete, olhando para ela.

– O que está acontecendo? – perguntou ela. – Onde está Ali?

– Nós não sabemos. – Emily parecia aterrorizada. – Ela... desapareceu.

– Talvez isso seja parte da reconstituição? – sugeriu Hanna, meio grogue.

– Eu não acho, meninas. – A voz de Spencer tremia. – Eu acho que tem alguma coisa muito errada.

– Claro que tem alguma coisa errada! – gritou Emily. – Ali sumiu!

– Não – disse Spencer. – Eu acho... eu acho que tem algo de errado com *Ali*.

Aria olhou para ela, boquiaberta.

– Ali? – gaguejou Emily.

– O que você quer dizer? – perguntou Hanna.

– Eu acho que a menina na janela do celeiro era a irmã de Ali – sussurrou Spencer, sua voz entrecortada por soluços. – Eu acho que foi ela quem a matou.

Hanna ergueu uma sobrancelha.

– Eu pensei que você tinha dito que foi Melissa.

– E ninguém matou Ali – completou Emily, estreitando os olhos. – Ela está *aqui*.

Mas Aria olhava para Spencer, e uma pequenina ideia se formava em sua mente. Ela pensou naquelas fotos mais uma vez. Poderia ter sido um rosto DiLaurentis, refletido na janela.

– Oh, meu Deus – murmurou ela, lembrando-se do que aquela médium sinistra dissera algumas semanas antes, diante da vala onde o corpo de Ali fora encontrado: *Ali matou Ali*.

Ouviu-se um baque no andar de baixo. Todas se levantaram de um pulo e correram para o canto do quarto, abraçando-se com força.

– O que foi *isso*? – cochichou Hanna.

Houve mais alguns rangidos e batidas, e em seguida, silêncio. Aria ousou olhar ao redor do quarto. Alguém deveria ter aberto as cortinas, porque a luz da lua entrava pela janela, iluminando o chão. Foi aí que ela notou algo que não vira antes. A centímetros da porta havia um envelope branco. Parecia que alguém o empurrara pelo vão havia pouco tempo.

– Hum, meninas? – disse ela, com uma voz estridente, apontando um dedo trêmulo para o envelope.

Todas ficaram olhando, petrificadas demais para se mover. Finalmente, Spencer se aproximou e o apanhou do chão. Seus dedos tremiam. Ela segurou o envelope de frente, para que as outras pudessem ver.

Para: Quatro Vadias
De: A

Emily caiu de joelhos no chão.
— Oh, meu Deus. É Billy. Ele está aqui.
— *Não* é Billy — estourou Spencer.
— Então é Melissa — tentou Emily, freneticamente.
Spencer abriu o envelope. Linhas e mais linhas manuscritas cobriam a página. Enquanto ela lia, seus lábios se contorciam.
— Oh, meu Deus.
Hanna apertou os olhos, tentando ver melhor.
— Isso não pode ser real.
Uma onda fria de certeza fez o estômago de Aria revirar. Havia algo errado. Respirando fundo, ela se aproximou e leu também.

Era uma vez duas lindas meninas chamadas Ali e Courtney. Mas uma delas era louca. E como vocês sabem, por um daqueles golpes mágicos do destino, Ali se transformou em Courtney por algum tempo. Mas o que vocês não sabem é que Courtney se transformou em Ali, também.

Vocês entenderam bem, Lindas Perdedoras... e é tudo por causa de vocês. Lembram-se de quando vocês foram atrás de mim, no meu próprio jardim, para roubar a bandeira da Cápsula do Tempo? E lembram-se daquela menina que atravessou o gramado para falar com vocês? Aquela não era eu.

Como vocês descobriram tão astutamente, Courtney estava em casa, sendo transferida de Radley para a clínica Preserve, naquele final de semana. E, oh, a pobrezinha Courtney biruta não queria ir. Sua vidinha louca estava organizada no Radley... e não queria começar tudo de novo, em um novo hospital.

Se tivesse que começar de novo, seria em Rosewood. E ela realmente começou de novo. Ela deveria ir para o Preserve na mesma manhã em que viu vocês se esgueirando para o meu quintal, e, cara, ela agarrou a chance rapidinho. Um minuto, estávamos brigando; eu estava tão feliz por ela estar indo embora... e no minuto seguinte, ela estava no jardim, fingindo ser eu, falando com vocês como se vocês fossem as melhores amigas dela. Falando sobre a minha bandeira como se ela não a tivesse roubado primeiro e arruinado a minha obra prima com aquele poço dos desejos idiota. Como eu iria saber que todos, a minha mãe, o meu pai, até mesmo o meu irmão, pensariam que era eu lá fora, e Courtney dentro de casa? Como eu iria imaginar que a minha mãe iria me agarrar no corredor, e dizer "Está na hora de ir, Courtney"? Eu disse que era Ali, mas minha mãe não acreditou, e tudo porque Courtney pegara meu anel com a inicial A quando eu não estava olhando. A minha mãe gritou para a menina que estava do lado de fora, a menina que não era Ali, que nós estávamos partindo, e a menina que não era Ali se virou, sorriu e disse "Tchau!".

E lá fomos nós. Courtney conseguiu a minha vida perfeita e eu tive a vida destruída dela em troca. Simples assim.

Ela arruinou tudo. Ela não conseguiu tirar as mãos de cima de Ian Thomas. Quase foi presa por cegar a patricinha da Jenna Cavanaugh. Ela abandonou Naomi e Riley, as duas meninas mais legais da escola. Mas a pior coisa que ela fez no meu lugar foi escolher quatro novas melhores amigas para substituí-las. Meninas que ela sabia que eu não olharia duas vezes, que não tinham nada de especial. Meninas que ela sabia que iriam se apaixonar por ela, desesperadas por uma oportunidade de pertencer ao seu clube exclusivo de amigos. Meninas que a ajudariam a conseguir tudo o que ela queria.

Alguma coisa lhes soa familiar, senhoritas?

Mas não se preocupem. Este pequenino conto de fadas ainda pode ter um final feliz para mim. Eu me certifiquei de que a minha irmãzinha pagasse pelo que ela fez. E agora, vocês também vão pagar.

Tentei queimar vocês. Tentei deixá-las loucas. Tentei fazer com que fossem presas. Até mesmo brinquei com vocês esta semana; surpresa! Eu me atirei nos braços do namorado de Aria. Enviei para a pobre Hanna passes falsos para certo desfile de modas. Deixei que Em acreditasse que haveria um felizes-para-sempre para nós, afinal. Smack! E Spencer... Tenho uma surpresinha para você. Olhe com atenção! Está bem debaixo do seu nariz.

Suponho que tenha de agradecer a Courtney por ter mantido um diário tão meticuloso. Aquilo me ajudou muito, e a Mona também. E tudo nos trouxe a este grande momento. A cortina está prestes a subir, vadias, e o show vai começar. Preparem-se para encontrar o seu Criador. Não vai demorar muito, agora.

Beijos!

A (a verdadeira)

Ninguém disse nada por um longo momento. Aria leu a carta várias vezes, antes de a ficha cair. Ela cambaleou para trás, esbarrando na cômoda desastradamente.

— *Ali* escreveu isso? A nossa Ali?

— Não é a nossa Ali — disse Spencer, em uma voz inexpressiva. — É... a Ali *real*. A nossa Ali era... Courtney. A garota que conhecemos está morta.

— Não. — A voz de Emily estava embargada. — Não é possível. Eu não acredito nisso.

De repente, ouviu-se uma risadinha atrás da porta. Todas ergueram as cabeças. A pele de Aria se arrepiou.

— Ali? — chamou Spencer.

Não houve resposta.

Aria procurou o celular no bolso, mas a tela ainda dizia *Sem serviço*. E também não havia uma linha fixa naquele cômodo. Mesmo que elas abrissem a janela e gritassem, a propriedade era tão remota que ninguém iria ouvir.

Os olhos de Aria se encheram de lágrimas, por causa do odor nauseante que permeava o quarto. De repente, um novo cheiro se fez sentir. Aria levantou a cabeça, franzindo a narina. Emily, Hanna e Spencer arregalaram os olhos. Todas perceberam o que era ao mesmo tempo. E foi então que Aria viu uma fumaça branca saindo dos dutos de ventilação.

— Oh, meu Deus — sussurrou ela, apontando. — Tem alguma coisa pegando fogo.

Aria correu para a porta e girou a maçaneta. Ela se voltou rapidamente para as outras, apavorada. Não havia necessidade de dizer qualquer coisa — todas já sabiam. A porta estava trancada. Elas estavam presas.

30

A VIDA TERMINA COM UM ESTRONDO, NÃO COM UM GEMIDO

O quarto começou a se encher de uma fumaça preta e espessa. O aumento na temperatura era lento, mas estável. Emily forçou a janela, mas ela não cedeu. Ela pensou em quebrar o vidro, mas o quarto ficava nos fundos da casa, que davam para uma encosta íngreme. O pulo iria, no mínimo, quebrar as pernas delas.

Do outro lado do quarto, Spencer, Aria e Hanna empurravam a porta com os ombros, tentando derrubá-la. Quando viram que não cederia, caíram sobre a cama, arfando.

– Nós vamos morrer! – sussurrou Hanna. – Ali está tentando nos matar!

– Não, ela não... – Emily se interrompeu. Ela ia dizer que Ali não iria... Ali não *poderia*. Billy escrevera aquela carta, passando-se por Ali. E se não tivesse sido ele, então fora Melissa. Melissa rira, momentos antes, ridicularizando todas as deduções delas. Melissa matara a irmã de Ali. E se não tivesse sido Melissa, nem Billy, então fora outra pessoa.

Mas não Ali. Nunca Ali.

O ar estava ficando tão denso com a fumaça que era cada vez mais difícil ver alguma coisa. Hanna se inclinou para frente e começou a tossir, e Aria deixou escapar um gemido de tontura. Spencer arrancou o lençol da cama e o colocou no vão da porta para impedir que mais fumaça entrasse no quarto, como aprendera na aula de segurança contra incêndios no sétimo ano.

— Nós provavelmente só temos mais alguns minutos antes que o fogo chegue à porta — disse ela para as outras. — Precisamos pensar em alguma coisa, e rápido.

Emily correu para o canto do quarto, esbarrando na porta do armário. De repente, ouviu um pequeno gemido. Ela ficou imóvel. Todas se viraram, prestando atenção também.

Ali? pensou Emily.

Mas os gemidos vinham de algum lugar bem próximo. Em seguida, houve sons de batidas. Outro gemido. Um grito abafado. Emily se virou para o armário.

— Tem alguém *lá dentro*!

Spencer se aproximou rapidamente e girou a maçaneta. O cheiro vinha em fortes ondas pútridas. Emily se engasgou e cobriu a boca com a barra da camiseta.

— Oh, meu Deus — gritou Spencer. Então, Emily olhou para baixo e gritou mais alto do que já gritara em sua vida. Um corpo apodrecido estava deitado no fundo do armário quase vazio. As pernas estavam dobradas em um ângulo desumano, e a cabeça estava virada para a esquerda, apoiada em uma caixa de sapatos Adidas. A pele estava amarelada e havia uma substância horrível, parecida com cera, no que restava das faces. Os músculos ao redor da boca haviam apodrecido, e se transformado em um buraco. Os lindos cabelos louros se pareciam com uma peruca, e a testa fervilhava de vermes.

Era Ian Thomas.

Emily continuou a gritar e fechou os olhos, mas a imagem parecia gravada no interior de suas pálpebras. Em seguida, algo se moveu, tocando o pé dela. Ela deu um pulo para trás, e tentou fechar a porta do armário.

– Pare! – gritou Spencer. – Emily, espere!

Emily ficou imóvel, choramingando. Spencer passou por ela e puxou outro corpo de dentro do armário, alguém que fora quase esmagado pelo corpo de Ian. Emily arquejou. Era uma garota, e estava amordaçada. *Melissa.* Seus olhos azuis estavam fixos nelas, implorando.

Todas ajudaram a desamarrar as cordas grossas ao redor dos pulsos e tornozelos de Melissa, e a retirar a fita adesiva de sua boca. Melissa imediatamente se dobrou ao meio, e começou a tossir. Lágrimas escorriam por seu rosto. Ela se atirou nos braços de Spencer, chorando, em soluços torturados e aterrorizados.

– Você está bem? – gritou Spencer.

– Ela me sequestrou e me jogou no porta-malas do carro – disse Melissa, ainda tossindo. – Acordei algumas vezes, mas ela me drogava para me fazer dormir. E quando acordei mais uma vez, eu estava... – Ela se interrompeu e seu olhar caiu no armário entreaberto. Seu rosto se contorceu de dor.

Em seguida, Melissa sentiu o cheiro do ar. A fumaça estava entrando no quarto tão rapidamente que uma névoa cinzenta e fina começava a se formar. Melissa começou a tremer.

– Nós vamos todas morrer.

Todas correram para o centro do quarto, e se abraçaram. Emily tremia incontrolavelmente. Ela podia sentir o coração de alguém batendo contra o dela.

—Vai ficar tudo bem — repetiu Spencer, várias vezes, no ouvido de Melissa. — Precisamos achar um jeito de sair daqui.

— Não *existe* jeito! — Os olhos de Melissa estavam cheios de lágrimas. —Você não vê?

— Esperem um minuto. — Aria se levantou. Ela olhou ao redor do quarto atentamente, e franziu a testa. — Eu acho que este é o quarto com a passagem escondida que dá para a cozinha.

— Do que você está falando? — perguntou Hanna.

—Vocês não se lembram? — gritou Aria. — Nós nos escondemos lá para dar um susto em Jason!

Aria foi até a penteadeira e a empurrou para o lado. Para o espanto de Emily, lá estava a pequenina porta, da altura de um golden retriever. Aria puxou o trinco e a abriu, revelando um túnel escuro. Melissa soltou uma exclamação abafada.

—Vamos — disse Spencer, apoiando-se nas mãos e nos joelhos, e se esgueirando pela portinhola. Ela puxou a irmã, em seguida. Aria foi a próxima, e depois Hanna. O estômago de Emily revirou. O túnel cheirava ao corpo apodrecido de Ian.

— Emily! — A voz de Spencer ecoava, soando muito distante. — Depressa!

Emily respirou fundo, encolheu os ombros e entrou. O túnel tinha cerca de três metros de comprimento, e acabava em um pequeno quarto, do tamanho de um armário, que parecia estar fechado havia muitos anos. Havia uma quantidade absurda de poeira, montes de insetos mortos nos cantos, e uma grande mancha de água no teto. Aria tentou girar a maçaneta da porta que levava para a escadaria de madeira, mas ela não cedeu.

— Está emperrada — sussurrou.

— Não pode estar — insistiu Spencer. Ela jogou o ombro contra a porta, em desespero. Emily, Aria e Hanna a ajudaram.

Finalmente, a madeira rachou, e cedeu. Emily emitiu um som de alívio, algo entre um suspiro e um gemido.

Elas desceram as escadas correndo e abriram uma terceira porta. O calor as atingiu, fazendo seus olhos e sua pele arderem. A cozinha estava cheia de fumaça espessa. Emily começou a remexer na bancada da cozinha, tentando se orientar. Ela cambaleou na direção da porta da frente. Uma sombra se moveu à sua esquerda, em meio à névoa sufocante. Alguém estava pregando as janelas, para que não houvesse chance de elas escaparem.

Emily ficou paralisada ao ver os cabelos louros, o rosto em forma de coração, os lábios extremamente beijáveis.

Ali.

Ali se virou e olhou para Emily como se visse um fantasma. O martelo caiu no chão. Seus olhos eram cinzentos e frios, e sua boca estava retorcida, em um meio-sorriso. Um soluço subiu ao peito de Emily. De repente, ela soube que aquela garota escrevera aquela carta... e que o que dizia era verdade. Seu coração se partiu em um milhão de pedacinhos.

Ali se voltou e correu para a porta ao mesmo tempo em que Emily se adiantou, agarrando-lhe o braço e forçando-a a se virar. Os lábios de Ali formaram um O espantado. Emily a segurou com força pelos ombros.

– Como você pôde fazer isso? – ela quis saber.

Ali tentou se desvencilhar, seus olhos faiscando de ódio.

– Eu já contei tudo – rosnou ela. – Vocês, suas vagabundas, arruinaram a minha vida. – Aquela voz nem mesmo se parecia com a de Ali.

– Mas... eu *amava* você – choramingou Emily, seus olhos se enchendo de lágrimas.

Ali soltou uma risadinha perversa.

—Você é uma *tremenda* perdedora, Emily.

Foi como se ela tivesse atravessado o coração de Emily com uma longa lança. Ela apertou os ombros de Ali com força, querendo que ela soubesse o quanto a ferira. *Como você pode dizer isso?* Ela estava prestes a gritar. *Como pode nos odiar tanto?*

Mas em seguida, uma explosão gigantesca encheu o ar, cegando-a momentaneamente. Houve uma luz branca ofuscante, e uma onda de calor. Emily cobriu a cabeça e os olhos, enquanto a força da explosão a erguia do solo. Ela sentiu um estalo e em seguida um baque. Caiu por cima do ombro, e seus dentes batiam.

O mundo ficou branco por um instante. Calmo. Vazio. Quando Emily abriu os olhos novamente, o som, o calor e a dor voltaram de vez. Estava deitada perto da porta da frente e havia uma poça de sangue ao lado de sua boca. Desesperada, procurou a maçaneta. Estava incandescente, mas funcionou. Ela se arrastou para a varanda e depois para o gramado, esticando-se na grama fria e úmida.

Quando Emily abriu os olhos novamente, alguém estava tossindo a seu lado. Spencer e a irmã estavam deitadas na grama, a poucos metros dela. Aria estava ao lado da grande castanheira, deitada de lado. Hanna estava perto da entrada da garagem, tentando lentamente se sentar.

Emily olhou para a grande casa. Saía fumaça por todos os vãos possíveis. Chamas lambiam o telhado. Uma sombra passou na frente da janela da sala de estar. Em seguida, houve um barulho ensurdecedor, e a casa inteira explodiu.

Emily gritou, cobrindo os olhos, e se encolheu em posição fetal. *Conte até cem*, ela disse a si mesma. *Finja que você está na-*

dando, dando voltas na piscina. Fique de olhos fechados até que tudo isso termine.

O ar estava quente e sujo, e o som era mais alto que o de mil aviões decolando. Algumas faíscas caíram sobre os ombros de Emily, como brasas sobre sua pele.

As explosões continuaram por mais alguns segundos. Quando diminuíram, Emily abriu os dedos e espiou por entre as mãos. A casa não passava de uma gigantesca montanha de fogo.

— Ali — sussurrou ela, mas a palavra foi imediatamente abafada pelo barulho da chaminé desabando. Ali ainda estava lá dentro.

31

PONTAS SOLTAS

Spencer estava deitada na grama a uma distância segura da casa, tossindo. Melissa estava desmaiada ao seu lado. A estrutura queimava rapidamente, um inferno amarelo e laranja. De vez em quando, uma explosão fazia uma chuva de faíscas cortarem o céu. O andar de cima, onde elas estavam presas havia tão pouco tempo, não era nada além de uma carcaça frágil, tomada pelas chamas.

As outras meninas se aproximaram.

– Estão todas bem? – gritou Spencer. Emily assentiu. Hanna tossiu um "sim". Aria tinha o rosto enterrado nas mãos, mas disse fracamente que estava bem. Um vento forte soprava em seus rostos. Estava pesado, com o cheiro de madeira queimada e cadáveres.

– Não consigo tirar aquela carta da minha cabeça – disse Emily, em um tom monótono, tremendo sob o suéter fino. – Ali estava tão furiosa com a irmã por ter trocado de lugar com ela e por tê-la feito ir para o hospital que a *matou*.

– É – disse Spencer, rolando no solo duro.

— Ian não teve nada a ver com o crime. E nem Billy. Ali só precisava de um bode expiatório. E depois, iria nos matar. — Era como se Emily precisasse dizer tudo aquilo em voz alta, para convencer a si mesma de que realmente acontecera.

— Foi Courtney quem veio falar conosco quando tentamos roubar a bandeira da Cápsula do Tempo. Era o único modo de fazer seus pais pensarem que ela era a gêmea sã... — disse Aria, igualmente incrédula, limpando a fuligem do rosto.

— E Courtney nos escolheu no bazar de caridade porque ela *teve* de nos escolher. Ela não podia mais ser amiga de Naomi e Riley. Não as conhecia, conhecia apenas a nós.

— Naomi e Riley me disseram que Ali as abandonou sem motivo nenhum — suspirou Hanna.

Spencer abraçou os joelhos. Outra faísca voou pelo ar. Um esquilo assustado desceu por uma árvore próxima e atravessou o gramado correndo.

— Quando Ian foi até a minha casa, ele me disse que estava prestes a descobrir um segredo que viraria Rosewood de cabeça para baixo. Ele deve ter adivinhado que Courtney estava em casa naquele final de semana.

— E Ali deveria saber que imaginaríamos que Jason ou Wilden teriam começado aquele incêndio — gemeu Hanna. — Mas as coisas não aconteceram como ela planejara, e ela se feriu. Em seguida, telefonou para Wilden, e ele a tirou dali, pensando que estava seguindo as ordens de seus pais, para ficar escondida. E ela acabou nos fazendo parecer ainda mais loucas.

— E eu acho que foi Ali quem colocou aquelas fotos no laptop de Billy — continuou Spencer, encolhendo-se, enquanto outra coisa dentro da casa estalava e explodia. Ela olhou para Melissa, que escondia o rosto nas mãos, soluçando baixinho. —

Também foi ela quem chamou os policiais e fez a denúncia, dizendo que Billy matara Jenna.

— Mas foi *ela* quem matou Jenna! — disse Aria.

Todas ficaram em silêncio. Spencer fechou os olhos, tentando imaginar Ali tirando a linda, tímida e *cega* Jenna Cavanaugh de casa, e atirando-a naquela vala. Era horrível demais para imaginar.

— Lembram-se daquela foto que A mandou para Emily, de Ali, Courtney e Jenna juntas? — perguntou Spencer, depois de um momento. — Jenna era a única pessoa, além da família de Ali e Wilden, que sabia que havia gêmeas. Talvez Jenna tenha suspeitado da primeira troca. Ela conheceu Courtney no final de semana em que aconteceu. — Ela inclinou a cabeça. — Mas por que Ali nos mandaria aquela foto, se não queria que soubéssemos o que Jenna sabia?

— Porque podia — respondeu Hanna. — Talvez ela estivesse apostando que Jenna jamais diria nada. E aí, quando *pareceu* que Jenna poderia contar, ela... — Ela se interrompeu, escondendo o rosto nas mãos. — Vocês sabem.

Melissa ergueu a cabeça, com um gemido. Seu rosto estava coberto de cinzas e poeira. Havia um corte em seu ombro, e marcas das cordas em seus pulsos e tornozelos. Ela cheirava ao corpo apodrecido de Ian. O estômago de Spencer se revirou.

Spencer estendeu a mão para limpar as cinzas dos cabelos da irmã. Seus olhos se encheram de lágrimas. Ela não podia acreditar no quanto estivera errada a respeito de Melissa. O quanto *todas* estiveram erradas.

— Por que Ali queria machucar você?

Melissa se sentou, protegendo os olhos das chamas com as mãos. Ela tossiu e limpou a garganta.

– Quando Jason me falou sobre as gêmeas, anos atrás, ele disse que Ali e Courtney não tinham nenhum contato, que se odiavam. – Ela esticou o pescoço e rolou os ombros. – Então, quando você me contou que Courtney disse que Ali contara muitas coisas sobre vocês, fiquei desconfiada.

Houve um estalo alto dentro da casa, e as meninas se viraram instintivamente. Parte do segundo andar foi ao chão com um estrondo.

– Falei com Wilden – disse Melissa, apesar do ruído. – Ele disse que todos estavam um pouco preocupados com Courtney quando ela voltou para casa do hospital, especialmente depois que vocês disseram ter visto o corpo de Ian. Jason imaginou que Courtney tivesse matado Ian por vingança, porque ele teria matado Ali.

– E ela realmente o matou. – Aria desenhava na fuligem com um galho de árvore. – Mas não por vingança.

As grandes janelas de vidro do terraço dos DiLaurentis estalaram e se estilhaçaram. Pedaços de vidro choveram sobre o gramado, e as meninas cobriram a cabeça.

– Mas Courtney tinha um álibi para aquela noite – continuou Melissa, afastando uma mecha de cabelos manchada de sangue da testa. – E foi quando surgiu Billy e de repente tudo pareceu fazer sentido.

Aria se aconchegou a Hanna.

– Mas quando Courtney apareceu – disse Melissa, puxando as mangas de seu suéter de cashmere imundo sobre as mãos –, eu não conseguia parar de pensar sobre todas as inconsistências no caso de Billy.

O fogo crepitou por alguns minutos. Alguma coisa desabou atrás da casa. Emily se encolheu, e Spencer segurou sua mão.

— Eu segui Courtney... Ali... muitas vezes — admitiu Melissa. — Foi só depois que eu fui até a clínica Preserve que tive certeza do que tinha acontecido.

O queixo de Spencer caiu. O panfleto sobre o Preserve que ela vira no quarto de Melissa... A consulta com o terapeuta...

— Então, foi por *isso* que você foi até lá?

Uma chuva de faíscas explodiu do telhado da casa, cortando o ar.

— Falei com a antiga colega de quarto de Ali, Iris — disse Melissa. — E ela sabia de tudo, até mesmo que você seria colega de quarto dela, Hanna.

— Oh, Deus — gemeu Hanna, seus ombros descaindo.

Spencer colocou as mãos sobre a cabeça. Elas haviam ignorado tantas pistas. Ali armara uma cilada genial... e elas caíram direitinho nela. Ela olhou para a irmã.

— Por que você não me contou tudo isso sobre o Preserve antes?

— Eu só fui até lá esta manhã. — Um vapor branco saía dos lábios de Melissa. Estava ficando cada vez mais frio. — Logo em seguida fui para a delegacia, mas alguém me atacou no estacionamento. Quando acordei, estava no porta-malas, e reconheci a voz de Ali.

Spencer observou, atordoada, enquanto o velho balanço de madeira atrás da casa pegava fogo. Ali deveria ter atacado Melissa depois que fora à casa de Spencer para se arrumar para o baile. Ela nunca deveria ter dito a Ali que Melissa lhe avisara para manter distância...

Em seguida, outro pensamento lhe ocorreu.

— Você disse que Ali a atirou no porta-malas do carro?

Melissa assentiu, tirando uma folha queimada dos cabelos louros.

—Você estava lá o tempo todo, no caminho para cá — disse Spencer, a coluna apoiada no tronco da árvore. — Você estava conosco o tempo todo.

— Eu sabia que tinha ouvido alguma coisa — sussurrou Aria.

Elas ficaram em silêncio por alguns momentos, observando a casa, entorpecidas. O fogo crepitava e sibilava. Ao longe, outro som se ouviu. Parecia uma sirene.

Melissa lutou para se levantar, ainda apoiada na grande árvore.

— Posso ver a carta que ela escreveu para vocês?

Spencer colocou as mãos nos bolsos do suéter, procurando pela carta, mas os bolsos estavam vazios. Ela olhou para Emily.

— Está com você?

Emily sacudiu a cabeça. Aria e Hanna pareciam confusas, também. Todas se viraram para a casa em ruínas. Se a carta escapara das mãos de Spencer, não passava de cinzas agora.

Naquele momento, um caminhão de bombeiros estacionou no gramado, a sirene uivando. Três bombeiros saltaram do veículo e começaram a desenrolar as mangueiras. Um quarto bombeiro correu na direção das meninas.

— Vocês estão bem? — Ele imediatamente pegou o rádio e chamou uma ambulância e a polícia. — Como foi que isto aconteceu?

Spencer olhou para as outras.

— Alguém tentou nos matar — disse ela, irrompendo em lágrimas.

— Spence — disse Emily, tocando no ombro de Spencer.

— Está tudo bem — consolou-a Aria. Hanna a abraçou também, e Melissa fez o mesmo em seguida.

Mas Spencer não conseguia parar de chorar. Como elas poderiam não ter suspeitado que Ali estava por trás de tudo aquilo?

Como ela pôde ter sido tão cega? Ali dissera muitas coisas certas, também; exatamente o que todas elas queriam ouvir. *Eu senti saudade de vocês. Sinto muito. Quero que as coisas sejam diferentes.* Ela dissera a Spencer: *você é a irmã que eu sempre quis ter.* Spencer era como massinha de modelar em suas mãos. Todas elas eram... e todas quase haviam morrido por causa disso.

O bombeiro colocou o rádio de volta no bolso, e as meninas se separaram.

— A ambulância está a caminho — disse ele, e fez um gesto para que as meninas o seguissem.

Enquanto elas atravessavam o gramado, afastando-se da casa, Spencer cutucou o braço da irmã.

— Você *tinha* que descobrir tudo isso antes de mim, não é? — provocou ela, enxugando as lágrimas. Era bem típico de Melissa, superá-la até mesmo *naquilo*.

Melissa corou.

— Eu só estou feliz por você estar bem.

— E eu, feliz por *você* estar bem — respondeu Spencer.

A casa em chamas brilhava ao longe. Camas, cadeiras e armários desabaram no térreo, levantando línguas de fogo. Emily olhou para o fogo, como se estivesse procurando por algo. Spencer tocou seu braço.

— Você está bem?

Emily mordeu o lábio, e olhou para o bombeiro.

— Havia alguém dentro da casa, quando explodiu. Existe alguma chance de ela...?

O bombeiro olhou para as ruínas da casa e coçou o queixo, sacudindo a cabeça gravemente.

— Ninguém poderia ter sobrevivido àquele incêndio. Sinto muito, meninas, mas ela se foi.

32

HANNA MARIN, REALMENTE FABULOSA

— Aqui estão. — Hanna colocou uma bandeja de papelão com quatro copos de café quente na mesa. — Um cappuccino desnatado, um *latte*, e um café com leite de soja.

— Beleza — disse Aria, apanhando um pacotinho de açúcar. Ela o abriu com as unhas recém-pintadas de amarelo neon. Aria vivia dizendo para Hanna e as outras que amarelo neon era a cor mais quente na Europa, mas nenhuma delas tinha coragem o suficiente para experimentar por enquanto.

— Até que enfim! — resmungou Spencer, tomando um grande gole de seu cappuccino. Ela andara estudando para uma importante prova de economia a semana inteira, e passara a noite anterior em claro.

— Obrigada, Hanna. — Emily ajeitou sua blusa preguead da Free People. Hanna *finalmente* a convencera de parar de usar camisetas de natação por baixo do blazer de Rosewood Day.

Hanna se sentou e olhou em volta da mesa, para as pilhas de livros e anotações de Spencer, o iPod de Aria, provavelmente cheio de álbuns de bandas escandinavas obscuras, e o livro de quiromancia de Emily, que prometera ensinar a todas como ler mãos. Era como nos velhos tempos... só que muito melhor.

Um noticiário começou a passar na televisão de plasma na parede da cafeteria da escola. Um repórter familiar estava parado na frente de uma pilha de escombros ainda mais familiar. A POLÍCIA AINDA FAZ BUSCAS NAS RUÍNAS DA CASA DOS DILAURENTIS, dizia a legenda. Hanna tocou no braço de Aria.

— Os bombeiros ainda estão examinando os escombros da casa incendiada que pertencia a família de Alison DiLaurentis, procurando os restos mortais da *verdadeira* Alison — o repórter louro tentava fazer-se ouvir por sobre o barulho das máquinas pesadas. — Mas segundo eles, pode levar semanas antes que se tenha certeza absoluta de que Alison morreu no incêndio.

O bombeiro que as resgatara na noite do incêndio apareceu na tela.

— Estive lá momentos depois de a casa explodir — disse ele. — É bem possível que o corpo de Alison tenha sido incinerado instantaneamente.

— Como sempre, a família DiLaurentis não fez nenhum comentário — completou o repórter.

A transmissão foi encerrada, dando lugar a um comercial do *All That Jazz*, um restaurante inspirado no musical da Broadway, no shopping King James. Hanna e suas amigas beberam o café em silêncio, olhando para o gramado. A neve finalmente derretera, e alguns narcisos já haviam brotado nos jardins perto do mastro da bandeira.

Cinco semanas haviam se passado desde que Ali quase as matara. Logo depois que elas voltaram de Poconos, Wilden e os outros detetives do Departamento de Polícia de Rosewood abriram uma investigação oficial sobre Ali. O castelo de cartas que ela montara desabara ridiculamente rápido: a polícia encontrara cópias das mensagens de A para as meninas em um celular escondido sob o deque da nova casa dos DiLaurentis, e também descobriram que o laptop encontrado no caminhão de Billy fora adulterado. Eles analisaram as fotos que Aria encontrara na floresta e determinaram que o reflexo nas janelas era de uma das irmãs DiLaurentis. Ainda não estava claro por que Ali tirara as fotos, apenas que ela estava obcecada com a vida que sua irmã lhe roubara. Mas ela provavelmente enterrara as fotos pouco depois de ter empurrado sua irmã na vala, para se livrar das provas.

Houve alguns boatos sobre prender a família DiLaurentis, acusando-os de serem cúmplices dos crimes de Ali, mas o sr. e a sra. DiLaurentis, e até mesmo Jason, abandonaram a cidade sem deixar rastros. Hanna tomou outro gole de café, deixando o líquido quente passear sobre sua língua. Teriam eles suspeitado, desde o início, que uma irmã matara a outra? Seria por isso que eles a haviam mandado de volta ao hospital psiquiátrico tão rápido, depois que a menina que todos pensavam que fosse Ali desaparecera? Ou teriam o sr. e a sra. DiLaurentis desaparecido simplesmente por causa da vergonha e do horror, por sua linda e perfeita filha ter cometido todas aquelas barbaridades?

Quanto a Hanna e as outras, o período imediatamente após o caso Ali fora totalmente insano. Repórteres batiam em suas portas todas as horas do dia e da noite. As meninas viajaram para Nova York, para uma entrevista no programa *Today*, e fizeram uma sessão de fotos para a revista *People*. Elas compareceram a um concerto de gala, cheio de celebridades, patrocinado pela Orquestra da Filadélfia, para levantar dinheiro para a Fundação de treinamento de cães-guia de Jenna e para uma bolsa de estudos a ser conferida em nome de Ian Thomas. Mas as coisas haviam começado a se acalmar, e a vida quase retornara ao normal.

Hanna tentava não pensar no que acontecera com Ali, mas era como pedir a ela para passar um dia inteiro sem contar calorias: inútil. Durante todo aquele tempo, Hanna pensara que Ali a escolhera porque vira algo especial nela, que simplesmente precisava ser desenvolvido e encorajado. Mas ela se tornara amiga de Hanna por razões totalmente opostas. Hanna *não* era especial. Ela era uma piada.

Fora tudo um plano de vingança. O único consolo era que Ali fizera aquilo a *todas* elas, e não somente a Hanna. E agora que ela sabia que as duas irmãs eram loucas, será que ela ia mesmo querer ser escolhida por uma delas?

Aria virou tanto o copo de café que Hanna pôde ver a marca do papel reciclado no fundo.

— E aí, quando é que a companhia de mudanças chega?

Hanna se endireitou.

— Amanhã.

— Você deve estar superanimada. — Spencer prendeu os cabelos em um rabo de cavalo frouxo.

— Você nem imagina.

Aquela era a outra grande notícia: alguns dias depois que Ali quase as matara, Hanna recebera um telefonema enquanto estava estirada na cama assistindo *Oprah*.

— Estou no aeroporto da Filadélfia! — gritara sua mãe, do outro lado da linha. — Vejo você em uma hora!

— O *quê*? — guinchara Hanna, assustando Dot, que pulou de sua caminha de cachorro da Burberry. — Por quê?

A sra. Marin pedira uma transferência, de volta para o escritório da agência de publicidade na Filadélfia.

— Desde que você me telefonou contando sobre aqueles passes para o desfile de moda, ando preocupada com você — explicara ela. — Então, conversei com seu pai. Por que você não me contou que ele a mandou para um *hospital psiquiátrico*, Hanna?

Hanna não soubera como responder. Aquilo não era exatamente algo que ela pudesse escrever em um e-mail ou no verso de um cartão postal dizendo *Lembrança de Rosewood*. E, de qualquer modo, ela imaginava que sua mãe já soubesse. Eles não liam a *People* em Cingapura?

— É absolutamente deplorável! — continuara a sra. Marin, furiosa. — O que ele estava pensando? Ou talvez ele não estivesse pensando. Ele só se importa com aquela *mulher* e com a filha dela.

Hanna fungou um pouco, e por alguns momentos, só se ouviu estática na linha. A sra. Marin dissera:

— Estou me mudando de volta para os Estados Unidos, mas as coisas precisam ser diferentes. Nada de regras relapsas. E eu não vou mais fingir que não estou vendo as coisas. Você precisa ter um horário certo para voltar para casa, precisa ter limites, e nós precisamos conversar mais sobre tudo. Por exemplo, se alguém tenta internar você em um hospício ou se uma amiga louca tenta matá-la. Certo?

Um nó se formara em sua garganta.

— Certo.

Pela primeira vez na vida, sua mãe lhe dissera exatamente o que ela precisava ouvir.

Depois daquilo, tudo acontecera muito rápido. Houvera brigas, discussões e choros — da parte de Kate e de Isabel —, mas a mãe de Hanna continuara firme. Ela iria ficar, Hanna iria ficar, e Tom, Isabel e Kate precisariam partir. A busca por uma casa começara naquele final de semana, mas aparentemente Kate estava bancando a diva e recusava todas as propriedades que eles visitavam. Como o processo estava demorando muito, eles teriam que se mudar para uma casa em East Hollis, o bairro mais hippie de Rosewood, enquanto continuavam a procurar.

Uma cabeça loura chamou a atenção de Hanna, do outro lado da cafeteria. Naomi, Riley e Kate entraram, acomodaram-se em uma das mesas perto da porta, e deram sorrisinhos maliciosos para Hanna. *Perdedora*, sussurrou Naomi. *Vadia*, continuou Riley. Não que Hanna realmente se importasse. Mais de um mês se passara desde que Hanna perdera seu status de líder do grupo e todas as coisas que ela mais temera não haviam acontecido. Não recuperara repentinamente o peso que perdera; não brotaram espinhas do tamanho de vulcões em seu rosto; não acordara de manhã e percebera que seus dentes estavam tortos. Na verdade, ela perdera alguns quilos, não sentindo mais a necessidade de comer compulsivamente a cada vez que outra garota lhe roubava um pouco do poder. Sua pele estava radiante e seus cabelos brilhavam. Os meninos das outras escolas ainda olhavam para ela no Rive Gauche, e Sasha, a vendedora da Otter, ainda guardava roupas para ela. Por mais idiota que parecesse, Hanna começara a se perguntar se era realmente a popularidade que a tornava verdadeiramente bonita, e não algo muito mais profundo. Talvez ela fosse *mesmo* a fabulosa Hanna Marin, afinal de contas.

O sinal tocou, marcando o final do dia de aulas, e todos saíram de suas salas. O estômago de Hanna se contraiu quando ela notou um garoto alto, de cabelos negros, caminhando sozinho na direção da sala de artes. Mike.

Ela rodou o copo meio vazio de café nas mãos, se levantou e atravessou a cafeteria.

—Vai conversar com o psicólogo escolar, Maluca? – provocou Kate, quando ela passou.

Mike observou Hanna se aproximar. Seus cabelos negros estavam em desalinho, e havia um sorriso fofo, tímido em seu rosto. Antes que ele pudesse dizer uma palavra, Hanna caminhou diretamente para ele e beijou-o na boca. Ela o tomou nos braços e ele rapidamente fez o mesmo. Alguém soltou um assobio alto.

Hanna e Mike se afastaram, respirando com dificuldade. Mike olhou nos olhos dela.

– Hããã... oi!

– Oi, você – sussurrou Hanna.

No dia em que Hanna voltara a Rosewood de Poconos, fora diretamente para a casa dos Montgomery, e implorara a Mike que a aceitasse de volta.

Felizmente, Mike perdoara Hanna por abandoná-lo, embora tivesse completado:

–Você vai ter que me compensar. Acho que mereço alguns *strip-teases*, certo?

Ela se inclinou para beijar Mike novamente, quando o celular tocou no bolso dele.

– Não saia daí – disse ele, atendendo a ligação sem dizer alô.

– Tudo bem – disse ele, duas ou três vezes. Quando desligou, seu rosto estava pálido.

– O que foi? – perguntou Hanna.

Mike olhou para Aria, do outro lado da cafeteria.

– Era o papai – ele gritou para ela. – Meredith está em trabalho de parto.

33

ARIA MONTGOMERY, TÍPICA ESQUISITONA DE ROSEWOOD

Aria implorara para as amigas irem com ela ao hospital Memorial Rosewood e agora as meninas e Mike estavam sentados na sala de espera da ala da maternidade. Uma hora se passara desde que chegaram as últimas notícias, e elas já tinham lido a pilha inteira de *Glamour*, *Vogue*, *Car & Driver* e *Good Housekeeping* na sala e feito o download de uma centena de aplicativos para o iPhone. Byron estava na sala de parto, operando no modo eu-vou-ser-pai-outra-vez. Era mais que bizarro ver seu pai tão animado a respeito do nascimento. Pelo que se sabia, quando Aria e Mike nasceram, Byron desmaiara ao primeiro sinal de sangue e tivera que passar o resto da noite na sala de emergência, tomando soro intravenoso para controlar a pressão sanguínea.

Aria olhava fixamente para uma pintura de uma paisagem de deserto, do outro lado da sala. Ela deu um suspiro.

— Você está bem? — perguntou Emily.

— Estou — respondeu Aria. — Mas acho que meu traseiro está dormente.

Emily dirigiu a Aria um olhar preocupado. Mas Aria estava certa de que *estava* bem, e de que aceitava bem tudo aquilo, por menos convencional que fosse. Um dia depois que Ali tentara matá-las, Aria recebera uma ligação de sua mãe no celular. Ella estava em lágrimas, arrasada porque algo terrível quase acontecera a Aria.

Aria admitira o motivo de ter se afastado, que queria dar a Ella uma chance de ser feliz com Xavier. Ella ficara furiosa e gritara:

– Aquele canalha! Aria, você deveria ter me *contado* imediatamente!

Ella rompera com Xavier prontamente, e as coisas entre Aria e a mãe começaram lentamente a voltar ao normal. Agora, Aria voltara a passar metade do tempo na casa da mãe, e a outra metade com Byron e Meredith. Aria e Ella haviam até mesmo conversado um pouco sobre a chegada iminente do bebê. Embora Ella parecesse um pouco triste a respeito, também dissera a Aria que a vida era assim mesmo.

– A maioria das coisas não acontece do jeito que a gente quer – disse ela.

Disso Aria sabia muito bem. A única coisa, praticamente, que ela aprendera com a experiência com Ali fora que algumas coisas eram boas demais para ser verdade.

Inclusive a própria Ali.

Byron atravessou correndo a porta da sala de espera. Ele vestia um jaleco azul, máscara e uma daquelas toucas antigermes esquisitas.

– É uma menina! – disse ele, sem fôlego.

Todos se levantaram de um pulo.

– Podemos vê-la? – perguntou Aria, pendurando a bolsa de pele de iaque no ombro. Byron assentiu, e os guiou pelo corredor silencioso até chegarem a um quarto com uma grande janela. Meredith estava sentada na cama. Seus cabelos estavam grudados em sua cabeça, mas sua pele brilhava. Em seus braços, havia um pacotinho cor-de-rosa.

Aria entrou no quarto e olhou para a criaturinha. Os olhos da menininha eram pequenas linhas, seu nariz não passava de um botão, e ela usava um afetado gorrinho cor-de-rosa. Eca. Aria definitivamente teria que tricotar algo mais bonitinho para ela.

— Você quer segurar a sua irmã? – perguntou Meredith.

Irmã.

Aria se aproximou, hesitante. Meredith sorriu e colocou a recém-nascida nos braços de Aria. Ela estava quente, e cheirava a talco.

— Ela é linda – sussurrou Aria. Atrás dela, Hanna suspirou de prazer. Spencer e Emily soltavam murmúrios ternos. Mike parecia atordoado.

— Como vocês vão chamá-la? – perguntou Aria.

— Ainda não decidimos. – Meredith torceu os lábios timidamente. – Pensamos que você gostaria de nos ajudar a escolher.

— Sério? – perguntou Aria, comovida. Meredith assentiu.

Uma enfermeira bateu na porta.

— Como estamos indo?

Aria entregou a menina para a enfermeira, que pressionou um estetoscópio no peito diminuto do bebê.

— Acho que deveríamos ir embora – disse Spencer, dando um abraço em Aria. Hanna e Emily se juntaram a elas, também. Elas costumavam dar abraços coletivos como aquele no sexto e no sétimo anos, especialmente depois que algo importante acontecia. Claro que costumava haver uma quinta menina naqueles abraços, mas Aria decidiu não ficar pensando em Ali. Ela não queria estragar o momento.

Depois que suas amigas desapareceram pelas portas duplas, Mike de mãos dadas com Hanna, Aria voltou para a sala de espera e se atirou no sofá, perto da televisão. Previsivelmente, o noticiário continuava a comentar que o corpo de Ali ainda não fora encontrado entre as ruínas da casa em Poconos. Um repórter entrevistava uma mulher de pele horrorosa do Kansas, que começara uma página no Facebook afirmando que Ali ainda estava viva.

– Vocês não acham estranho que os bombeiros não tenham encontrado nem sequer *um* dos dentes ou dos ossos dela, depois do incêndio? – tagarelou a mulher, os olhos arregalados e dementes. – Alison está viva. Podem escrever o que eu digo.

Aria apanhou o controle remoto para mudar de canal. Não havia nenhuma possibilidade de Ali ainda estar por aí. Ela fora destruída junto com a casa, e ponto final.

– Aria? – chamou uma voz.

Aria ergueu os olhos.

– Oh! – ela disse baixinho, levantando-se. Seu coração começou a martelar. – O-oi.

Noel Kahn estava parado na porta, vestindo uma camiseta preta desbotada, e jeans que lhe caíam superbem. Aria podia sentir o cheiro da pele dele do outro lado da sala, uma mistura de sabonete e especiarias. Eles mal haviam se falado desde o Baile do Dia dos Namorados, e Aria imaginara que as coisas entre eles estivessem arruinadas para sempre.

Noel atravessou a sala e se sentou em uma das cadeiras desconfortáveis.

– Mike me mandou uma mensagem sobre a sua irmã. Parabéns.

— Obrigada — respondeu Aria. Seus músculos pareciam paralisados, como barro depois de passar pelo forno.

Um grupo de médicos usando jalecos azuis passou pela sala de espera, os estetoscópios balançando contra seus peitos. Noel enfiou o dedo em um pequeno furo no joelho dos jeans.

— Não sei se isso faz diferença, mas eu não beijei Courtney. *Ali*. Quem quer que ela fosse. Ela me beijou.

Aria assentiu, e um nó se formou em sua garganta. Logo que Ali deixara seus motivos claros, o que acontecera ficara dolorosamente óbvio. Ali estivera desesperada para levar Aria para Poconos, não porque queria ser amiga dela, mas porque queria todas as meninas juntas, para poder matá-las todas de uma vez.

— Eu sei — respondeu Aria, olhando para a caixa de brinquedos no canto da sala de espera. Estava repleta de livros cheios de orelhas, bonecas feiosas com cabelo de palha e peças de Lego misturadas. — Realmente sinto muito. Devia ter acreditado em você.

— Senti sua falta — disse Noel, baixinho.

Aria ousou erguer os olhos.

— Eu também senti a sua.

Lentamente, Noel se levantou de sua cadeira e sentou-se ao lado dela.

— Só para você saber, você é a pessoa mais linda e mais interessante que eu já conheci. E eu sempre pensei isso, mesmo no sétimo ano.

— Seu mentiroso. — Aria deu um meio-sorriso.

— Eu nunca mentiria sobre uma coisa dessas — disse Noel, gravemente.

Em seguida, ele se inclinou para frente e a beijou.

34

A BELA E IMPERFEITA VIDA DE SPENCER HASTINGS

Andrew Campbell foi com seu Mini Cooper buscar Spencer no hospital, e a levou para casa. O noticiário da estação KYW estava repetindo a reportagem sobre como a polícia ainda não encontrara nenhum vestígio do corpo de Ali em meio aos escombros.

Spencer pressionou a testa contra a janela e fechou os olhos.

Andrew estacionou na frente da casa de Spencer e puxou o freio de mão.

— Você está bem?

— Preciso de um minuto — murmurou ela.

À primeira vista, sua rua era resplandecente e pitoresca; todas as casas grandes e impressionantes, todos os jardins bem-cuidados e cercados, e todas as calçadas perfeitas. Mas se Spencer olhasse com cuidado, as imperfeições eram óbvias. A casa dos Cavanaugh estava fechada e apagada desde a morte de Jenna, e havia uma placa de À VENDA no gramado da frente. O carvalho onde ficara a casa da árvore de Toby era agora um tronco apodrecido. A vala onde o corpo de Jenna fora encontrado estava cheia de terra negra e espessa. O memorial de Jenna continuava na esquina, tão grande que ocupava agora uma parte da calçada e do jardim do vizinho. O memorial de Ali, por outro lado, fora desmontado. Spencer não fazia ideia do que acontecera com todas as fotografias, bichinhos de pelúcia e velas: tudo desaparecera da noite para o dia. Ninguém mais queria homenagear Alison DiLaurentis. Ela não era mais a queridinha de Rosewood.

Spencer olhou para a grande casa vitoriana na esquina do beco sem saída.

– Você é Spencer, não é? – Ali perguntara a Spencer, no dia em que ela invadira o quintal dos DiLaurentis para roubar a peça de Ali para a Cápsula do Tempo. Spencer pensara que Ali estava apenas fingindo não saber quem ela era... mas ela realmente *não* fazia ideia. Ela precisara aprender tudo sobre a vida da irmã, e rápido.

Spencer também podia ver o celeiro dilapidado atrás de sua casa, arruinado para sempre pelo incêndio que Ali provocara. *Eu tentei queimar vocês. Tentei fazer com que fossem presas. E agora, aqui estamos nós.* Na noite em que Ali desaparecera, quando Spencer e Ali tiveram aquela briga terrível, a Ali que ela conhecera deixara com pressa o celeiro, provavelmente a caminho de seu encontro com Ian. A Ali verdadeira, aquela cuja vida fora roubada, estava esperando por ela.

Eu vi duas louras na floresta, Ian dissera a Spencer no quintal, antes de seu julgamento. Spencer vira as duas louras, também. Primeiro, ela imaginara que era Ian ou talvez Jason, ou Billy, mas no final, eram as duas irmãs idênticas. Claro que a Ali verdadeira sabia quando a vala seria fechada com concreto; ela provavelmente ouvira seus pais conversando sobre aquilo quando eles buscá-la no hospital naquele fim de semana. Ela sabia o quão profunda seria a vala, também, e a força com que teria que empurrar a irmã para matá-la. Ali provavelmente pensara que depois que tudo estivesse terminado, poderia voltar para casa e recomeçar sua vida. Só que não foi o que aconteceu.

Spencer ainda tinha pesadelos sobre aqueles últimos momentos em Poconos, antes de a casa pegar fogo. Em um minuto, Ali e Emily brigavam perto da porta, e no minuto seguinte, a casa virara uma bola de fogo... e Ali se fora. Teria ela sido atirada para outro cômodo? Teriam elas, sem saber, passado por cima de seu corpo enquanto tentavam fugir? Spencer vira os doidos nos noticiários que afirmavam que Ali ainda estava viva.

— Faz todo o sentido — dissera um homem de cabelos desgrenhados a Larry King na semana anterior. — A família DiLaurentis *desapareceu*. Eles obviamente se encontraram com a filha e foram se esconder em outro país.

Mas Spencer não acreditava naquilo. Ali fora destruída para sempre, junto com a casa, o corpo de Ian e sua carta aterrorizante. Fim. Acabado. Ponto final.

Spencer se virou para Andrew, soltando o fôlego que prendera.

— É tudo tão... triste. — Ela fez um gesto indicando sua rua. — Eu costumava adorar morar aqui. Pensava que era o lugar perfeito. Mas agora, está... arruinado. Existem tantas lembranças terríveis aqui.

— Vamos ter que criar boas lembranças para substituir as ruins — assegurou Andrew. Mas Spencer não parecia convencida de que isso era possível.

Houve uma batida na janela, e Spencer deu um pulo. Melissa colocou a cabeça para dentro.

— Oi, Spence. Você poderia entrar?

Havia uma expressão no rosto dela que fez Spencer pensar que algo acontecera, e seu estômago se revirou de preocupação. Andrew se inclinou e a beijou na testa.

– Ligue para mim mais tarde.

Spencer seguiu Melissa pelo gramado, admirando o suéter de *cashmere* vermelho da irmã, com gola em V, e seus jeans pretos justos. Ela ajudara Melissa a escolhê-los na Otter; Melissa finalmente escutara Spencer, que lhe dissera que ela se vestia como um clone da mãe delas. Aquela era uma das poucas coisas boas que resultara de todo aquele pesadelo: Spencer e Melissa finalmente se davam bem de verdade. Não havia mais competição, nem comentários desagradáveis. Sobreviver ao fogo e escapar da meia-irmã colocara tudo em perspectiva. Até aquele momento, pelo menos.

A casa cheirava a molho de tomate e alho, um aroma reconfortante. Pela primeira vez em dois meses, a sala de estar estava impecável, o chão parecia encerado, e nenhuma das pinturas a óleo nos corredores parecia torta. Quando Spencer se aproximou da sala de jantar, viu que a mesa estava posta. Água mineral Perrier borbulhava em copos de cristal e uma garrafa de vinho estava gelando em um balde no carrinho de bebidas.

– O que está acontecendo? – murmurou Spencer, desconfiada. Dificilmente sua mãe estaria recebendo visitas.

– Spence?

O sr. Hastings apareceu à porta da cozinha, vestindo um terno escuro, de trabalho. Spencer mal o vira, desde a noite em que denunciara o caso. Surpreendentemente, a sra. Hastings apareceu atrás dele, com um sorriso cansado, mas feliz no rosto.

– O jantar está pronto – disse ela alegremente, tirando uma luva de forno da mão direita.

— T-tudo bem — gaguejou Spencer. Ela entrou na sala de jantar, ainda olhando para eles. Eles iriam mesmo fingir que nada acontecera? Seriam capazes de varrer tudo para debaixo do tapete? E será que Spencer queria que eles o fizessem?

O sr. Hastings serviu para Spencer dois dedinhos de vinho, e deu a Melissa uma dose normal. Ele se mantinha ocupado, ajudando a mãe de Spencer, levando travessas, talheres e uma cesta de pão de alho para a mesa. Spencer e Melissa trocaram um olhar desconfortável. Ele *nunca* ajudava com os preparativos para o jantar; normalmente, sentava-se à mesa como um rei, enquanto a sra. Hastings fazia todo o trabalho.

Todos se sentaram, os pais de Spencer nas pontas da mesa, e Spencer e Melissa de frente uma para a outra. A sala estava muito silenciosa. Uma nuvem de fumaça se erguia do prato de massa *alla puttanesca*, e o cheiro de alho e do vinho aromático fazia cócegas no nariz de Spencer. A família se entreolhava como se fossem estranhos forçados a se sentarem juntos em um avião. Finalmente, o sr. Hastings limpou a garganta.

— Querem jogar Estrela do Dia? — perguntou ele.

O queixo de Spencer caiu. O de Melissa, também. A sra. Hastings soltou uma risadinha cansada.

— Ele está brincando, meninas.

O sr. Hastings descansou as mãos na mesa.

— Esta conversa já foi adiada demais. — Ele fez uma pausa e tomou um gole de vinho. — Preciso lhes dizer que nunca quis magoar vocês. *Nenhuma* de vocês. Mas magoei. Isso não vai mudar, e não vou lhes pedir que me perdoem. Mas quero que saibam que o que quer que aconteça, estarei aqui para vocês. As coisas são diferentes agora, e nunca voltarão a ser como antes, mas, por favor, saibam que me sinto extremamente mal pelo que fiz, todos os dias. Eu me sinto assim desde que aconteceu. E também porque alguém a quem todos éramos ligados fez algo horrível a vocês duas. Eu jamais teria me perdoado se algo tivesse acontecido a vocês. – Ele deixou escapar um pequeno soluço.

Spencer arranhava a mesa com o garfo, sem saber o que dizer. Ela sempre se sentia nervosa e desconfortável ao ver seu pai emocionado, e aquela era a primeira vez em que ele mencionava o fato de ser o verdadeiro pai de Ali. Ela queria dizer a ele que estava tudo bem, que ela o perdoava, e que era melhor esquecer tudo. Mas tinha certeza de que aquilo seria mentira.

– Então, o que vai acontecer? – perguntou Melissa, baixinho, torcendo o guardanapo ao lado de seu prato.

A sra. Hastings tomou um pequeno gole da água mineral com gás.

– Nós estamos tentando resolver as coisas, tentando entender o que aconteceu.

– Vocês vão voltar a ficar juntos? – balbuciou Spencer.

– Neste momento, não – explicou a sra. Hastings. – O seu pai vai alugar uma casa perto da cidade. Mas vamos ver como as coisas andam.

– Teremos que viver um dia de cada vez – disse o sr. Hastings, arregaçando as mangas da camisa de botões. – Mas queremos tentar nos encontrar aqui para o jantar pelo menos uma vez por semana. Para conversarmos e passarmos um tempo juntos. E então... aqui estamos. – Ele estendeu a mão, pegou uma fatia de pão de alho e deu uma mordida.

E assim eles continuaram, sem falar sobre as conquistas no do Dia, sem provocações, sem pequenos insultos disfar- e elogios. Finalmente, ocorreu a Spencer o que estava acontecendo. Eles estavam sendo... *normais*. Aquilo era, provavelmente, o que a maioria das famílias fazia todos os dias no jantar.

Spencer enrolou um pouco de massa no garfo, e comeu um grande bocado. Tudo bem, talvez aquela não fosse a família com que ela sempre sonhara. Talvez seus pais não fossem voltar a ficar juntos, e talvez seu pai continuasse a morar na casa alugada, ou se mudasse para uma casa própria. Mas se eles pudessem conversar sobre as coisas, se eles se conseguissem realmente *se interessar* uns pelos outros... seria uma mudança para melhor.

Enquanto a sra. Hastings trazia caixas de sorvete Ben & Jerry's e quatro colheres, Melissa pisou no pé de Spencer sob a mesa.

— Quer vir ficar comigo na casa da Filadélfia este final de semana? — sussurrou ela. — Abriram várias boates e restaurantes novos.

— Mesmo? — perguntou Spencer. Melissa nunca a convidara para ir a sua casa antes.

— Sim — concordou Melissa. — Há um quarto de hóspedes para você. *E* vou deixar que você reorganize a minha estante. — Ela piscou. — Talvez você possa arrumar os livros por cor e tamanho, em vez de ordem alfabética.

— Fechado — disse Spencer, rindo.

Duas manchas cor-de-rosa brilhantes apareceram nas faces de Melissa, quase como se ela estivesse feliz. A sensação quente no estômago de Spencer cresceu. Apenas algumas semanas antes, ela tivera duas irmãs. Agora, voltava a ter apenas uma. Mas talvez Melissa fosse realmente a única irmã de que ela precisava. Talvez Melissa pudesse ser a irmã que Spencer sempre quisera... e Spencer também poderia ser aquela irmã para Melissa. Talvez tudo o que elas tinham que fazer era dar uma chance para a outra.

35

EMILY FIELDS ENTERRA O PASSADO

Em vez de dirigir do hospital direto para casa, Emily tomou a direção de Goshen Road. Era uma ruazinha sinuosa e pitoresca, com uma série de pequenas fazendas, um muro de pedra em ruínas datado da Guerra Revolucionária, e uma mansão tão grande que tinha três garagens separadas e seu próprio heliporto.

Finalmente, ela chegou ao portão de ferro do cemitério St. Basil. A noite caía rapidamente, mas o portão ainda estava aberto e havia alguns carros no estacionamento. Emily estacionou ao lado de um jipe Liberty, e desligou o motor. Ela ficou sentada por um momento, respirando fundo várias vezes. Em seguida, abriu o porta-luvas e retirou um saco plástico de lá.

Suas botas Vans afundavam na grama úmida e macia, enquanto ela passava pelas sepulturas, muitas das quais tinham flores frescas e bandeiras dos Estados Unidos. Emily não demorou ɔgar à sepultura que procurava; estava localizada entre ɿeiros. *Alison Lauren DiLaurentis*, dizia a lápide. Era surpreendente que aquilo ainda estivesse ali, levando em consideração que a família de Ali deixara Rosewood para sempre.

E que não era realmente Ali quem estava enterrada lá, e sim Courtney.

Emily traçou o A na lápide com o polegar. Ela se orgulhara de conhecer Ali tão intimamente, melhor do que as outras meninas. E, mesmo assim, não soubera que a garota que estava beijando não era a Ali que conhecera tantos anos antes. Ela estivera cega de amor. Mesmo agora, uma grande parte dela ainda não podia acreditar no que acontecera. Ela não podia compreender que a garota que voltara para elas não era a Ali que ela conhecera – nem que a Ali que ela conhecera não era a verdadeira Ali.

Emily se ajoelhou ao lado da sepultura e colocou a mão no saco plástico. O porta-moedas de couro fez um barulhinho entre seus dedos. Ela o enchera de fotos e cartas de Ali, até que as costuras começaram a ceder e o zíper mal fechava. Suspirando, ela passou um dedo sobre a letra E. Ali presenteara Emily com o porta-moedas depois de uma aula de francês no sétimo ano.

– *Pour vous*, de *moi* – dissera ela.

– Qual é a ocasião especial? – perguntara Emily.

– Nenhuma. – Ali deu uma batidinha de quadril em Emily. – Só que eu espero que Emily Fields seja minha melhor amiga para sempre.

Emily quase podia ouvir a voz de Ali agora, assobiando no vento. Ela começou a cavar o solo ao lado da sepultura. A terra entrou sob suas unhas e sujou suas mãos, mas ela cavou uns bons trinta centímetros antes de parar. Respirando fundo, colocou o porta-moedas no buraco. Com sorte, ele permaneceria enterrado desta vez. Era onde deveria ficar, com as cartas e as fotos. Era a Cápsula do Tempo pessoal de Emily, algo que simbolizaria sua amizade com a *sua* Ali para sempre. O quadro de avisos de Emily parecia vazio sem as fotos, mas ela teria que preenchê-lo com novas lembranças. De preferência, lembranças que incluíssem Aria, Spencer e Hanna.

— Adeus, Ali — disse Emily, suavemente. Algumas folhas farfalharam, e um carro passou na rua lá embaixo, os faróis iluminando os troncos das árvores.

Quando estava prestes a sair, Emily ouviu outro barulho. Ela parou. Parecia uma risada.

Emily examinou as árvores, mas não havia ninguém lá. Ela olhou para as outras sepulturas, mas não havia ninguém por entre as lápides. Emily olhou até mesmo para o céu, como se procurasse uma cabeça loura por entre as nuvens escuras. Ela pensou no website que descobrira outro dia, uma coleção de tweets anônimos de pessoas que juravam ter visto Alison DiLaurentis. *Eu acabei de vê-la entrando na J. Crew em Phoenix, Arizona*, dizia uma das mensagens. *Eu definitivamente vi Ali no Starbucks em Boulder, no Colorado*, dizia outra. Havia pelo menos cinquenta delas, e novas mensagens surgiam todos os dias.

— Quem está aí? — murmurou Emily.

Cinco longos segundos se passaram, mas ninguém respondeu. Emily soltou o fôlego, trêmula. Reunindo suas forças, começou a descer o morro na direção do carro. Era bem-feito para ela, por ir ao cemitério de noite; todo som ou sombra inofensivo parecia assustador no escuro. Provavelmente, fora apenas o vento.

Ou será que não?

AQUELES QUE SE ESQUECEM DO PASSADO

Imagine que você está no último ano do ensino médio, sentada na sala de aula e não exatamente empolgada por ter que enfrentar mais um dia na escola. O bronzeamento artificial faz sua pele parecer brilhante e saudável, você está usando seu novo casaco com capuz da Juicy (ah, sim, a Juicy é tendência de novo) e pensa distraidamente numa paixonite, o carregador dos tacos de golfe do seu pai no clube. Você está pintando suas unhas com o esmalte Chanel Jade, esperando que a professora comece a despejar sua conversinha fiada de sempre, quando essa garota nova entra na sala. Ela é linda – muito mais bonita do que você – e há algo sobre a menina que faz você querer olhar para ela sem parar. Você pensa Hãããã, talvez ela também goste do esmalte verde da Chanel. Você aposta que ela, inclusive, poderia gostar do carregador de tacos. Aliás, tem quase certeza de que o carregador de tacos, se tivesse alguma chance, iria preferi-la a você.

    Ela esquadrinha cada canto da sala, carteira por carteira, até que os olhos dela pousam em você e não se mexem mais. É como se pudesse enxergar você por dentro, lá no fundo, seus desejos e vontades, os segredos que ninguém conhece. Você estremece, sentindo-se invadida, mas por razões que não pode explicar, quer revelar todos os seus segredos para ela. Você quer conquistá-la. Quer que ela goste de você.

    – Turma – diz a professora, tocando o braço da menina nova –, esta é Laura St. DeLions.

Ou Sara Dillon Tunisi.
Ou Lanie Lisia Dunstor.
Ou Daniella Struision.

    Seu cérebro fica paralisado por um momento. Há algo familiar nesses nomes, não há? Como se fossem uma versão embaralhada de sua música favorita, ou um anagrama de um ditado popular. A garota também parece familiar – você já viu aquele sorrisinho eu-sei-de-uma-coisa-que-você-não-sabe antes. Você pensa na fotografia que viu na lateral da caixa de leite há muito tempo. Pensa naquela garota que aparece nos telejornais. Seria possível...?

    Nãããããão, decide você. Isso seria loucura. Você acena para ela e ela acena de volta. De repente, tem a sensação de que ela vai escolher você como sua novíssima melhor amiga. Você tem a sensação de que sua vida vai mudar.

    E, como num passe de mágica, ela muda mesmo.

AGRADECIMENTOS

Escrever a série Pretty Little Liars tem sido emocionante, e eu ainda me belisco para poder acreditar no que vem sendo minha vida nesses anos.

Vários de vocês ajudaram a tornar esses livros o que eles são, e eu não posso agradecê-los o suficiente. Primeiro, Lanie Davis, minha editora, sempre borbulhando com ideias brilhantes e bem boladas. Lanie dá forma a cada um dos livros, a cada um dos capítulos – até que estejam sem arestas, perfeitos. Sara Shandler, Les Morgenstein e Josh Bank, que se envolvem com os personagens e suas histórias e também com a série como um todo. Kristin Maran criou o maravilhoso fórum da série na internet – o que é sempre uma coisa complicada! Farrin Jacobs e Kari Sutherland me deram apoio contínuo e sugestões editoriais fantásticas. E Andy McNicol e Anais Borja da William Morris que desde o início vêm aplaudindo a série... e me mandam mais livros quando eu acidentalmente deixo minhas cópias em uma livraria ou dou meus exemplares para algum leitor fanático.

Muito amor aos meus pais, Shep e Mindy, que estão atualmente obcecados com o Wii Fit. Força, Arqueiros! Carinho para minha irmã, Alison, que não é nada parecida com a Alison (ou Courtney) dos meus livros. Fico feliz que não tenhamos morrido no oceano aquele dia!

Beijos para meu marido, Joel, que estava comigo ao telefone no dia em que me dei conta de que, talvez, Pretty Little Liars pudesse virar uma série. Seja bem-vinda, Josephine, que tem cauda em formato de pinha e adeus para Zelda, que parecia um pedalinho quando chapinhava pelas águas da baía. Sentiremos muito sua falta.

Quero também agradecer a cada um dos fãs da série.

Vocês, que fizeram os livros circularem na escola, que fizeram vídeos no YouTube, vídeos sobre seu elenco ideal de PLL, vocês que se manifestaram no Facebook e no Twitter, ou que dividiram suas opiniões conosco no Goodreads. Quem quer que vocês sejam, onde quer que estejam, todos vocês têm um lugar especial no meu coração.

E, finalmente, um agradecimento especial para minhas professoras de inglês na Downingtown Senior High School: a falecida Mary French, Alice Campbell, e Karen Bald Mapes.

Vocês me ensinaram a não temer uma oração composta, abriram meus olhos para o drama absurdo, os romances de formação, as paródias ruins de Hemingway, e, por fim, mas não menos importante, vocês me encorajaram – veementemente às vezes – a escrever. Vocês fizeram toda a diferença em minha vida, e eu sou muito grata.

Este livro foi impresso na Gráfica JPA Ltda.